Les vraies lois
de l'économie

Jacques Généreux

Les vraies lois
de l'économie

Éditions du Seuil

COLLECTION DIRIGÉE PAR JACQUES GÉNÉREUX

ISBN 978-2-7578-3997-3
(ISBN 978-2-02-084481-9, 1re publication)

© Éditions du Seuil, 2001 pour le volume 1,
2002 pour le volume 2,
et 2005 pour la présente édition en un seul volume

Le Code de la propriété intellectuelle interdit les copies ou reproductions destinées à une utilisation collective. Toute représentation ou reproduction intégrale ou partielle faite par quelque procédé que ce soit, sans le consentement de l'auteur ou de ses ayants cause, est illicite et constitue une contrefaçon sanctionnée par les articles L. 335-2 et suivants du Code de la propriété intellectuelle.

Volume 1

Les lois de l'économie
ne sont pas celles que l'on croit

Qui n'a jamais entendu un patron, un journaliste économique ou un homme politique déclarer : « Seules les entreprises créent des richesses », ou bien : « L'impôt tue l'impôt » ? Et qui n'a jamais entendu condamner une réglementation au motif qu'elle était « anti-économique » ? Au cours des deux dernières décennies les « lois de l'économie » ont envahi le débat public. Le discours politique moderne, amplifié et standardisé par les médias, a diffusé une culture « économiquement correcte » faite de maximes simples qui, à force de répétition, pourraient bientôt accéder au statut de dictons populaires, c'est-à-dire d'expressions bien ancrées du bon sens commun.

Mais en fait de bon sens il s'agit plutôt de sens unique et de contresens. Sens unique dont l'orientation est sans mystère. En effet, les lois de l'économie dont on nous rebat les oreilles ne semblent être écrites que pour contrarier les lois des hommes, c'est-à-dire les choix politiques qui voudraient contrôler et exploiter les mécanismes économiques au lieu de se soumettre à leurs incontournables prescriptions. Or il s'agit là d'un contresens monumental. Car la théorie économique – même la plus orthodoxe – ne conteste en rien la nécessité de l'État, des réglementations et de l'impôt. On peut même lire l'histoire de la pensée économique comme la découverte progressive de toutes les raisons pour lesquelles l'intérêt général exige une régulation politique de l'économie et la soumission du politique à la souveraineté des citoyens. La culture de café du commerce, qui se répand aujourd'hui, prête donc à tort à la science économique ce qui n'est en vérité que le credo néolibéral[1] basique de quelques patrons (et non pas – j'insiste – de tous les patrons). Mais les promoteurs du credo ne sont pas seuls responsables de cet abrutissement. Quelques pourfendeurs du néolibéralisme y contribuent tout autant, quand ils laissent entendre que la caricature qu'ils contestent résume la pensée économique contemporaine. Las ! De même qu'il est des néolibéraux chez qui le seul nom de Marx déclenche des poussées d'urticaire, il est des néomarxistes outrés par l'idée qu'une critique du néolibéralisme émane aussi de l'analyse économique non marxiste.

On comprend aisément que des patrons désirent toujours moins de contraintes dans leur bataille pour le profit. On voit bien aussi l'intérêt qu'ils trouvent à

---

1. Selon un usage fréquent, nous employons le terme « néolibéral », et non pas « libéral », pour éviter la confusion entre l'apologie contemporaine du marché et le libéralisme politique qui promeut à la fois l'autonomie de la personne et la recherche du bien commun. Nous avons montré en quoi l'idéologie néolibérale contemporaine constitue un dévoiement des valeurs libérales dans « Manifeste pour l'économie humaine », *Esprit*, juillet 2001.

présenter leurs revendications au nom de lois de l'économie qui auraient démontré comment leur liberté et leurs profits sont les sources essentielles du bien-être général. On comprend dès lors que tous les oubliés de ce bien-être général et leurs porte-parole se révoltent contre ce qu'on leur dit être les lois de l'économie. On admet plus difficilement que les économistes indépendants [2] ne parviennent pas davantage à combattre cette désinformation endémique sur leur discipline, désinformation qui les a pourtant déjà transformés en ennemis publics aux yeux d'une partie de la société [3]. C'est peut-être que le combat est inégal, car il est plus facile de désinformer en popularisant quelques slogans simplistes que d'informer en explicitant les vrais résultats de notre discipline. C'est surtout, je le crains, que certains économistes participent allègrement à cette désinformation, tandis que les autres font trop peu d'efforts pour communiquer avec leurs concitoyens dans leur langue maternelle [4].

J'espère ici contribuer à combler en partie ce défaut de communication, en mettant en regard les idées reçues du discours supposé économiquement correct

---

[2]. Nous entendons par là les universitaires et chercheurs effectivement libres de mener leurs travaux sans pressions ou commandes du pouvoir économique ou politique.

[3]. C'est pour lutter plus efficacement contre cette désinformation que nous avons fondé l'été dernier l'Association internationale pour l'économie humaine (fmeh@wanadoo.fr).

[4]. Avec, fort heureusement, de nombreuses exceptions notables que nous ne pouvons citer ici sans risquer d'offenser tel ou tel par un injuste oubli.

et ce que nous apprend à leur propos l'histoire effective de la pensée économique. Je ne promets pas une lecture facile – l'économie n'est pas un roman à l'eau de rose. Je promets une lecture accessible à tous ceux qui veulent faire l'effort de comprendre les dessous des slogans qu'on leur assène régulièrement comme des évidences, sans jamais les justifier.

Et, pour commencer, procédons à l'inventaire de ces slogans. Résumons l'idée vraisemblable que le non-économiste peut se faire des lois de l'économie à partir de ce qu'il entend au journal de 20 heures, c'est-à-dire en fait la caricature de la pensée économique dominante qui bénéficie de la publicité croisée de ses défenseurs et de ses détracteurs. Pour être tout à fait honnête, il faut reconnaître que cette caricature n'est pas toujours éloignée de celle qui, dans certaines facultés, vient biaiser les esprits d'étudiants débutants. Chemin faisant, nous expliciterons aussi les fondements théoriques de cette pensée dominante.

Pardon d'insister ici sur un point de méthode – au risque de donner l'impression que je prends le lecteur pour un imbécile. Que les uns et les autres ne se réjouissent pas ou ne s'étranglent pas prématurément à la lecture des pages qui suivent : jusqu'à la page 21, nous ne présentons que la caricature du discours supposé économiquement correct et non ce qui nous semble constituer une présentation honnête des résultats de l'analyse économique. [*N. B.* : nous ponctuons l'exposé de chiffres gras entre parenthèses : ce sont des repères de certaines affirmations clés qui, ensuite, feront chacune l'objet d'un chapitre.]

La reconnaissance des lois naturelles de l'économie

Le temps de l'économie administrée est définitivement révolu. Après quelques décennies de consensus keynésien [5], la mondialisation a ramené les élites politiques à la réalité : *l'économie ne se gouverne pas, elle est mue par des forces internes, des lois propres, qui échappent à l'emprise des gouvernements nationaux* (**1**). Après-guerre, les politiques s'étaient crus en mesure d'écrire les lois de l'économie, à grand renfort de réglementations, de planification, d'agences ou d'entreprises publiques. Mais ce n'était là qu'une illusion, entretenue durant une vingtaine ou une tren-

---

5. Du nom de l'économiste anglais John Maynard Keynes (1883-1946), à l'origine d'un courant qui conteste la capacité autorégulatrice des marchés et démontre la nécessité d'une régulation politique de l'économie. Keynes combat le courant néoclassique, qui croit au contraire à l'équilibre général spontané et optimal de marchés concurrentiels, et dont les principaux pionniers sont Stanley Jevons (1835-1882), Carl Menger (1840-1921), Léon Walras (1834-1910), Vilfredo Pareto (1848-1923), Alfred Marshall (1842-1924). Les néoclassiques dominaient la profession dans les années 1930, avant de se faire voler la vedette par les keynésiens des années 1940 aux années 1970. À partir de la fin des années 1970, la contestation de l'État et la victoire des politiques néolibérales coïncident avec une nouvelle domination académique du courant néoclassique, notamment de ces deux variantes : monétarisme et nouvelle macroéconomie classique (qui sont plus particulièrement traitées aux chapitres « Loi n° 9 », « Loi n° 10 » et « Loi n° 11 » ; voir aussi *infra*, notes 8 et 9).

taine d'années, dans un petit nombre de pays riches, précisément parce qu'ils n'étaient encore qu'un petit nombre : une concurrence limitée contenait la pression des marchés. Mais la participation d'un nombre croissant de pays au jeu économique mondial a libéré l'économie de l'étreinte politique, en redonnant à la concurrence une force telle qu'aucun pays ne peut durablement s'y opposer – sauf à accepter la régression économique et sociale qu'engendrerait un repli autarcique, à l'abri de barrières douanières qui ne sauraient de toute façon empêcher l'exode des capitaux et des talents.

Les lois de l'économie marchande, que les économistes classiques [6] du XVIIIe et du XIXe siècle avaient déjà commencé de découvrir, à l'heure des premières révolutions industrielles, sont enfin reconnues pour ce qu'elles sont : des lois universelles et indépendantes de la volonté de tel ou tel gouvernement. Cela ne veut pas dire que les gouvernements n'ont plus aucun rôle à jouer. Cela implique que personne ne peut faire abstraction de certaines évidences économiques qui ne sont plus l'objet d'un quelconque débat idéologique et sont juste un état de fait.

Et, en tête de ces évidences, il apparaît que l'économie de marché capitaliste constitue le meilleur des

---

6. L'appellation « classique », inventée par Karl Marx (1818-1883) et retenue par l'histoire de la pensée économique, désigne le courant de pensée libéral dominant en Angleterre et en France de la fin du XVIIIe siècle au milieu du XIXe. Ses principaux représentants sont Adam Smith (1723-1790), David Ricardo (1772-1823), Jean-Baptiste Say (1767-1832), John Stuart Mill (1806-1873).

systèmes, et le dernier aussi, puisqu'il semble indépassable. Cette supériorité tient d'abord au fait que les individus ne sont jamais aussi efficaces que lorsqu'on les laisse parfaitement libres de poursuivre leur intérêt personnel et d'accumuler, pour eux-mêmes ou leur descendance, le fruit de leurs efforts. Or, *la richesse d'une nation résulte de la production des biens et des services par les individus ou les entreprises* (**2**). Par conséquent, un système dans lequel chacun est incité à être le plus productif optimise l'usage des ressources et maximise la richesse de la nation. La libre poursuite des intérêts individuels conduit ainsi à l'intérêt général.

Les vertus du marché libre

Ne faut-il pas néanmoins un minimum de police, de régulation publique, pour éviter que des millions de choix individuels non coordonnés ne dégénèrent en un indescriptible chaos ? Certes, il faut bien un État minimal, un État « gendarme » disait-on autrefois, pour garantir la sécurité, la défense et la justice, et quelques autres biens publics (nous y reviendrons). Mais la sphère de la production et des échanges marchands – celle qui engendre les richesses grâce auxquelles on peut financer l'État minimal – a surtout besoin de liberté, pour laisser agir les mécanismes qui assurent un fonctionnement idéal des marchés.

Un « marché » est un réseau d'échanges qui permet à tous ceux qui ont quelque chose à offrir de rencontrer tous ceux qui sont susceptibles de le demander.

La *loi de l'offre et de la demande* assure la coordination automatique et l'équilibre des échanges. Si la production de voitures est trop faible pour satisfaire la demande, le prix des voitures augmente, ce qui freine la demande des consommateurs et stimule l'offre des constructeurs jusqu'au rétablissement de l'équilibre entre offre et demande. S'il y a trop de professeurs de piano par rapport aux besoins, le prix des leçons de piano (le salaire des professeurs) diminue, ce qui relance la demande des élèves et incite les professeurs excédentaires (et les moins doués) à se reconvertir dans d'autres activités. *La libre négociation et la flexibilité des prix assurent ainsi l'équilibre général de tous les marchés* (**3**). Cela ne met pas l'économie nationale à l'abri de chocs imprévus provoquant ici ou là des déséquilibres. Mais ces derniers sont automatiquement et rapidement résorbés si les prix et les salaires sont parfaitement libres de s'adapter pour s'établir au niveau qui équilibre à nouveau l'offre et la demande sur tous les marchés.

En outre, *le libre fonctionnement des marchés garantit un usage efficace du travail, des capitaux et des matières premières* (**4**). En effet, les mouvements de prix fournissent aux producteurs une information précieuse et continue sur l'affectation optimale des moyens de production : attirés par les profits (ou redoutant les pertes), ils déplacent la main-d'œuvre et les capitaux vers les secteurs où la demande est la plus forte (où les prix montent) et les retirent des secteurs où les besoins sont déclinants (où les prix baissent). Comme la pression de la concurrence interdit d'améliorer les profits en relevant les prix, les producteurs sont par ailleurs incités à réduire les coûts et donc à éviter tout gaspillage des ressources. Ainsi, quoique motivés par leurs profits personnels, les entrepreneurs sont contraints par la concurrence de satisfaire au mieux et au moindre coût les besoins exprimés dans la société. Adam Smith expliquait, dès 1776, qu'ils se comportent comme si une « main invisible » les guidait vers la recherche du bien-être collectif.

Toutefois, cette invisible vertu des marchés n'agit pas dans le cas des biens publics. Certains biens en effet (la défense nationale, la justice, la protection de l'environnement, etc.) sont consommés simultanément par un grand nombre d'individus (une ville, une nation, le monde) et ne peuvent faire l'objet d'une appropriation privée. En outre, chacun bénéficie d'un bien public du seul fait de son appartenance à la communauté concernée, sans qu'il soit naturellement contraint d'en faire la demande ni de contribuer à son financement. Tout le monde est donc incité à jouir gratuitement du service collectif sans manifester son désir de l'obtenir et en espérant que les autres paieront. La loi du marché est ici mise en échec. L'intérêt général commande donc de confier la production des biens publics à des autorités publiques (État et collectivités locales) qui ont le droit de contraindre les individus par des réglementations et de lever l'impôt. *L'État a donc un domaine réservé*, la production des biens publics ; *il doit se cantonner à ce domaine et interférer le moins possible avec la libre gestion des biens privés* (**5**). En revanche, certaines règles du marché devraient inspirer la conduite de l'État. En l'absence des pressions de la concurrence qui contraignent les acteurs privés à une gestion efficace, il convient de soumettre les décideurs publics à des contraintes de gestion institutionnelles analogues à celles qui pèsent sur les entreprises du fait de la concurrence.

Le mariage de la justice et de la concurrence

Tout serait donc ainsi pour le mieux dans le meilleur des mondes ? Deux objections évidentes surgissent tout de même à ce stade, et elles n'ont jamais échappé aux économistes les plus orthodoxes ou les plus libéraux – ni, semble-t-il, ne les ont inquiétés. En premier lieu, on ne peut juger du bien-fondé d'un système sur le seul critère de l'usage efficace des ressources. Il convient aussi de se poser la question de la justice. La persistance de la pauvreté et des inégalités sociales ne manifeste-t-elle pas une injustice inhérente au modèle de l'économie de marché ? En second lieu, la réalité ne confirme pas toujours l'efficacité d'un système combinant des marchés libres et un État producteur des biens publics : ce modèle aujourd'hui dominant n'a jamais empêché les déséquilibres, les crises, le chômage… Certes, mais, aux yeux des néoclassiques (cf. note 5), ces deux objections récurrentes n'entament en rien la supériorité de la libre concurrence. Elles souligneraient plutôt les méfaits d'une mauvaise application ou d'un déploiement insuffisant de ce modèle.

La question de la justice suppose un jugement de valeur sur la bonne répartition de la richesse et des revenus entre les membres d'une communauté. La science n'a rien à dire sur ce jugement qui relève d'un choix politique, validé ou invalidé par le vote des citoyens. Mais ce choix est indépendant de celui du système économique. Quelle que soit la répartition jugée optimale par la société, il est clair que tout le monde préfère partager la prospérité plutôt que la pénurie. Le système des marchés libres est donc toujours le plus favorable à la justice, parce qu'il assure l'usage le plus efficace des ressources et permet ainsi de maximiser les richesses à partager.

Si les individus et leurs gouvernements jugent la répartition spontanée de la richesse trop inégale et non conforme à leur idéal, ils peuvent toujours la corriger « après coup », par la charité ou des politiques de redistribution. *La justice n'est donc pas une question économique, mais une question morale qui se règle indépendamment du choix du système économique* (**6**). Toutefois, la réduction des inégalités ne doit pas aller au-delà du seuil où elle décourage l'effort des individus les plus performants, comme celui des moins performants qui pourraient se contenter d'une position d'assistés. Trop de redistribution au nom de la justice peut ainsi s'avérer contre-productif, si cela contrarie la propension de l'économie de marché à maximiser la production des richesses.

Mais est-on vraiment sûr de cette efficacité globale de l'économie de marché ? Comment répondre à la seconde objection fondée sur la persistance des déséquilibres économiques dans les économies de marché ? La réponse est très simple. Les économies de marché souffrent d'un déficit de marché et d'un excès de régulation politique, et non d'un excès de liberté. Les vertus de la libre concurrence ne peuvent en effet se déployer si la loi de l'offre et de la demande et la liberté des échanges sont entravées par des réglementations excessives qui interdisent la flexibilité des prix et des salaires, ou qui limitent la mobilité du travail et du capital. *Les politiques publiques doivent donc favoriser, autant que faire se peut, l'extension de la libre concurrence* (**7**).

Les méfaits de la régulation politique

Par ailleurs, l'efficacité de l'économie de marché risque aussi d'être limitée par des charges fiscales trop lourdes qui réduisent l'incitation au travail, à l'épargne, à l'innovation et à l'efficacité productive, en privant les individus de la juste rémunération de leurs efforts et de leur talent. L'impôt est nécessaire, puisqu'il faut bien financer les biens publics dont on reconnaît qu'ils doivent être produits par les collectivités publiques. Mais c'est un *mal* nécessaire. Il constitue *un prélèvement obligatoire sur les richesses créées par la sphère marchande, et donc un frein à l'expansion de la richesse nationale* (**8**). Il convient donc de maintenir le taux de prélèvement au niveau le plus bas possible.

Enfin, aux difficultés microéconomiques (c'est-à-dire au niveau des comportements individuels), engendrées par les entraves à la libre concurrence et les charges fiscales, peuvent s'ajouter des difficultés macroéconomiques (c'est-à-dire au niveau de l'économie nationale ou mondiale), provoquées par des politiques budgétaires et monétaires inadaptées. De la fin des années 1930 à la fin des années 1970, en effet, le succès des idées de John Maynard Keynes et la victoire politique des interventionnistes ont conduit à la généralisation des politiques discrétionnaires de régulation de la demande globale. Ces dernières consistent à régler le niveau de la demande de consommation et d'investissement en agissant sur les dépenses publiques, les impôts, le volume et le coût de crédit : on relance la demande en situation de sous-emploi ; on la freine face à un risque d'accélération de l'inflation.

Mais ces politiques macroéconomiques ne sont au fond que la mauvaise réponse aux difficultés engendrées en réalité par les entraves à un bon fonctionnement microéconomique des marchés. Une fois levées ces entraves, et quand l'équilibre général des marchés est à nouveau garanti automatiquement (par la libre concurrence, la flexibilité des prix et la mobilité des facteurs, entre autres), il n'y a aucune raison pour qu'apparaissent des déséquilibres globaux et durables (sous-emploi de la main-d'œuvre, insuffisance des débouchés, déséquilibre de la balance des paiements extérieurs, etc.).

Il est donc inutile, et même dommageable, de recourir aux politiques keynésiennes (**9**). Car leur emploi a des effets pervers : accélération de l'inflation, instabilité accrue de la croissance, augmentation continue des dépenses publiques et de la dette publique, éviction des investissements privés au profit du financement des déficits publics, etc.

Cela n'implique pas toutefois une douce négligence à l'égard de la gestion monétaire. Une politique monétaire d'un genre particulier est en effet nécessaire. Certes, la théorie classique et néoclassique [7] postule que *la monnaie est neutre, c'est-à-dire sans effets réels sur l'économie nationale* (**10**). La monnaie n'est qu'un intermédiaire dans les échanges : ce n'est pas parce qu'ils détiennent de la monnaie que les individus travaillent et produisent, mais l'inverse. Les priver des liquidités nécessaires à la réalisation des échanges serait préjudiciable au développement économique. Mais les abreuver de liquidités excédentaires ne stimulerait en rien le volume des affaires : celui-ci dépend seulement de la quantité de facteurs de production disponible (main-d'œuvre, équipements, matières premières) et, si on laisse fonctionner librement les marchés de facteurs, ces derniers sont pleinement employés dans leur usage le plus productif. Quand on est au plein emploi des facteurs, un surcroît de monnaie n'engendre pas plus d'activité économique, mais plus d'inflation.

Or, justement, la tentation de l'argent facile (pour financer les déficits publics) et des relances clientélistes pourrait régulièrement conduire des gouvernements à une création excessive de monnaie et donc à une accélération récurrente de l'inflation. Mieux vaut donc confier la gestion de la monnaie à des banques centrales indépendantes du pouvoir politique.

7. Cf. *supra*, notes 5 et 6.

Mais pourquoi diable les gouvernements auraient-ils recours à des politiques discrétionnaires s'il est parfaitement démontré qu'elles ne servent à rien, si ce n'est à détériorer l'économie nationale ? Sur ce point, il y a deux écoles. Les *monétaristes* [8] pensent que le gouvernement peut faire illusion à court terme, donner l'impression que ses politiques macroéconomiques ont des effets réels, parce que les acteurs n'anticipent pas correctement tous leurs effets. Les *nouveaux classiques* [9], quant à eux, développent une théorie des anticipations rationnelles selon laquelle des individus rationnels anticipent parfaitement les résultats de toute politique : il est donc impossible de les duper ; la politique ne sert vraiment à rien, même plus à faire illusion. Ainsi, *plus les anticipations sont rationnelles, plus le fonctionnement naturel de l'économie de marché est optimal et plus les politiques macroéconomiques sont inutiles* (**11**). Autrement dit, pour que les lois de l'économie fonctionnent idéalement, tout le monde devrait les connaître parfaitement. Voilà du moins une bonne raison pour enseigner les sciences économiques !

Si l'on devait résumer en quelques mots tout ce qui

---

8. Principal courant contestataire de la domination keynésienne des années 1950 aux années 1970, dont le chef de file incontesté est Milton Friedman. Il s'agit en fait d'une variante du modèle néoclassique libéral qui fut baptisé « monétariste » à son corps défendant en raison de l'attention particulière qu'il porte aux questions monétaires.

9. Courant développé à partir des années 1970 sous l'impulsion de Robert Lucas, Leonard Rapping, Thomas Sargent et John Wallace.

précède, pour exprimer la vision du monde que l'on suppose aujourd'hui être celle des économistes, on pourrait dire que tout baignerait dans l'huile, au royaume du marché concurrentiel, si les lois des hommes n'ajoutaient que de l'huile dans les rouages au lieu d'y mettre leur grain de sable.

Et pourtant, la vraie science économique n'est pas néolibérale

Ainsi, à en croire le discours supposé économiquement correct, la cause est entendue : les lois de l'économie sont néolibérales ; elles exigent toujours plus de liberté et d'initiative individuelle et toujours moins de dépenses publiques, d'impôts et de réglementations, toujours plus de marchés libres et toujours moins d'administration, toujours plus de compétition marchande et toujours moins de solidarité sociale. D'ailleurs, les opposants au néolibéralisme ne s'y trompent pas : vous ne les entendez jamais protester au nom des lois de l'économie, mais au nom de la justice, de la démocratie, de l'environnement. Mais c'est précisément là leur grande erreur ! Car c'est bel et bien au nom de trois cents ans de science économique que l'on peut contester le discours néolibéral.

En effet, non seulement les résultats les moins contestables des trois derniers siècles de recherches économiques confortent rarement ce discours, mais en outre ils conduisent souvent à des conclusions contraires aux lieux communs les plus répandus sur les fameuses lois de l'économie. Ainsi, à chacune des onze affirmations centrales constituant le discours exposé ci-dessus nous pouvons opposer onze vraies lois radicalement différentes, et ce en nous appuyant presque uniquement sur le noyau dur de l'analyse économique. Il n'est pas nécessaire d'appartenir à une quelconque école de pensée hétérodoxe ou marxiste pour montrer que les conclusions du discours supposé économiquement correct (présenté ci-dessus) ne sont pas sérieusement soutenables[10].

Écartons néanmoins une éventuelle méprise sur la nature et la portée de notre discours critique. Tout n'est pas incorrect dans ce discours « économiquement correct ». Sa force est précisément de s'appuyer sur un corpus d'outils et de raisonnements pertinents et parfaitement admis par l'immense majorité des économistes. Mais de même que quelques grimaces peuvent enlaidir la plus belle des créatures, quelques biais erronés dans la vision de l'économiste suffisent à fausser radicalement les conclusions que l'on peut tirer de l'analyse économique.

Les six piliers de la sagesse économique

Les biais du discours néolibéral sont, pour l'essentiel, contenus dans les six premiers postulats exposés ci-dessus. Ce que d'aucuns considèrent comme les piliers de la sagesse économique, et sur lesquels repose implicitement ou explicitement la quasi-tota-

---

10. Ce n'est pas nécessaire, mais ça aide, bien sûr !

lité des prescriptions néolibérales, sont le lieu d'une incroyable manipulation. On présente en effet comme des lois éternelles, ou du moins des résultats bien établis de la science économique, des affirmations qui sont le plus souvent de pures hypothèses d'école jamais vérifiées, voire carrément infirmées par les développements de la théorie moderne la plus orthodoxe. Le sommet de la manipulation est atteint avec le postulat (**2**) qui énonce une conception de la valeur qui n'a tout simplement jamais été défendue par une quelconque école de pensée.

Rappelons brièvement ces six piliers de la prétendue sagesse économique avant de mettre en regard les six premières vraies lois que l'on peut raisonnablement leur opposer :

1) Les lois établies par la science économique sont comparables aux lois de la physique : elles révèlent des réalités immuables et incontournables par la volonté humaine.

2) La valeur réside uniquement ou principalement dans la production de biens et services marchands.

3) Le libre jeu de la loi de l'offre et de la demande assure l'équilibre général des marchés.

4) Le libre jeu de la concurrence garantit l'usage le plus efficace des ressources.

5) Le rôle économique de l'État et du politique se cantonne à la production de quelques biens publics.

6) La justice est un problème strictement politique, dont le règlement est indépendant du choix du système économique. Mais une économie de marchés libres est une condition préréquise d'une meilleure justice parce qu'elle maximise la richesse à partager.

En bref, le paradis est pavé de marchés concurrentiels. Les hommes n'auraient, à de rares exceptions près, qu'à se soumettre aux lois d'évolution mécanique de ces marchés pour voguer naturellement vers l'optimum social. Cette première vision nous décrit un monde de rêve, mais au sens propre du terme : on ne le rencontre que dans les songes. Comme l'écrivait Keynes au sujet de ce discours qui dominait déjà dans les années 1930 : « Il se peut que la théorie classique décrive la manière dont nous aimerions que notre économie se comportât. Mais supposer qu'elle se comporte réellement ainsi, c'est supposer toutes les difficultés résolues [11]. »

Dans le monde réel, en effet, on ne rencontre aucun marché fonctionnant selon les lois de la concurrence pure et parfaite ; et là où fonctionnent des marchés à peu près concurrentiels règnent aussi injustices, saccage de l'environnement, crises récurrentes, etc.

Mais, fort heureusement, au cours des trois derniers siècles qui ont forgé l'analyse économique, la plupart des économistes n'ont pas eu la tête dans les nuages mais ont gardé les pieds sur terre. Aussi la science économique moderne permet-elle de soutenir une version radicalement différente des six piliers de la sagesse économique, qui seront dans ce livre nos six premières vraies lois de l'économie. Nous les

---

11. In *Théorie générale de l'emploi, de l'intérêt et de la monnaie* (1936), trad. Jean de Largentaye, Payot, 1969, p. 60. *N. B.* : quand Keynes dit « théorie classique », il désigne le courant dominant parmi ses prédécesseurs, que l'on dénomme désormais plus souvent « néoclassique ».

passons ici rapidement en revue pour donner un aperçu général de notre programme de travail.

Loi n°1 : les lois de l'économie sont les lois des hommes. Si elles existent, les lois de l'économie ne sont pas une mécanique naturelle et invariable. Elles sont fondées sur des conventions, des règles et des institutions créées par et amendables par les hommes.

Loi n°2 : ce qui a de la valeur n'a pas de prix. La valeur ne réside pas dans les seules productions marchandes, mais dans toute activité qui contribue à la satisfaction des besoins humains. Et même dans la sphère marchande, la valeur ne se mesure pas par le seul prix des biens.

Loi n°3 : la loi du déséquilibre général. Le libre jeu de la loi de l'offre et de la demande conduit au déséquilibre général des marchés.

Loi n°4 : le marché ne fait pas le bonheur. En l'absence d'une régulation politique forte, la libre concurrence ne garantit en rien un usage efficace des ressources et détourne même celles-ci de leurs emplois les plus urgents et les plus légitimes pour l'humanité.

Loi n°5 : l'État ne fait pas le bonheur. Il n'y a pas plus de domaine réservé à l'État que de domaine réservé au marché. Au nom de la justice et de la gestion des effets externes des actes privés, le politique peut intervenir dans tous les domaines d'activité. Mais, pas plus que le marché, l'État n'est capable de produire un optimum social en appliquant des règles quelconques qui lui seraient dictées par la science.

Il ne peut s'approcher de l'optimum qu'au travers d'une vraie démocratie qui reste, hélas, à construire.

Loi n°6 : la véritable efficacité c'est la justice, la véritable justice c'est l'égalité des libertés. Loin d'être séparable du choix d'un système économique, la justice est le problème économique majeur et intrinsèquement lié à toute question économique. Et ce pour deux raisons : 1) toute action en vue d'assurer un usage plus efficace des ressources affecte la répartition du bien-être entre les individus et soulève donc le problème de la juste répartition ; 2) si l'efficacité d'une société se définit par l'adaptation optimale de ses moyens aux fins qu'elle poursuit, une société efficace est avant tout une société juste ; et s'il n'existe à ce jour aucune définition universelle et incontestée de la justice, un quasi-consensus se dégage néanmoins pour penser qu'une société juste offre une égale capacité d'exercer les libertés qui permettent aux hommes et aux femmes de mener leur vie selon leur conception.

Les bienfaits d'une économie sous contrôle politique

Les six piliers de la prétendue sagesse économique s'effondrent donc quand on les soumet à un questionnement rigoureux. Leurs conséquences usuelles en matière de politiques publiques sont naturellement emportées dans le même mouvement. Là où le discours précédent prescrivait des politiques microéconomiques vouées à l'extension maximale de la concurrence, la réduction maximale des impôts et la prohibition des politiques macroéconomiques discrétionnaires, au point même de soustraire la politique monétaire au pouvoir politique, nous pourrons établir une série de vraies lois qui conduisent à des prescriptions très différentes.

Loi n°7 : la mauvaise concurrence chasse la bonne. La généralisation d'une concurrence parfaite serait une catastrophe économique. Car les vertus de la concurrence ne tiennent pas seulement à la liberté des acteurs, mais aussi aux institutions et réglementations qui l'empêchent de dégénérer en guerre économique.

Loi n°8 : l'impôt n'est pas un prélèvement obligatoire. La baisse des impôts n'est pas plus prioritaire que la baisse du prix des automobiles, puisque tous les biens privés ou publics, marchands ou non marchands, sont également créateurs de richesses, dès l'instant où ils satisfont des besoins. L'impôt n'est donc pas un prélèvement sur des richesses qui seraient créées par la seule sphère marchande : il est le prix à payer pour la création d'une richesse. Le bon niveau de l'impôt n'est donc pas le plus bas possible, mais celui que les citoyens d'une démocratie effective sont disposés à payer pour la production des services collectifs.

Loi n°9 : rien ne vaut une bonne politique. Si la quête d'un État minimal et d'un marché maximal n'est en rien fondée sur le plan microéconomique, il en va de même sur le plan macroéconomique. Les déséquilibres macroéconomiques sont inhérents au fonctionnement réel des marchés. Et tout, dans la pratique comme dans la théorie, indique que pour corriger ces derniers, les politiques keynésiennes demeurent des outils indispensables et efficaces.

Loi n°10 : la monnaie n'est pas neutre. Contrairement au postulat classique actualisé par le monétarisme, la monnaie n'est pas neutre : elle a des effets réels sur l'investissement, la croissance et l'emploi et pas seulement sur les prix. La politique monétaire est donc un outil irremplaçable de régulation de l'activité. Et la rationalité des anticipations ne change rien à l'affaire.

Loi n°11 : anticipation n'est pas raison. En effet, si les anticipations étaient parfaites, elles renforceraient plutôt l'efficacité des politiques publiques, à chaque fois qu'elles sont nécessaires. Las, *anticipation n'est pas raison* : dans le monde réel, l'insoutenable légèreté des anticipations fait parfois peser des menaces de crises systémiques qui appellent plus, et non moins, de régulation politique.

Soutenir que les lois de l'économie établissent en réalité la nécessité d'une régulation politique n'implique en rien une confiance aveugle dans cette dernière, ni le rejet de tous les bienfaits d'une économie de marché et de la concurrence. La main invisible censée conduire des choix égoïstes vers l'intérêt général n'agit pas plus sur le « marché » politique que sur les marchés financiers. De même que la sphère marchande a besoin de la main visible du politique pour éviter le chaos économique, écologique et social, la sphère politique a besoin de la main visible des citoyens pour organiser l'évaluation, le contrôle et la sanction de l'action publique. Le marché a besoin du politique ; la politique a besoin d'une démocratie effective, où la souveraineté du citoyen ne serait pas qu'une formule.

Le véritable enjeu : la démocratie

Ainsi, le plus souvent, les lois de l'économie – si tant est qu'elles existent – ne sont pas celles que l'on croit. Soit, mais quelle importance ? Le lecteur rationnel qui doit arbitrer entre la lecture des pages qui suivent et mille autres activités plus excitantes est sans doute tenté d'abandonner aux seuls économistes le plaisir de gloser sur les « fausses » et les « vraies » lois de l'économie. Et ce d'autant plus qu'il redoute peut-être de ne savoir goûter vraiment à ce plaisir sans quelques années d'études préalables de la grammaire et du vocabulaire économiques. Qu'il soit rassuré sur au moins un point : nous tâcherons d'en parler ici avec les mots de tous les jours. Mais surtout, il ne devrait échapper à personne que l'enjeu politique dépasse ici largement l'enjeu académique.

Il s'agit en effet de démasquer la manipulation orchestrée par ceux qui exploitent l'ignorance au lieu de la combattre, et qui consiste à faire passer les règles du jeu dont ils tirent le plus grand profit pour des mécanismes universels, aussi nécessaires et inévitables que la loi de la pesanteur. La soumission aux lois de l'économie est l'habillage psychologiquement supportable de la soumission des hommes à d'autres hommes. Et ce que la référence usuelle aux lois de l'économie insinue dans la culture moderne est l'effacement progressif du citoyen devant l'expert. En effet, si la science est capable de déterminer ce que sont les « bonnes » et les « mauvaises » politiques économiques, à quoi bon demander leur avis à des électeurs ignorants ? Et si gouverner consiste à se conformer à des lois naturelles et incontournables de l'économie, des comités d'experts remplaceraient avantageusement les gouvernements et les parlements. C'est donc la démocratie qui est en jeu dans une réflexion sur les lois de l'économie.

Or, précisément, si le citoyen a bien des raisons de penser que les lois de l'économie jouent aujourd'hui contre la démocratie, c'est seulement parce qu'on diffuse à leurs propos une série de contre-vérités. Cette désinformation risque de fourvoyer les citoyens dans une réaction antiéconomique aux prétendues lois de l'économie et de les détourner ainsi de leur combat le plus urgent et le plus productif qui serait l'élaboration de règles du jeu politique nous rapprochant d'une démocratie effective.

Notre intention est donc ici de combattre la désinformation. Il nous faut pour cela identifier le corpus de croyances sur les résultats de l'analyse économique que les médias et le discours politique ont peu à peu installé dans l'opinion, et que certains économistes ont, avant cela, installé dans des universités, des institutions, des administrations. Pour chacune des questions étudiées nous nous contenterons simplement de faire ressortir *ce que dit vraiment* l'analyse économique, ce qu'elle ne dit pas et ce sur quoi elle n'a parfois rien à dire. Il s'agit d'éviter de mettre au compte de la science économique des vieux théorèmes dépassés, des inepties ou des lieux communs néolibéraux qui sont d'ailleurs une insulte à l'authentique pensée libérale.

Loi n° 1

Les lois de l'économie sont les lois des hommes

La pertinence de la démarche que nous venons de proposer sera probablement reconnue sans grande difficulté. Mais son intitulé – les vraies lois – suscitera à n'en pas douter des ondes négatives. Car ceux qui sont les plus susceptibles de soutenir cette démarche sont aussi souvent ceux qui, en rupture avec une certaine dérive scientiste et impérialiste de l'économie, contestent la capacité de cette dernière à énoncer des lois scientifiques. Par ailleurs, nombre des insurgés contre la mondialisation libérale semblent radicalement allergiques au simple terme de « loi » de l'économie, qu'ils prennent pour un synonyme d'aliénation de l'humanité.

Existe-t-il des lois en économie ?

Mais cette contestation et cette allergie reflètent une confusion entre les deux sens du mot « loi » : il évoque soit une nécessité matérielle ou logique (les choses ne peuvent pas être autrement), soit une règle édictée par une volonté humaine (la société impose une contrainte à ses membres). Les sciences de la nature énoncent clairement des lois du premier type (la pesanteur, la gravitation, le théorème d'Archimède, etc.). Mais comment qualifier les mécanismes et les résultats mis en évidence par l'analyse économique ? S'agit-il de lois de la nature, universelles et atemporelles, qu'il serait absurde de contester, ou bien de processus déterminés par des choix humains, des conventions, des institutions et donc propres à un territoire, à une époque, évoluant au fil de l'histoire et toujours amendables ? On peut éventuellement contester que l'économie obéisse à des lois aussi mécaniques et constantes que celles qui commandent le retour des comètes ; mais il serait absurde de nier l'existence de tout mécanisme régulier déterminant et contraignant les comportements économiques. Demandez à un entrepreneur s'il ne subit pas la loi du marché ! En vérité, la question pertinente n'est pas de savoir s'il existe des lois en économie, mais d'identifier leur nature et leur origine. L'économie est-elle gouvernée par la nécessité ou par des conventions ? Qui donne les ordres qui nous contraignent : le cosmos, Dieu ou le droit et les institutions ? Qui écrit les règles sociales : dame Nature ou les hommes eux-mêmes ?

Aujourd'hui, une majorité probable des économistes pense que les lois de l'économie sont rarement du premier type (lois universelles de la nature) et le plus souvent du second (lois humaines, historiques et sociales). Cependant, tous ceux qui pensent ainsi ne se précipitent pas toujours pour le dire, par crainte de porter ombrage au prestige et à la crédibilité de leur discipline. Pour le public, en effet, le terme « science » est spontanément réservé aux disciplines qui énoncent les lois de la nature : la physique, l'astronomie, la biologie, etc., des disciplines dont on peut vérifier les prédictions et tirer des applications techniques fiables.

Quand vous parlez des « scientifiques », vous n'avez jamais en tête un sociologue, un historien ou un économiste. Et quand vous dites « laboratoire », vous songez à des personnages en blouse blanche manipulant des éprouvettes ou collés à l'œil d'un microscope ; vous n'imaginez pas des bureaux où s'affairent des économistes. Quand un astrophysicien raconte l'histoire de l'univers, vous êtes bluffé ; quand des économistes annoncent leurs prévisions, vous rigolez (et c'est vrai qu'il y a de quoi !). Dans ce contexte, quand un économiste prend trop ouvertement ses distances avec les sciences de la nature, le public peut entendre cela comme un aveu de faiblesse de sa discipline, et certains de ses collègues ne manquent pas de le lui reprocher : « C'est un mauvais service que vous rendez là à la science économique[12]. »

Et si d'aucuns en appellent ainsi à taire le débat méthodologique, au nom de l'union sacrée pour la gloire de la science économique, c'est que le public profane pourrait nous croire extrêmement incertains et divisés sur la nature scientifique de notre discipline. Pourtant, au fond, il n'en est rien.

---

12. Ce sont les termes mêmes employés par un collègue, justement après la lecture d'une première version du présent chapitre.

Nous sommes en réalité souvent en désaccord sur la *nature* et la *portée* de notre science, et, éventuellement, sur ce que le mot « science » veut dire, mais, à de rares exceptions près, nous ne doutons pas de la nécessité et de la possibilité d'adopter une démarche scientifique. En effet, aucun économiste ne pense sérieusement qu'il fait de la littérature, de la poésie, de l'art impressionniste, du bavardage ou du reportage. Aucun d'entre nous ne conteste la nécessité de développer des raisonnements théoriques et de les soumettre, autant que faire se peut, à l'épreuve des faits. Tout économiste pense que sa discipline a pour vocation de développer une connaissance rigoureuse des phénomènes sociaux ; connaissance qui permet aux hommes de mieux comprendre le monde dans lequel ils vivent et, partant, de concevoir des outils d'action pour mieux maîtriser leur destin personnel et collectif. Le fait que cette quête débouche souvent sur l'incertitude ou l'ignorance ne saurait nous dissuader de la poursuivre, puisque c'est précisément l'ignorance qui nous commande de chercher à comprendre. Et n'est-ce pas là l'essence de la démarche scientifique : cette conviction qu'entre l'intuition esthético-sentimentale et la métaphysique existe une place pour une compréhension du monde fondée sur la raison ? Mêmes ceux d'entre nous qui disent volontiers que l'économie n'est pas une science adhèrent à la démarche que nous venons de décrire et veulent, en fait, manifester leur opposition radicale au « scientisme » de leurs collègues, c'est-à-dire une conception bien particulière de la démarche scientifique.

La dérive « scientiste » de l'économie

Cela nous conduit au vrai débat qui divise les économistes [13]. Les uns considèrent l'économie comme l'une des sciences humaines et sociales, aux côtés de la sociologie, l'histoire, la science politique, etc. ; les autres la tiennent pour une science physico-mathématique énonçant des lois universelles d'une portée similaire à celle des lois qui gouvernent la matière. C'est cette dernière prétention que l'on dénomme habituellement le « scientisme ». Karl Marx la repère déjà chez les « classiques » anglais [14], à qui il en fait le reproche : « C'est par intérêt que vous érigez en lois éternelles de la nature et de la raison vos rapports de production et de propriété, qui n'ont qu'un caractère historique et que le cours même de la production fera disparaître [15]... » La revendication d'un statut identique à celui des sciences de la nature devient explicite à la fin du XIXe avec Léon Walras : « Il est à présent bien certain que l'économie politique est, comme l'astronomie, comme la mécanique, une science à la fois expérimentale et rationnelle [16]. »

13. Nous avons développé cette question dans « De la science éco à l'économie humaine », *L'Économie politique*, 1er trimestre 2001. Voir aussi notre « Manifeste pour l'économie humaine », art. cit., et Jean-Pierre Maréchal, « Critique d'un lieu commun : l'économie comme science », *ibid*.
14. Cf. chap. précédent, note 6.
15. Cité par Alain Samuelson, *Les Grands Courants de la pensée économique*, Presses universitaires de Grenoble, 1990.
16. *Éléments d'économie politique pure*, préface à la 4e éd., LGDJ, 1952 ; cité par J. Boncœur et H. Thouément,

Cette revendication exprime assurément un besoin de reconnaissance qui était en partie légitime, et sans aucun doute utile, à une époque où le progrès incomplet de l'esprit scientifique risquait de laisser le débat économique et social aux mains du relativisme, de l'impressionnisme ou de l'obscurantisme. Il est certain que l'économie n'a pu se constituer comme un objet d'analyse de la raison qu'en conquérant son autonomie à l'égard des doctrines religieuses, de la philosophie morale et de la pensée politique. Qui peut nier que cette conquête de la raison est une étape du progrès humain ?

Hélas, ce qui n'aurait dû constituer qu'une étape est devenu pour certains la fin du voyage. À partir de Léon Walras en effet, le souci d'imiter les méthodes des sciences physiques conduit le courant dominant de la science économique – le courant néoclassique [17] – à des coupes claires dans son objet d'étude. Les lois de la nature étant intemporelles et indépendantes de l'action humaine, l'économie ne peut énoncer de telles lois qu'à la condition d'être hors du temps, anhistorique et totalement déconnectée des réalités de l'action humaine, c'est-à-dire également amorale, asociale et apolitique. L'économie néoclassique a, dans un premier temps, évacué de son champ de vision tout ce qui ne pouvait pas se mettre aisément en équations et fonder des raisonnements qui aient la même rigueur que les théorèmes mathématiques.

Histoire des idées économiques, Nathan, coll. « Circa », 1994, t. 2.
17. Cf. chap. précédent, note 5.

Et, parce qu'il fallait soumettre les hypothèses théoriques à des tests empiriques, elle a aussi limité ses modèles aux seules variables susceptibles d'une mesure statistique.

Mais, en singeant ainsi les méthodes et les ambitions des sciences de la nature, l'économie néoclassique fit un contresens monumental. La force et le prestige de ces dernières ne viennent pas de leurs méthodes en elles-mêmes, mais de la relative adaptation de leurs méthodes à leur objet de recherche qui est la matière. Et rien ne garantissait *a priori* que les outils conçus pour une science de la matière soient aussi les plus pertinents pour une science de l'homme. Plutôt que de se poser sérieusement ce dernier problème, les économistes néoclassiques n'ont pu réprimer l'envie d'endosser à la hâte la blouse prestigieuse du physicien.

On ne résiste pas ici au plaisir de relire la critique que Friedrich von Hayek fit du scientisme dans les sciences sociales. Les néolibéraux qui voudraient, aujourd'hui, assimiler les lois de l'économie aux lois physico-mathématiques seraient bien inspirés de méditer les paroles de cet Autrichien qui est habituellement considéré comme l'un des papes du libéralisme contemporain, voire de l'ultralibéralisme [18] :

---

18. Friedrich von Hayek (né en 1899) est le principal représentant contemporain de la branche autrichienne de l'école néoclassique, branche initiée par Carl Menger (1840-1921) et Eugen von Böhm-Bawerk (1851-1914). Cette branche est souvent plus libérale que la branche anglaise ou française, qu'elle critique pour leur irréalisme. Elle se distingue par l'attention toute particulière portée au rôle du temps et de

« Dans la première moitié du XIXᵉ siècle, une nouvelle attitude se fit jour. Le terme de "science" fut de plus en plus restreint aux disciplines physiques et biologiques qui commencèrent au même moment à prétendre à une rigueur et à une certitude particulières qui les distingueraient de toutes les autres. Leur succès fut tel qu'elles en vinrent bientôt à exercer une extraordinaire fascination sur ceux qui travaillaient dans d'autres domaines ; ils se mirent rapidement à imiter leur enseignement et leur vocabulaire. Ainsi débuta la tyrannie que les méthodes et les techniques des Sciences au sens étroit du terme n'ont jamais cessé d'exercer sur les autres disciplines. Celles-ci se soucièrent de plus en plus de revendiquer l'égalité de statut en montrant qu'elles adoptaient les mêmes méthodes que leurs sœurs dont la réussite était si brillante, au lieu d'adapter davantage leurs méthodes à leurs propres problèmes. Cette ambition d'imiter la Science dans ses méthodes plus que dans son esprit allait, pendant quelque cent vingt ans, dominer l'étude de l'homme, mais elle a dans le même temps à peine contribué à la connaissance des phénomènes sociaux [19]. »

Cette dérive scientiste recèle un appauvrissement puisque, au lieu d'élargir une palette d'outils origi-

---

l'information dans le fonctionnement des marchés et de la société.

19. Friedrich von Hayek, *Scientisme et Sciences sociales* (1952), trad. Raymond Barre, Plon, 1953, chap. 1ᵉʳ ; également reproduit dans J. Boncœur et H. Thouément, *Histoire des idées économiques*, *op. cit.*

naux adaptés à la complexité sociale, elle a souvent abouti à rétrécir la réalité sociale effectivement considérée par l'économiste aux seules dimensions compatibles avec les outils développés pour les sciences de la nature. Le scientisme est ainsi comparable à l'attitude d'un tailleur qui, pour faire rentrer un client très grand dans un costume trop court, amputerait les bras plutôt que de retailler les manches.

Cette méthodologie mutilante nous a donné le fameux *Homo œconomicus*, soit une conception de l'acteur individuel dont le seul nom évoque une amputation : la dimension spécifiquement économique de cet *Homo* est supposée séparable des autres dimensions. Et l'économie néoclassique ne se gênera pas pour séparer, en isolant et extrayant la seule fonction « calculette », dans la complexité de l'âme humaine.

Ainsi les « agents » ou « individus représentatifs » de la théorie néoclassique ne sont pas à proprement parler des hommes, ni même des approximations de l'homme : ce sont des centres d'usage ou de stockage de biens liés entre eux par des flux matériels ou monétaires ; ce ne sont même pas des centres de « décision » au sens propre du terme, mais des centres de calcul répondant aux variations de leur environnement selon des lois mathématiques (ils maximisent l'utilité de l'agent). Ils n'ont donc rien à voir avec les hommes, qui sont tout à la fois déterminés par des valeurs, des humeurs, leur éducation, leurs liens sociaux, leur histoire personnelle et collective, leur culture ; qui agissent et interagissent dans un contexte d'information limitée et d'incertitude radicale quant aux « bonnes » décisions ; qui sont à la fois *objets* contraints par des règles du jeu et *sujets* écrivant eux-mêmes ces règles.

Or, les lois de comportement des hommes et de leurs organisations ne peuvent être aussi stables que celles qui commandent la chute des pommes. Elles résultent en effet d'institutions et de conventions que les hommes fabriquent eux-mêmes et transforment, au gré de l'évolution de leurs connaissances et des rapports de forces entre des groupes d'intérêts aux frontières variables. Et, à l'intérieur d'un système économique donné, les mêmes causes ne produiront pas forcément les mêmes effets, car les comportements varient aussi en fonction de l'humeur des acteurs, de leurs anticipations, de leurs croyances momentanées. Lancez une pierre en l'air et vous pouvez être certain qu'elle retombera au sol. Lancez la même pierre sur quelqu'un et vous ne serez jamais sûr de sa réaction. On peut donc faire des prévisions d'une précision inouïe sur le comportement de la matière (le mouvement des astres, le retour des comètes, la température d'ébullition d'un liquide, etc.), alors qu'on ne peut, au sens strict, faire aucune prévision en sciences sociales. Tout au plus fait-on des prédictions *toutes choses étant égales par ailleurs*. C'est-à-dire des propositions du genre : « À tel endroit, à telle heure, si rien d'autre ne bouge dans l'univers que la variable X, cela devrait entraîner telle variation des variables Y ou Z. »

Bien évidemment, tout ce qui, dans cette prédiction, est considéré comme un *paramètre* (une donnée supposée constante) peut dans la réalité varier de façon totalement imprévisible. Vous dites par exemple : « Toutes choses étant égales par ailleurs, si la semaine prochaine le gouverneur de la Fed [20] décide de baisser les taux d'intérêt, le cours du dollar devrait se déprécier par rapport à l'euro. » Vous prévoyez en fait des sorties de capitaux américains vers l'Europe, en quête d'une rémunération plus élevée, entraînant donc de fortes ventes de dollars contre des euros : sur le marché des changes, la forte demande d'euros devrait apprécier la monnaie européenne et déprécier le dollar. C'est une prévision sensée, *toutes choses étant égales par ailleurs*. Seulement voilà : elles ne sont pas « égales », les « choses » ; c'est même là la seule prévision certaine que vous puissiez faire. En revanche, vous ne pouvez pas prévoir la chute du pot de fleurs qui tuera demain le malheureux gouverneur, ni que son remplaçant inspire une telle confiance des investisseurs que ceux-ci préfèrent demander des dollars et investir des capitaux aux États-Unis, même si les taux d'intérêt y sont plus bas que dans d'autres pays, où la politique économique inspire néanmoins plus d'inquiétudes. Et, de toute façon, même si le gouverneur a évité le pot de fleurs, vous ne savez pas comment réagiront les autres banques centrales et donc les taux d'intérêt en Europe ; vous ignorez tout des cent autres événements susceptibles d'affecter l'humeur des investisseurs dans la semaine qui vient. La seule chose que vous sachiez est, hélas, que, dans le même genre de situation et face au même type de

---

20. Petit nom de la Banque de réserve fédérale des États-Unis.

politique, les opérateurs sur les marchés financiers ont par le passé réagi de façon extrêmement variable !

Donc, pour être clair, les prévisions économiques ressemblent un peu aux prévisions météorologiques. Le seul moyen de ne pas se tromper est de s'en tenir à des prévisions du genre : « S'il pleut demain, le sol sera humide » – c'est-à-dire à l'énoncé de simples liaisons logiques entre des variables. Au-delà, vous devez vous contenter de dire : « On a telle ou telle bonne raison de penser que cela devrait produire ceci, mais on n'est sûr de rien et qui vivra verra ! »

Le drame des sciences sociales, comparées aux sciences physiques, c'est que, dans la société, il n'y a quasiment que des variables et aucun paramètre ! Et si l'on veut fuir la complexité au lieu de l'embrasser, si l'on veut n'énoncer que des lois de comportement invariables, dans un monde où tout varie, on s'expose à n'en trouver que deux ou trois, ce qui serait trop peu glorieux pour justifier la création d'un ersatz de prix Nobel d'économie [21]. C'est pourquoi, la quête de reconnaissance l'emportant sur celle de la connaissance, une partie de la profession a préféré construire un monde imaginaire, un terrain de jeu idéal, où s'épanouirait un peuple d'axiomes et de théorèmes à l'élégance rare, mais situé à des années-lumière de l'économie réelle. L'ancienne « économie politique » n'accéda ainsi au statut de science « pure »

---

21. L'Académie Nobel ne décerne aucun prix aux économistes. C'est la Banque royale de Suède qui a créé pour eux un « prix en l'honneur d'Alfred Nobel ». Un peu comme si le ministère français de la Culture créait un prix littéraire « en l'honneur des frères Goncourt ».

qu'en renonçant à être une science « économique », en se muant en branche particulière des mathématiques.

Lois aliénantes et lois libératrices

Toutefois, cette dérive ne reflète pas seulement l'ambition et la vanité des économistes ; encore une fois, elle était sans doute l'aboutissement logique d'un long effort d'émancipation de la réflexion sociale à l'égard de la morale et de la religion. Et, à n'en pas douter, les économistes qui ont voulu croire à la constitution d'une science « pure » de l'économie étaient souvent animés par le souci de développer un outil au service de l'émancipation et du bien-être des hommes. Les premiers néoclassiques étaient des humanistes.

Mais cet humanisme recèle une ruse de la raison propre à l'esprit des lumières, et qui contamina aussi bien l'économie politique libérale que le marxisme. L'homme qui croit se libérer des dieux et des tyrans, en instaurant le règne de la raison, ouvre aussi la voie aux formes modernes du totalitarisme qui, au nom d'une raison universelle, nie l'autonomie des hommes et des femmes.

C'est déjà au nom des lois scientifiques de l'économie et de l'histoire que le communisme a, durant des décennies, banni le droit des peuples à disposer d'eux-mêmes. Et c'est, aujourd'hui à nouveau, au nom de ces lois que l'on tente d'imposer à tous les peuples le même capitalisme marchand en prétendant qu'aucun autre modèle n'est seulement pensable.

Ainsi, la libération de la raison et la libération par la raison, caractéristiques de la modernité, peuvent bien n'être que l'échange d'une aliénation contre une autre, plus radicale encore. L'idée selon laquelle les lois de l'économie seraient aussi inéluctables que celles de la nature peut déposséder les hommes de leur propre histoire plus encore que la soumission de l'ordre social à la volonté divine. Car l'homme peut se révolter contre Dieu et les tyrans, mais pas contre la loi de la gravitation.

Cependant, l'aliénation ne réside pas dans l'existence même d'une loi naturelle, mais dans son instrumentalisation par une idéologie de l'impuissance et de la résignation. Après tout, la connaissance des lois de la nature reste un outil d'émancipation de l'humanité tant que celle-ci l'emploie à étendre sa maîtrise de la nature. Accepter la fatalité du vent est le premier pas vers l'invention de la voile et l'art de la navigation.

Par conséquent, s'il existe des lois naturelles de l'économie, rien ne nous interdit d'en faire le même usage libérateur (ou destructeur) que celui fait avec la physique, la chimie ou la médecine ; rien, sauf une théologie ultralibérale qui condamne les hommes et les femmes à n'être que les témoins passifs de leur histoire, pour mieux laisser le champ libre à ses grands prêtres.

Prenons justement l'exemple d'une loi quasi universelle en économie, une de ces lois qui énoncent une nécessité logique pertinente en tout lieu et à toute époque : la *loi des rendements factoriels décroissants*. Énoncée correctement pour la première fois par le Français Turgot (1727-1781), elle dit ceci (dans sa formulation moderne) : si on utilise une quantité croissante d'un facteur de production (travail par exemple) sans modifier les techniques de production ni la quantité des autres facteurs, alors la productivité de ce facteur variable doit nécessairement diminuer à un moment ou à un autre.

Notre propos n'étant pas ici de discuter cette loi (peut-être devrons-nous un jour y consacrer une vraie loi), nous demandons au lecteur d'admettre comme hypothèse qu'il s'agit bien là d'une nécessité mécanique et universelle, contre laquelle les hommes et les gouvernements ne peuvent strictement rien [22]. Il apparaît aussitôt que, si implacable que cette loi puisse être, elle n'a en elle-même rien d'aliénant pour les hommes. Cette loi nous apprend simplement des choses à partir de quoi nous pouvons fonder des actions. Par exemple, elle nous apprend que, toutes choses étant égales par ailleurs, la productivité des travailleurs diminue forcément quand leur durée hebdomadaire de travail augmente. Cela peut nous conduire à décider une réduction collective de la durée de travail hebdomadaire, en sachant que les heures de travail supprimées seront en partie compensées par des gains de productivité. Notez bien que, sous d'autres cieux et en d'autres temps (espérons-le), cette même loi des rendements décroissants a conduit à enrôler violemment de plus en plus d'esclaves pour

---

22. Ceux qui tiennent absolument à un exposé technique en règle sur ce point pourront se référer à notre *Économie politique*, t. 2 : *Microéconomie*, 3ᵉ éd., Hachette, coll. « Les Fondamentaux », 2000.

remplacer ceux que l'on tuait à la tâche. La loi de l'économie, fût-elle incontournable et universelle, n'en reste pas moins un outil au service des hommes, pour le meilleur et pour le pire.

Ce ne sont donc pas les lois de la nature qui sont aliénantes ou libératrices, mais l'usage que nous en faisons. L'estime dans laquelle on tient les « vrais » scientifiques repose d'ailleurs précisément sur la conviction qu'ils œuvrent à l'émancipation de l'humanité, et non à son asservissement à des lois étrangères à leur volonté. Ainsi, plus une loi est robuste et incontestable, plus elle élargit l'espace de liberté en posant des points d'appui, des repères immuables à partir de quoi l'action humaine peut élaborer une stratégie.

Par ailleurs, la science économique n'est guère en mesure d'énoncer plus de trois ou quatre lois aussi universelles que la loi des rendements décroissants. Pour le reste, la conviction croissante des économistes dans le monde, et parmi eux des plus grands esprits [23], est que les lois de l'économie ne sont pas assimilables aux lois de la physique. Il s'agit de lois historiques et sociales (valables dans un contexte donné), et assez largement façonnées par des institutions et des conventions, des lois qui, quoiqu'elles puissent être extrêmement contraignantes à une

---

23. On trouvera dans ce sens de nombreuses citations des plus grands économistes *in* Bernard Maris, *Lettre ouverte aux gourous de l'économie qui nous prennent pour des imbéciles*, Le Seuil, coll. « Points Économie », 2003, et Jean-Pierre Maréchal, « Critique d'un lieu commun : l'économie comme science », art. cit.

époque donnée, n'en restent pas moins amendables par les hommes.

Cette vision de l'économie, comme une science humaine, sociale, historique, politique et morale, est, avec des variantes, très largement dominante chez les économistes qui prennent ouvertement position sur le terrain méthodologique. Vous trouverez difficilement un écrit récent d'économiste assimilant l'économie à la physique ou à l'astronomie. Certes, une majorité d'économistes n'en parle même pas et fait de l'économie sans prendre le soin de dire quel genre de « science » elle pense pratiquer, et parfois sans seulement se poser la question. Mais, encore une fois, si vous isolez un à un les membres de cette majorité silencieuse (y compris ceux qui utilisent intensément les méthodes des sciences physiques), vous trouverez très peu d'individus assez incultes ou culottés pour ne pas reconnaître que l'assimilation de l'économie à une science de la nature est une vision qui, quoiqu'elle ait sans doute contribué au développement de notre discipline, est une impasse méthodologique dont l'emprunt obstiné bloquerait l'élaboration de méthodes vraiment adaptées à notre objet spécifique d'étude.

Aussi est-il paradoxal de constater que, précisément à l'époque où la science économique elle-même renonce à considérer ses prescriptions comme des ordres de la nature, le discours dominant met en avant les lois de l'économie pour ordonner le retrait du politique, la soumission de la volonté politique.

Le paradoxe n'est qu'apparent. Il rappelle seulement que le discours politique est rarement fondé sur la science, mais exploite et instrumentalise le discours scientifique pour servir ses visées immédiates. En l'occurrence, la victoire politique du néolibéralisme ne peut s'afficher comme une victoire des puissants sur les faibles, des riches sur les pauvres. Il lui faut donc maquiller sa victoire politique en nécessité scientifique pour décrédibiliser et décourager la contestation.

Partir à la recherche des vraies lois de l'économie, c'est justement procéder au *démaquillage* du discours économique pour identifier la vraie source des ordres qui gouvernent les rapports sociaux. On découvre que les théorèmes de l'économie sont rarement de même nature que le théorème d'Archimède. Mais si l'économie échappe à la nécessité de la nature, elle n'est pas pour autant livrée au hasard. Et si l'ordre qui la gouverne n'est pas mécanique, il est nécessairement humain et donc amendable. La guerre que beaucoup de nos concitoyens croient aujourd'hui engagée entre lois des hommes et lois de l'économie n'aura pas lieu, puisque ces dernières, fussent-elles parfois inhumaines, sont des lois des hommes.

Loi n° 2

Ce qui a de la valeur n'a pas de prix

Quel est le fondement de la valeur ? Qu'est-ce que la richesse ? Pourquoi des questions aussi fondamentales sont-elles aujourd'hui absentes du débat académique ? Tout simplement parce que la plupart des économistes considèrent qu'elles ont été réglées de façon quasi définitive voici plus de cent trente ans. Et, pour le profane, les réponses semblent probablement triviales : à l'évidence, en économie et pour les économistes, a de la valeur ce qui a un prix, c'est-à-dire tout ce qui est susceptible d'une évaluation monétaire ; et « être riche », c'est « avoir de l'argent » ou des biens, des titres, des talents qui valent de l'argent. Oh, certes, le bon sens populaire est aussi convaincu que, bien souvent, ce qui a vraiment de la valeur dans la vie d'un homme n'a pas de prix. Qui n'a pas dit un jour : « La santé, ça n'a pas de prix ! » ? Et l'amitié, et la paix, et *tutti quanti*. Mais le même bon sens, soutenu par le discours économique dominant, est persuadé que ces belles pensées n'ont pas cours chez les économistes : l'économie est la science des valeurs marchandes. C'est pourtant absolument faux ! Mais cela n'empêche pas la vision marchande de la valeur d'imprégner le discours économique dominant dans le débat public contemporain.

La vision marchande de la valeur

Cette vision marchande de la valeur et de la richesse est en effet le fondement implicite d'une série de postulats – tout à fait explicites, eux – qui caractérisent le discours néolibéral de ces vingt dernières années. Résumons-les brièvement. Seules les entreprises créent les « vraies » richesses et donc les « vrais » emplois. Certes, une société ne peut se passer de certaines activités publiques (police, justice, etc.), parce qu'elles sont utiles au fonctionnement harmonieux et paisible des activités productives. Mais les biens publics n'ont pas de valeur en soi. Ils sont des coûts nécessaires à la création des richesses, ils ne sont pas des richesses ; les impôts levés pour les financer sont donc des « prélèvements » sur la richesse d'une nation. C'est bien la raison pour laquelle on parle toujours du « poids » de l'État mais jamais du « poids » de l'automobile ou du « poids » de la banque. Au compte d'exploitation de la nation, l'activité des entreprises est un produit, l'État est une charge. Il s'ensuit logiquement qu'il convient toujours de réduire les dépenses publiques et les impôts autant qu'il est possible pour orienter de préférence les ressources vers les productions marchandes. La loi de la valeur marchande n'est pas neutre ; elle fonde une vision marchande et ultralibérale de la société.

Pourtant, cette loi de la valeur n'a quasiment jamais été défendue par *aucune* école de pensée, et la théorie économique la plus orthodoxe, dont se réclament souvent les libéraux, a adopté depuis la fin du XIXe une définition radicalement différente de la valeur. Dès 1776, Adam Smith écrivait : « Un homme est riche ou pauvre suivant les moyens qu'il a de se procurer les besoins, les commodités et les agréments de la vie [24]. » Autrement dit, la substance de la richesse et de la valeur est fondée sur la satisfaction de tous les besoins humains, sur ce qu'Adam Smith appelle la « valeur d'usage » et la plupart des autres économistes l'« utilité ». Karl Marx sera le seul à vraiment contester cette vision en reconnaissant dans le travail la substance de la valeur. Mais, au sein de l'économie orthodoxe, la nature de la valeur, et, partant, de la richesse, ne fait pas vraiment débat.

Les difficultés de la valeur travail

Des controverses vont néanmoins apparaître parce que la valeur, outre la question de sa nature, soulève aussi celle de sa mesure. Deux pistes de recherche vont s'opposer pendant près d'un siècle. La piste française, initiée par Étienne Bonnot de Condillac (en 1776) et Jean-Baptiste Say (en 1803), fonde la valeur des biens sur leur utilité, appréciée subjective-

---

[24]. *Essai sur la nature et les causes de la richesse des nations* (1776), trad. Gérard Mairet, Gallimard, coll. « Folio Essais », 1976, p. 61.

ment par les individus et échappant par conséquent à toute mesure objective. La piste anglaise, initiée par Adam Smith (en 1776) et généralisée par David Ricardo (en 1817), cherche au contraire un étalon objectif de mesure de la valeur.

Smith et Ricardo, tout en reconnaissant au fond que l'utilité des biens constitue l'essence de la valeur, pensent qu'elle ne permet pas d'expliquer la formation de la valeur dans les échanges (c'est-à-dire les prix). En effet, explique Adam Smith, l'eau, qui a la plus grande utilité, n'a quasiment aucune valeur sur le marché, tandis que le diamant, assurément moins nécessaire à la vie que l'eau, a un prix très élevé. La valeur d'usage paraît donc incapable de fonder une explication des valeurs marchandes. L'étude de l'économie, qui a alors pour principal objet l'explication rigoureuse des phénomènes associés au développement de l'économie marchande, ne peut se contenter d'une définition philosophique de la valeur, impuissante à décrire la réalité des échanges. Mais alors, pourquoi ne pas mesurer les valeurs par les prix tout simplement ?

Les prix sont alors disqualifiés comme étalon de mesure des valeurs parce que leurs variations reflètent autant l'instabilité de la valeur de la monnaie (l'or à l'époque) que l'évolution de la valeur des biens. Smith et Ricardo cherchent donc un étalon de mesure dont la valeur propre soit plus stable que celle de l'or. Ils proposent alors de prendre pour étalon la quantité de travail incorporée dans les biens. La théorie de la valeur travail est née. Mais elle va bien vite rendre l'âme dans le courant dominant. Cette piste de recherche soulève en effet des questions complexes qui resteront longtemps sans réponse satisfaisante. Comment comparer le temps de travail incorporé dans les biens quand le travail n'est pas homogène ? Autrement dit, une heure de travail d'un ingénieur vaut-elle autant, plus ou moins qu'une heure de travail d'un manœuvre ? De plus, les biens sont produits avec du travail, mais aussi avec du capital (les outils, les équipements).

On peut bien sûr, comme le propose Ricardo, considérer le capital comme du « travail indirect », dans la mesure où sa production incorpore du travail (et du capital qui incorpore à son tour du travail, et ainsi de suite). Mais comment mesurer la contribution de ce travail indirect, qui est de plus très hétérogène en qualité et en durée de vie ? Assez vite, les économistes vont se rendre à l'évidence : la théorie de la valeur travail semble être un imbroglio indémêlable. John Stuart Mill la rejette dès 1848, dans ses *Principes d'économie politique*, considérés comme la dernière grande synthèse de l'économie politique classique.

Bref, on revient à la case départ et à la conception de Jean-Baptiste Say. À de la valeur ce qui est utile aux hommes. Une explication simple de la formation des valeurs marchandes (des prix) est par ailleurs offerte par la tension entre la rareté des biens et l'intensité de la demande. Les biens rares et fortement demandés sont chers, les biens abondants et/ou peu demandés sont bon marché. Il faut souligner aussi que la conception de la valeur fondée sur l'utilité écarte explicitement l'idée que seuls les biens échangés sur des marchés auraient de la valeur et seraient source de richesse. Là encore, les néolibéraux qui soutiennent aujourd'hui une conception marchande de la valeur devraient relire Jean-Baptiste Say, principal précurseur du modèle néoclassique sur lequel ils pensent fonder scientifiquement leur discours. Voici par exemple le commentaire critique qu'il fait à la lecture de Ricardo :

« Je ne saurais m'empêcher de remarquer ici que cette nécessité de fixer la valeur des choses par la valeur qu'on peut obtenir en retour de ces mêmes choses, dans l'échange qu'on voudrait en faire, a détourné la plupart des écrivains du véritable objet des recherches économiques. *On a considéré l'échange comme le fondement de la richesse sociale, tandis qu'il n'y ajoute effectivement rien*. Deux valeurs qu'on échange entre elles, un boisseau de froment et une paire de ciseaux, ont été préalablement formées avant de s'échanger ; la richesse qui réside en elles existe préalablement à tout échange ; et, bien que les échanges jouent un grand rôle dans l'économie sociale, bien qu'ils soient indispensables pour que les produits parviennent jusqu'aux consommateurs, ce n'est point dans les échanges mêmes que consiste la production ou la consommation des richesses. *Il y a beaucoup de richesses produites, et même distribuées sans échange effectif*[25]. »

Et le *Traité d'économie politique* (1803) de Jean-

---

25. Note de Jean-Baptiste Say sur l'édition du livre majeur de David Ricardo, *Des principes de l'économie politique et de l'impôt* (1817), trad. Cécile Soudan, Garnier-Flammarion, 1992, p. 455-456. C'est nous qui soulignons.

Baptiste Say, comme ses correspondances avec ses collègues, consacre de longs développements à montrer que toute activité matérielle ou immatérielle, marchande ou non marchande, est créatrice de richesse, dès lors qu'elle est *utile* à quelqu'un. Le précurseur du modèle néoclassique libéral ouvre ainsi, malgré lui il est vrai, la voie d'une critique de la marchandisation du monde !

Dès le milieu du XIXe siècle, donc, l'idée que la valeur est définie subjectivement par les hommes eux-mêmes l'emporte sur l'idée d'une définition objective. Mais c'est une victoire par abandon provisoire du challenger (la théorie de la valeur travail) et qui ne règle en rien le problème qui avait lancé le débat. Comment expliquer en effet que certains biens très utiles ne valent quasiment rien sur les marchés ? Comment surmonter le paradoxe de l'eau et des diamants exposé par Adam Smith ?

De la souveraineté du consommateur à la souveraineté du citoyen

Dans les années 1860-1870, une solution élégante à ce paradoxe va définitivement assurer la victoire de la piste française. De façon indépendante, l'Anglais Stanley Jevons (en 1862), l'Autrichien Carl Menger (en 1870) et le Français Léon Walras (en 1874) développent la théorie de l'*utilité marginale*. L'utilité marginale est la satisfaction individuelle procurée par une unité supplémentaire d'un bien. Par exemple, quand vous avez soif, vous buvez quelques gorgées d'eau jusqu'à éteindre votre soif. L'utilité totale est la satisfaction globale de votre besoin. L'utilité marginale est le supplément de satisfaction que vous éprouvez à chaque gorgée d'eau. Selon la loi d'intensité décroissante des besoins, et donc de l'utilité (énoncée par Heinrich Gossen en 1854), il est raisonnable de penser que l'utilité de la première gorgée d'eau est plus forte que celle de la deuxième, et ainsi de suite, parce que la soif diminue au fur et à mesure de votre consommation d'eau. Cette observation conduit à énoncer *la loi de l'utilité marginale décroissante avec la quantité consommée*.

Cet outil élémentaire apporte la solution au paradoxe de l'eau et des diamants. L'erreur d'Adam Smith fut de ne pas comprendre que c'était l'utilité marginale, et non l'utilité totale, qui pouvait expliquer la formation des prix. L'eau, qui est indispensable à la vie, a une utilité totale extrêmement élevée, mais une utilité marginale très faible : l'abondance de l'eau fait que les besoins sont satisfaits jusqu'à satiété. Quand personne n'a soif, l'utilité du verre d'eau supplémentaire est nulle et donc son prix est également nul. Inversement, le diamant a une utilité totale insignifiante, comparée à celle de l'eau, mais sa grande rareté fait qu'il a une forte utilité marginale et donc un prix élevé. L'utilité totale fonde la richesse, elle constitue l'essence de la valeur, mais c'est l'utilité marginale qui détermine les valeurs marchandes.

En éliminant la contradiction apparente entre valeur d'usage et valeur d'échange, cette « révolution marginaliste » consacre la vision subjective de la valeur, comme l'exprime avec force Carl Menger :

« Ainsi la valeur n'est pas inhérente aux biens, elle n'en est pas une propriété [...]. C'est un *jugement* que les sujets économiques portent sur l'importance des biens [...]. Il en résulte que *la valeur n'existe pas hors de la conscience des hommes* [26]. »

Cette nouvelle définition, qui ne sera plus jamais sérieusement contestée au sein de la théorie économique orthodoxe, renvoie au placard des inepties économiques l'idée selon laquelle seules les entreprises et les activités marchandes créent des richesses. Il suffit qu'un être au monde considère les biens publics comme utiles à son bien-être pour en faire des richesses en soi. Et comme seul l'individu souverain peut savoir comment les ressources disponibles doivent être réparties entre biens publics et biens privés, la théorie économique est incapable de définir *a priori* un « bon » niveau d'État, pas plus qu'elle ne peut dire *a priori* la part que les voitures ou les poireaux doivent occuper dans le produit de la nation. Seule la délibération entre les individus souverains permet d'effectuer un choix collectif légitime sur le partage biens publics/biens privés. Ainsi, cette même théorie de la valeur qui va fonder la souveraineté du consommateur fonde aussi – malgré elle peut-être – la souveraineté du citoyen.

---

26. Cité par Alain Samuelson, *Les Grands Courants de la pensée économique*, *op. cit*. C'est nous qui soulignons.

Le dévoiement de la loi de la valeur

Las, par une ruse insidieuse de la raison, la nouvelle théorie dominante allait par la suite contribuer à promouvoir une vision essentiellement marchande de la valeur. Ce dévoiement de l'approche subjective de la valeur s'explique par l'ambition principale du modèle néoclassique : démontrer que le libre jeu de la concurrence et la parfaite flexibilité des prix conduisent à un équilibre général (équilibre simultané de l'offre et de la demande sur tous les marchés) qui garantit un usage optimal des ressources. Alors, voici la ruse : si le prix d'un bien quelconque reflète toujours et partout l'équilibre entre son offre et sa demande, ce prix est une mesure de la valeur subjective que les individus attribuent à ce bien.

En effet, si, à ce prix, les acheteurs estiment que la valeur réelle d'une unité du bien (l'utilité marginale) est inférieure à son prix, ils refusent de l'acheter ; il s'ensuit un recul de la demande qui fera baisser le prix jusqu'à ce qu'il soit égal à l'utilité marginale. Inversement, si la valeur subjective du bien est supérieure à son prix, sa demande augmente et son prix s'élève jusqu'à rétablir l'égalité entre valeur subjective et valeur marchande.

L'élégance évidente de cette solution au problème de la mesure des valeurs a, semble-t-il, suffi à nourrir ensuite une confusion colossale entre la substance de la valeur (le bienfait pour l'individu) et la mesure monétaire des valeurs marchandes. On ne peut en effet nier la propension évidente de nombreux économistes orthodoxes à raisonner « comme si » seuls les biens marchands avaient une valeur réelle, quand bien même cela entre en contradiction flagrante avec la définition subjective de la valeur. Mais si les néoclassiques oublient si volontiers de tirer toutes les conséquences pratiques et politiques de leur propre théorie de la valeur, c'est que leur objectif central n'a rien à voir avec la question de la substance de la valeur. Cette question relève à leurs yeux de la philosophie morale et politique, dont ils veulent, en réalité, se distinguer radicalement, pour ne s'occuper que des questions « objectives » susceptibles de mobiliser les outils mathématiques, grâce auxquels ils espèrent élever l'économie au rang des sciences physiques.

La « solution » néoclassique à la question de la mesure des valeurs est d'une élégance trompeuse. En fait, elle ne résiste pas plus de quelques secondes à l'examen des conditions nécessaires à sa pertinence. Et, pour commencer, cette « solution », pensée à propos de biens de consommation privés qui satisfont directement les besoins des individus, s'applique assez mal aux matières premières, aux biens d'investissement et aux biens publics.

Ainsi, par exemple, la valeur marchande d'une entreprise, d'un appartement, d'un terrain, d'une matière première peut connaître des fluctuations considérables, en partie provoquées par la spéculation, dont rien ne permet de penser qu'elles s'accompagnent de variations équivalentes de l'utilité des biens en question. Le spéculateur qui achète un bien ou un titre, à un certain prix, n'exprime pas le niveau d'utilité que représente pour lui ce bien ; il exprime sa croyance ou son pari dans la hausse prochaine du prix qui lui permettra un gain en capital.

Les prix ne peuvent bien évidemment pas mesurer la valeur des biens publics qui ne font l'objet d'aucun échange marchand. L'utilité de la défense nationale ne peut être évaluée par son prix de vente, puisqu'elle n'en a pas. C'est pourquoi les comptes de la nation mesurent la production de défense nationale par son coût de production pour la nation. Mais il est clair que cette mesure indirecte du « prix à payer » pour produire ce service ne nous dit strictement rien sur son utilité subjective pour chaque citoyen.

Mais les prix ne nous renseignent pas davantage sur la valeur subjective des biens de consommation privés, pour toute une série de raisons, dont nous n'évoquerons ici que quelques-unes. Les prix ne pourraient être considérés comme une mesure indirecte de l'utilité des biens que s'ils ne reflétaient rien d'autre qu'un équilibre librement négocié entre la volonté des vendeurs et celle des acheteurs, sur des marchés parfaitement concurrentiels, où aucun acteur n'a plus de pouvoir qu'un autre d'influencer les conditions de l'échange. Or, dans la réalité, les prix sont affectés par bien d'autres choses – par exemple, les taxes et charges sociales dont les variations n'ont pas grand-chose à voir avec l'utilité des biens pour les acheteurs. Le fait que la même voiture soit plus ou moins chère des deux côtés d'une frontière, parce que les taxes y sont différentes, n'indique en rien que les habitants des deux pays concernés lui attribuent une valeur différente.

Par ailleurs, comme l'avaient déjà souligné les

classiques anglais, les mouvements du prix d'un bien particulier peuvent en partie résulter d'un mouvement général d'inflation (ou de déflation) de tous les prix. Enfin, la plupart des biens de consommation ne font pas l'objet d'un *prix librement négocié entre l'acheteur et le vendeur*, parce que la plupart des marchés ne sont pas organisés comme des Bourses, où le prix pourrait être renégocié en permanence et refléter en continu les mouvements de l'offre et de la demande.

Quand vous commandez un café dans un bar, vous ne payez pas le prix librement consenti à l'issue d'une négociation : vous payez le prix qu'on vous demande, un point c'est tout. Et le même café consommé dans une autre ville, ou dans un autre quartier de la même ville, vous coûtera nettement moins cher ou sensiblement plus cher, pour une satisfaction (une utilité) très probablement identique. Il paraît même raisonnable de supposer que c'est le café que vous payez un peu trop cher, par rapport à vos habitudes, qui vous procure le moins de satisfaction, parce que vous avez le sentiment d'être rançonné par un cafetier qui profite exagérément de sa situation. Vous ravalez votre rancœur, parce qu'il n'y a pas d'autre bar meilleur marché à un kilomètre à la ronde, mais vous ne négociez rien. Vous n'auriez pas ce problème si vous viviez dans le monde imaginaire de la théorie néoclassique des marchés concurrentiels. Dans cet univers, en effet, il est possible de lancer des enchères sur le prix du café, avenue des Champs-Élysées à Paris ou sur la Cinquième Avenue à New York, à 4 heures du matin comme à midi.

La fiction de marchés parfaitement concurrentiels – fonctionnant toujours et partout – est nécessaire pour supposer que ce que font les individus et ce qu'ils payent reflètent leur meilleur choix possible et non un abus de pouvoir. Il est nécessaire que chaque individu dispose à tout moment, et en tout lieu, d'une *égale liberté* de mouvement et de négociation, sans quoi, en fait de *choix* et de *valeur*, les échanges et les prix refléteraient plutôt les rapports de forces entre les acteurs du marché.

Mais nous vivons dans un monde réel où l'égale liberté est une pure fiction. Certes, on peut dire, *en un sens particulier*, que tous les consommateurs sont également *libres d'acheter ou de ne pas acheter* les biens disponibles et, en conséquence, considérer qu'en acceptant de payer le prix qu'ils seraient libres de ne pas payer, ils manifestent la valeur qu'ils attribuent à ces biens. Mais c'est là une conception purement formelle et étroite de la liberté qui fait totalement abstraction du niveau et de la répartition des moyens dont disposent les individus pour mettre en œuvre leur droit formel. Prendre les actes constatés des individus pour des choix parfaitement libres, c'est faire l'impasse sur l'inégale capacité des individus à mener leur vie selon leurs souhaits. Cela revient à dire que les chômeurs de longue durée sont *libres* de se suicider pour échapper au chômage, que les pauvres sont *libres* de ne pas acheter de caviar et que, les riches étant par ailleurs *libres* de ne pas inviter les pauvres à leur table, tout le monde baigne dans le bonheur des choix souverains.

On saisit là l'enjeu caché d'une vision marchande

de la valeur. Soutenir que les prix sont le seul reflet du désir des individus revient à considérer qu'ils ont tous des capacités et des contraintes strictement identiques, et donc une égale liberté de choix qui peut s'exprimer dans des négociations et se refléter dans les prix. Dans un monde imaginaire d'égaux, on peut dire que ceux qui ne consomment pas de caviar le font parce qu'ils préfèrent autre chose. Mais dans le monde réel, on ne peut pas dire qu'un chômeur de longue durée reste au chômage parce qu'il *préfère* cela à autre chose… au suicide, par exemple !

Derrière l'assimilation de la valeur des biens aux prix de vente librement négociés se cache ainsi (à peine) la volonté d'occulter les différences de capacité entre les individus et les rapports de forces qui commandent la formation des valeurs. Les premiers classiques anglais avaient bien l'intuition que la valeur intrinsèque des choses risque d'être fort différente de celle qui est dictée par les forces du marché. L'intérêt de leur recherche sur la valeur travail était précisément de faire apparaître l'écart entre une *valeur réelle* fondée sur ce qu'il en coûte aux hommes de produire et une *valeur socialement déterminée*, où l'analyse pourrait déceler les rapports de forces, le rôle des institutions, celui des modes de production. On comprend ainsi pourquoi le courant dominant n'a plus jamais relancé le débat sur la valeur travail, alors même que la poursuite de cette recherche dans la mouvance ricardo-marxienne proposait des solutions aux difficultés techniques soulevées par la théorie ricardienne de la valeur.

Mais le dévoiement de la théorie de la valeur que nous avons ici mis au jour ne peut être indistinctement assimilé à la théorie néoclassique de la valeur. Il n'y avait chez les premiers néoclassiques aucune volonté d'occulter les inégalités et les rapports de forces. Ils s'en inquiétaient même tout particulièrement, et la plupart d'entre eux seraient aujourd'hui considérés comme des « hommes de gauche » très réservés sur les bienfaits du capitalisme. La confusion entre valeur subjective et valeur marchande fut, rappelons-le, une déviation de la nouvelle théorie dominante, reflétant pour partie le souci de « faire science » (qui exigeait de disposer d'une mesure des valeurs) et pour partie un biais idéologique (fermer les yeux sur les inégalités). Mais cette déviation et ses conclusions sont incompatibles avec la définition de la valeur par l'utilité individuelle, définition qui interdit logiquement de réduire la valeur aux seules valeurs marchandes.

Déjà incompatible, donc, avec les prémisses de la théorie néoclassique, la vision marchande de la valeur l'est aussi avec ses développements ultérieurs. En effet, les recherches sur l'équilibre général d'une économie de marché allaient démontrer l'impossibilité de la toute première et plus élémentaire des conditions nécessaires à la confusion entre prix et valeur, à savoir que tout prix reflète un équilibre entre l'offre et la demande. La question de savoir si les prix du marché sont toujours et partout des prix d'équilibre est au cœur du programme de travail néoclassique, qui prendra exactement un siècle (1874-1973/74) pour répondre… que non ! C'est d'ailleurs ce qui va nous autoriser à énoncer notre loi n° 3 : la loi du déséquilibre général.

Post-scriptum

J'ai découvert les joies du marchandage au Cameroun, où j'effectuais mon service national en coopération au tout début des années 1980. Je devais vite apprendre que, bien souvent, les marchands estimaient davantage les clients qui marchandaient que ceux qui payaient le prix annoncé sans discuter. Car si les hommes entrent en relation pour faire des échanges, il arrive aussi qu'ils procèdent à des échanges pour entrer en relation. Sur le marché de Douala, comme sur les routes où les contrôles de la gendarmerie s'intensifiaient en fin de mois, la palabre avait une valeur en soi, indépendante de son objet initial. Si mon goût naturel pour la palabre m'a permis de passer tous les contrôles de gendarmerie sans sortir un billet, il m'a aussi permis d'expérimenter une loi paradoxale de l'économie. À savoir : dans le marchandage, *le bien prend de la valeur au fur et à mesure que son prix baisse* ! En effet, le plaisir des mots et la chaleur du lien social tissé dans l'échange chargent les biens d'une valeur subjective d'autant plus forte que le marchandage perdure, alors même que celui-ci a pour effet ordinaire de faire baisser le prix. À la limite, les dernières tomates échangées, celles que le marchand dépose gracieusement dans le panier après la clôture de la transaction, sont, pour lui comme pour son client, les plus précieuses.

Devant ce paradoxe économique, je ne pouvais réprimer un réflexe d'économiste cynique. L'énigme apparente du marchandage avait deux solutions évidentes, pensais-je. 1) Le marchand surestimait le prix de départ en sorte de parvenir à son vrai prix d'offre après marchandage. 2) Le cadeau final était un investissement commercial visant à fidéliser le client. Mais pourquoi dépenser tant d'énergie pour un résultat qui serait atteint plus vite et aussi sûrement en annonçant d'emblée le dernier prix comme dans n'importe quel magasin ? Et pourquoi, tout économiste cynique que j'étais, je ne pouvais m'empêcher de trouver un charme particulier à ces échanges ? Il fallait bien se rendre à cette autre évidence : il se passait là autre chose qu'un simple troc de monnaie contre tomates.

Bon ! Mais économiste j'étais, économiste je resterais. Il n'y avait qu'à intégrer dans la transaction sa composante non marchande. Ainsi, toutes mes tomates, même celles qui étaient « cadeau », avaient été payées, mais pour partie seulement en monnaie, et pour le reste en paroles, puisque le marchand éprouvait un plaisir visible à palabrer. Mais surgissait alors une autre difficulté. Comment assimiler un paiement en monnaie, dont la privation me coûtait quelque chose, et un paiement en paroles, qui non seulement ne me coûtait rien mais me procurait un vrai bonheur ? Car notre parole est un drôle de « bien » qui *ne prend de la valeur pour nous-mêmes que lorsque nous le donnons*. Je n'étais donc là qu'au tout début d'une exploration d'une économie du don à laquelle, fort heureusement (je devais le découvrir un peu plus tard), Marcel Mauss et quelques autres esprits brillants avaient déjà contribué. Comme cela n'était manifestement pas si simple et qu'il faisait très chaud sur le marché de Douala, je ne poussai pas alors tellement plus loin mes réflexions.

Mais cela, bien sûr, ne gâchait pas mon plaisir de songer que, dans mon panier de tomates, c'était celles qui étaient « gratuites » qui avaient le plus de « prix ».

Loi n° 3

La loi du déséquilibre général

Quiconque n'a jamais étudié l'économie comprend néanmoins la loi de l'offre et de la demande. Si l'offre d'un bien (par les producteurs) est supérieure à la demande, la concurrence entre les vendeurs pour écouler leur produit devrait faire baisser le prix du marché jusqu'au moment où l'offre serait à nouveau égale à la demande. Si c'est la demande qui est excédentaire, la concurrence entre les acheteurs devrait élever le prix de vente jusqu'à un nouveau prix d'équilibre. Mais ce mécanisme simple fonctionne-t-il vraiment sur tous les marchés ? Assure-t-il un équilibre général ?

La question n'est pas triviale.

Imaginez que des conditions climatiques calamiteuses entraînent une grave pénurie de fruits et légumes. La chute des quantités vendues induira une forte hausse des prix. Certains consommateurs préféreront payer le prix fort et maintenir ou réduire très légèrement leurs achats, quitte à limiter leurs commandes d'autres biens. Certains consommateurs, au contraire, réduiront fortement leurs achats de produits frais et consommeront plus de conserves et de surgelés. Des producteurs dont les récoltes ont été dramatiquement réduites verront leur chiffre d'affaires s'effondrer, malgré la hausse des prix unitaires. Ils devront freiner leur propre consommation, peut-être licencier des ouvriers agricoles ; certains feront faillite et mettront en difficulté leurs créanciers, fournisseurs et salariés. Les travailleurs mis au chômage limiteront drastiquement leurs dépenses… De proche en proche, le choc subi dans le secteur des primeurs aura des effets négatifs dans d'autres secteurs.

Ainsi, le fait que la loi de l'offre et de la demande assure que le prix des tomates est toujours celui qui équilibre l'offre et la demande de tomates ne nous garantit en rien qu'elle réglera aussi de manière optimale et rapidement l'ensemble des déséquilibres qu'un choc sur le prix des tomates peut engendrer dans le reste de l'économie. C'est là toute la différence entre le problème de l'*équilibre partiel* (sur un marché spécifique) et celui de l'*équilibre général* (sur tous les marchés en même temps).

Autrement dit, la question est la suivante : dans une économie où coexistent des millions de produits différents et donc des millions de marchés, et où des millions d'acheteurs et de vendeurs prennent des décisions indépendantes sans aucune procédure centrale de coordination, se peut-il que les échanges débouchent sur autre chose qu'une immense pagaille et le déséquilibre général ? Les millions d'offres et de demandes indépendantes n'ont aucune raison d'être *a priori* compatibles. Et si, par miracle, l'économie connaît un état d'équilibre général, cet état est-il stable ? Existe-t-il des forces susceptibles de ramener vers l'équilibre à la suite d'une perturbation quelconque ?

L'équilibre général walrasien

Léon Walras est le premier à avoir tenté de traiter rigoureusement cette double question de l'*existence* et de la *stabilité* d'un équilibre général. Nous ne pourrons bien évidemment pas développer ici les démonstrations formelles (pour cela nous renvoyons notamment aux excellents ouvrages de Bernard Guerrien [27]). Nous nous concentrerons sur la démarche et sur les résultats de la théorie de l'équilibre général.

Walras s'efforce tout d'abord de démontrer l'existence d'un équilibre général, en posant le problème sous une forme mathématique élémentaire. Il s'agit de savoir si le système d'équations multiples constitué par les équations d'équilibre (offre = demande) a une solution. Les mathématiques enseignent alors qu'une condition nécessaire à l'existence d'une telle solution est de disposer d'autant d'équations que d'inconnues à déterminer. En substance, Walras se contente donc de démontrer que tel est bien le cas dans une économie de marché, pour en déduire l'existence d'un équilibre général. Nous verrons plus loin que cette condition nécessaire n'est toutefois pas suffisante.

27. Bernard Guerrien, *La Théorie néoclassique. Bilan et perspective du modèle d'équilibre général*, Economica, 1989 ; *L'Économie néoclassique*, La Découverte, coll. « Repères », 1989.

Mais restons pour l'instant à l'époque de Walras. Il pense donc avoir démontré mathématiquement que la solution existe. Reste à savoir par quel mécanisme pratique les transactions sur les marchés vont conduire vers cette solution d'équilibre et assurer sa stabilité en cas de perturbation. Walras imagine alors un mécanisme de *tâtonnement* des marchés vers le point d'équilibre. Sur chaque marché, explique-t-il, un commissaire-priseur crie un prix et enregistre l'offre et la demande à ce prix ; si l'offre est supérieure à la demande, il crie un prix plus bas, de façon à stimuler la demande et réduire l'offre ; inversement, si la demande est supérieure à l'offre, il crie un prix plus élevé, pour stimuler l'offre et réduire la demande ; et ainsi de suite jusqu'à l'équilibre parfait entre offre et demande.

Et de conclure : si l'économie est organisée comme un ensemble de marchés concurrentiels, où l'on peut instantanément renégocier les prix jusqu'au moment où l'on trouve le nouveau prix d'équilibre, un équilibre général est possible et susceptible, en cas de choc quelconque, d'être automatiquement rétabli par les forces du marché.

Le théorème d'impossibilité d'un équilibre général

Trop beau et surtout trop simple pour être vrai, hélas. Si Walras a eu le mérite de poser clairement la question de l'équilibre général, il ne l'a pas résolue. En effet, il ne suffit pas qu'existent autant d'équations que d'inconnues pour que le système d'équations du marché ait une solution. Il faut en outre que les fonctions d'offre et de demande aient des formes bien particulières.

Le problème sera donc repris avec toute la rigueur mathématique nécessaire par Kenneth Arrow et Gérard Debreu dans les années 1950. Dans un théorème célèbre, ils vont établir la liste précise des conditions nécessaires à l'existence d'un équilibre général, dont voici l'essentiel : concurrence pure et parfaite (cf. *infra*), existence de marchés complets (pour tous les biens présents, mais aussi tous les biens futurs), dotation de survie distribuée à tous, absence de coûts fixes de production, rendements d'échelle constants ou décroissants (la productivité est stable ou bien diminue quand on augmente la taille des capacités de production).

La condition « concurrence pure et parfaite » mérite quelques précisions parce qu'elle est en fait le nom donné à un ensemble de cinq conditions.

1) Transparence : l'information de tous les acteurs du marché est parfaite, immédiate et sans coût.

2) Atomicité : il existe un nombre d'acteurs assez grand pour qu'aucun ne dispose d'un poids suffisant pour influencer les conditions du marché (chaque acteur n'est qu'un « atome » insignifiant).

3) Homogénéité des produits : tous les biens qui satisfont un besoin particulier sont considérés comme identiques par les acheteurs, quelles que soient leur origine et l'identité du producteur. En clair : Volkswagen ne peut pas convaincre les consommateurs que la Golf est un produit différent de la 307 de Peugeot.

4) Parfaite mobilité des facteurs : le travail et le capital peuvent se déplacer instantanément et sans coût d'une activité à une autre, d'un lieu à un autre.

5) Libre accès au marché.

La seule énumération des conditions d'Arrow et Debreu suffit à conclure que, de toute évidence, l'équilibre général n'a aucune espèce de chance d'exister en réalité. Aucune économie réelle ne peut réunir toutes ces conditions. Dans le monde réel, la concurrence est imparfaite, les marchés futurs sont très rares ; les rendements d'échelle peuvent être croissants ; l'absence de coûts fixes est une pure fiction et la perfection de l'information une pure chimère ; les biens ne sont pas parfaitement homogènes, notamment parce que les entreprises parviennent à différencier leurs produits ; il n'existe aucune manne céleste qui garantisse à tous des moyens de subsistance quand ils ne perçoivent plus aucun revenu, etc.

L'idée d'équilibre général est donc un simple jeu de l'esprit. Soit ! Mais si un équilibre parfait et simultané de tous les marchés est impossible, ne reste-t-il pas néanmoins exact que la libre négociation des prix permet cependant de tendre vers un équilibre entre les offres et les demandes et de résorber d'éventuels déséquilibres ? Las ! Le deuxième volet de la théorie walrasienne – le tâtonnement – ne résiste pas davantage à la critique keynésienne et aux développements ultérieurs de la théorie néoclassique elle-même.

Le coup de grâce

Keynes, tout d'abord (1936), a contesté les vertus équilibrantes de la flexibilité des prix et des salaires. La relecture pénétrante de sa *Théorie générale de l'emploi, de l'intérêt et de la monnaie* par R. W. Clower (1965) et A. Leijonhufvud (1970) a mis en évidence une critique pertinente du tâtonnement walrasien. Ce mécanisme suppose tout d'abord de centraliser sur un même lieu ou réseau tous les offreurs et tous les demandeurs d'un même bien. Il suppose aussi que soit respectée la clause d'Edgeworth (1845-1926) : durant le processus de tâtonnement vers un nouveau prix d'équilibre, aucune transaction ne doit avoir lieu avant la fixation des prix d'équilibre.

Dans l'économie réelle, hormis sur quelques Bourses, le commissaire-priseur de Walras (ou son équivalent) n'existe pas. Par conséquent, quand les conditions changent sur un marché, on ne peut pas arrêter les échanges pour réunir tous les acheteurs et tous les vendeurs, et renégocier un nouveau prix d'équilibre ; les transactions continuent à des prix de déséquilibre. Faute de connaître le nouveau prix d'équilibre, la plupart des acteurs confrontés à des variations de l'offre ou de la demande réagissent à court terme en ajustant les quantités aux prix existants.

Ainsi, des entreprises confrontées à un recul inattendu de leur demande réduisent leur production et l'emploi au lieu de baisser les prix ; elles transmettent ainsi le déséquilibre du marché des biens vers le marché du travail ; les travailleurs qui perdent leur emploi et ceux dont les salaires baissent freinent leur consommation et aggravent ainsi le déséquilibre sur le marché des biens, etc. En l'absence de procédure automatique et rapide de rétablissement des prix d'équilibre, un déséquilibre initial sur un marché peut ainsi dégénérer en déséquilibre général et aggravé sur tous les marchés.

Ce sont finalement les prolongements mêmes de la théorie de l'équilibre général qui lui porteront le coup de grâce. Dans des travaux indépendants, trois auteurs, H. Sonnenschein (1973), R. Mantel (1974) et G. Debreu (1974), ont cherché à savoir si une économie respectant toutes les conditions nécessaires à l'existence d'un équilibre général (les conditions d'Arrow-Debreu) retournerait spontanément à l'équilibre, à la suite d'un choc quelconque, grâce à la flexibilité des prix. Pour faire simple, ils démontrent que l'on n'en sait strictement rien ! La divergence loin de tout équilibre est aussi plausible que la convergence vers un nouvel équilibre.

Voilà comment un siècle de travaux d'une rare sophistication formelle, en cherchant à démontrer mathématiquement la propension naturelle d'une économie de marché à l'équilibre, a finalement établi que cette démonstration était impossible !

Que d'énergie inutilement investie dans une impasse que de nombreux auteurs avaient déjà clairement dénoncée dès les années 1930 ! Il y eut, bien sûr, la critique de Keynes déjà évoquée plus haut. Mais d'autres auteurs montrèrent aussi que l'introduction du temps dans l'analyse du marché ruinait la thèse d'un équilibre automatique et garanti [28]. Il suffit en effet que la demande et l'offre aient des temps de réaction différents à un choc quelconque pour qu'un marché parfaitement concurrentiel mette un temps fou à retrouver l'équilibre, voire s'en éloigne toujours plus. Signalons enfin une critique radicale venue de la branche autrichienne de l'école néoclassique, sous la plume de Hayek (cf. « Loi n° 1 », note 8). Dès la fin des années 1940, ce dernier a en effet démontré comment l'imperfection de l'information disqualifiait la théorie walrasienne de l'équilibre général.

Dans un monde caractérisé par l'imperfection radicale de l'information, il est en effet insensé de traiter le fonctionnement des marchés comme la solution d'une équation qu'un ordinateur trouverait en quelques nanosecondes, si seulement on pouvait lui fournir toutes les données nécessaires. Les marchés réels ne sont pas des équations d'offre et de demande ; ils sont constitués par des conventions, des lois, des institutions, qui tentent d'organiser la révélation et la circulation des informations nécessaires aux échanges. Tout l'intérêt d'une économie de marché, et parfois sa supériorité sur d'autres modes d'organisation, n'est pas de tendre vers un modèle abstrait qui n'a aucune espèce de chance d'exister dans la réalité. Il est paradoxalement d'être une réponse adaptée à l'imperfection des marchés !

Parfois adaptée, mais pas toujours, comme nous allons à présent le démontrer.

---

28. Pour une étude complète et lumineuse de l'incompatibilité entre la prise en compte du temps et la théorie de l'équilibre général, voir Jacques Sapir, *Les Trous noirs de la science économique*, Albin Michel, 2001.

Loi n° 4

Le marché
ne fait pas le bonheur

Nous abordons ici ce qui constitue assurément le cœur des croyances de l'opinion contemporaine à propos des « lois de l'économie », à savoir que ces dernières démontrent scientifiquement qu'une économie de marché est le plus efficace des systèmes économiques. Historiquement, cette démonstration correspond au deuxième volet du programme de travail néoclassique initial, c'est-à-dire après l'existence de l'équilibre général : les bienfaits de l'équilibre général. Il s'agit de démontrer qu'un ensemble de marchés parfaitement concurrentiels assure une allocation optimale des ressources.

Les deux théorèmes
de l'économie du bien-être

Le point de départ d'une telle entreprise consiste nécessairement à choisir un critère de référence pour définir ce qui constitue un usage optimal des ressources. L'économie orthodoxe retiendra le critère proposé par Vilfredo Pareto au tout début de ce siècle : une situation est optimale, au sens de Pareto, quand il n'est plus possible d'améliorer le bien-être d'un individu sans détériorer celui d'au moins un autre. Pour écarter d'emblée tout faux procès, il importe de souligner que ce critère ne prétend nullement définir un optimum social. Il s'agit d'un simple critère d'efficacité, cette dernière étant elle-même comprise comme une absence de gaspillage des ressources. Dans toute situation où l'on peut encore améliorer le bien-être de quiconque sans modifier celui des autres, il est manifeste que les ressources disponibles sont sous-employées. Le critère de Pareto effectue un premier tri dans le champ des choix possibles : il élimine les choix qui gaspillent les ressources et laisse un sous-ensemble de choix également efficaces, mais entraînant une répartition différente du bien-être entre les individus. Ce critère semble ainsi dessiner un partage des tâches commode entre l'économie et la politique : aux économistes la tâche d'effectuer le premier tri, aux responsables politiques la mission de choisir parmi les solutions efficaces celle qui correspond à la distribution équitable du bien-être.

Les économistes ont donc tenté de s'acquitter de leur mission ainsi définie. Durant la première moitié de ce siècle, diverses contributions (de K. Arrow, M. Allais, W. Baumol, notamment) ont formellement démontré ce qu'il est convenu d'appeler les « deux théorèmes de l'économie du bien-être ». Le premier théorème énonce qu'un équilibre général de marchés parfaitement concurrentiels assure une allocation des ressources optimales au sens de Pareto ; le second démontre qu'à n'importe quelle situation optimale au sens de Pareto on peut faire correspondre un équilibre général de marchés concurrentiels.

Si la portée du premier théorème est évidente, celle du second mérite sans doute d'être clarifiée. L'intérêt de ce dernier est tout simplement de garantir l'indépendance des problèmes d'efficacité et des problèmes de justice sociale. Les choix politiques peuvent s'exprimer pour n'importe quel degré d'inégalité ou d'égalité dans la société, sans que cela affecte l'adhésion à l'économie de marché qui produit seulement un bienfait universel et politiquement neutre : l'efficacité. Un système de marchés concurrentiels peut ainsi apparaître comme un bien en soi, dont la supériorité dans la gestion des ressources a la force d'un théorème mathématique, indépendant de toute préférence morale ou idéologique.

Les défaillances du marché

Pourtant, la littérature économique a consacré plus d'encre et de temps à la contestation de ces théorèmes qu'à leur établissement, si bien que, contrairement à l'une des idées reçues les plus répandues sur les résultats de la science économique, la véritable théorie orthodoxe a en réalité clairement établi que les mécanismes de la libre concurrence sont incapables d'assurer un usage efficient des ressources.

Le premier défaut des marchés parfaitement concurrentiels est tout simplement de ne pas exister (cf. « Loi n° 3 »). Et pour seulement s'approcher de conditions favorables au bon fonctionnement de la concurrence, un ensemble de règles strictes et d'organismes de contrôle est nécessaire, afin de garantir l'exécution des contrats, le règlement des litiges, la sécurité des biens et des personnes, etc. En somme, la libre concurrence ne produit pas un marché concurrentiel mais la jungle et la guerre économique. Seule la concurrence régulée produit le marché concurrentiel, qui apparaît ainsi théoriquement et historiquement comme une institution sociale et étroitement dépendante de l'efficacité du droit et de la justice, en un mot de l'État.

La théorie microéconomique est par ailleurs particulièrement abondante sur les entraves à la concurrence qui naissent du libre jeu de la concurrence elle-même (barrières à l'entrée, position dominante, monopoles naturels, etc.). Mais ce sont surtout les deux concepts complémentaires de *bien public* et d'*externalité* qui, depuis maintenant plus de cinquante ans, apportent un fondement microéconomique à la régulation politique du marché. Dès l'*Essai sur la nature et les causes de la richesse des nations* (1776) d'Adam Smith apparaît l'intuition que certains biens font partie des « devoirs du prince », en raison d'un élément de consommation collective et des difficultés à leur assurer un financement privé. Dans le livre IV, Adam Smith range ainsi parmi les devoirs de l'État la défense nationale, la justice, les infrastructures de communication (routes, ponts, canaux, ports) et l'instruction du peuple.

Il faudra toutefois attendre les années 1940 (avec A. Bowen et W. Baumol notamment), puis la définition de Paul Anthony Samuelson (1954) pour que se constitue une véritable théorie des biens publics. Depuis lors, on s'entend pour considérer comme bien public pur (ou service collectif pur) un bien « non rival » et « non exclusif ». « Non rival » indique une consommation collective par une population donnée, sans que la consommation de l'un altère la consommation de l'autre. Le terme « non exclusif » signifie quant à lui qu'il est impossible ou économiquement non rationnel d'exclure les usagers qui refusent de payer l'accès au bien.

La projection d'un film au cinéma est ainsi un bien public impur ou bien mixte (non rival, mais exclusif). C'est un bien non rival : tant que la salle n'est pas comble et que les spectateurs ne couvrent pas la bande-son en fouillant rageusement leurs sacs de pop-corn, la consommation du film par les uns ne retire rien à la satisfaction des autres. Mais c'est un bien exclusif : il est aisé de réserver l'entrée des salles de projection aux seuls titulaires d'un billet. Des entreprises privées peuvent donc assurer sans difficulté la gestion de salles de cinéma.

En revanche, la défense nationale, la justice, l'éclairage public, etc., constituent des biens publics purs. La consommation est collective, par l'ensemble des membres de la communauté nationale. Chacun jouit de ces biens du seul fait de son appartenance à la communauté. Si une entreprise privée sollicitait le paiement volontaire des bénéficiaires de son service de défense nationale, la plupart des usagers ne lui répondraient même pas, ou répondraient qu'étant pacifistes ils n'ont aucune intention de payer pour des chars d'assaut. L'entreprise ne peut en effet contraindre à l'exil les usagers qui ne sont pas disposés à payer et savent donc pouvoir bénéficier gratuitement du service, une fois qu'il sera produit. Le résultat est bien évidemment qu'aucune entreprise n'offre ce service et qu'il ne sera donc pas produit spontanément par des acteurs en quête de profits.

En présence de biens publics purs, le marché concurrentiel paraît donc déficient, parce que, en dépit de l'utilité individuelle et sociale élevée de ces biens, des vendeurs privés ne pourraient obtenir leur financement. Pour surmonter ce problème des « passagers clandestins » qui préfèrent jouir gratuitement des services collectifs, une autorité publique dotée du pouvoir de lever l'impôt est nécessaire.

Mais l'échec du marché ne se cantonne pas aux seuls biens publics purs. Le marché est aussi pris en défaut dans la production de biens publics mixtes (éducation) ou de biens privés (santé) en raison des externalités qui leur sont associées. On entend par « externalité » (ou « effet externe ») l'effet que la décision d'un individu a sur le bien-être des autres, sans que cette interdépendance puisse être correctement intégrée dans son calcul économique. On parle aussi d'« économie externe » quand l'effet en question est positif, et de « déséconomie externe » quand il est négatif. Par exemple, les investissements des particuliers dans leur éducation et celle de leurs enfants ont bien évidemment des effets externes positifs sur la collectivité (meilleure productivité, croissance plus forte…), mais, en l'absence d'incitations explicites prévues à cet effet, ils n'en tiennent pas compte dans leurs choix. La même indifférence naturelle aux effets externes prévaut, hélas, quand ces derniers sont négatifs (nuisances, pollution).

Dès 1920, Arthur Cecil Pigou a montré la défaillance du marché dans de tels cas de figure : les individus font leurs choix de production et de consommation en tenant compte du coût privé et de l'avantage privé (pour eux seuls), et non du coût social et de l'avantage social (qui comprennent l'effet privé plus l'effet externe). En conséquence, il y aura sous-production des biens à externalités positives par rapport à l'optimum collectif. Par exemple, les jeunes poursuivront leurs études moins longtemps qu'il serait souhaitable du point de vue de la collectivité. Les dépenses de santé des ménages modestes seront nettement insuffisantes pour la société qui souhaite éviter l'extension des maladies infectieuses et disposer d'une main-d'œuvre en bonne santé. En revanche, il y aura bien évidemment surproduction des nuisances et des atteintes à l'environnement. On ne peut ici s'en remettre à la seule vertu des individus, qui, quoiqu'ils n'en tirent aucun profit personnel, tiennent compte dans leur calcul des effets positifs ou négatifs qu'ils ont sur la collectivité. D'une part, il n'est, hélas, pas raisonnable de supposer qu'un tel comportement altruiste soit spontanément le plus fréquent. D'autre part, même les altruistes peuvent parfois être dissuadés de se comporter en altruistes, si cela n'a aucun effet positif notable sur la collectivité. Celui qui décide seul de ne plus tirer sur l'ennemi, en espérant arrêter la guerre, réussira uniquement à se faire tuer ou à mettre en danger les autres soldats de sa troupe.

L'entreprise qui investit lourdement pour limiter ses émissions de CO_2, tandis que les autres n'en font rien, risque seulement d'être moins compétitive que ses concurrents (en raison de coûts plus élevés) et d'être éliminée du marché. Ainsi, rares sont ceux qui ont vraiment envie d'être les « bonnes poires » qui paient pour les autres. En outre, les « bonnes poires » le seront en pure perte, du point de vue de l'intérêt général, s'il n'existe aucune institution capable d'imposer la généralisation des comportements vertueux.

À la suite de Pigou, les économistes considèrent habituellement que l'État peut et doit promouvoir cette généralisation. Il peut le faire en imposant des règles communes (vaccination obligatoire, scolarité obligatoire, normes de production limitant les nuisances, etc.). Il peut aussi chercher à « internaliser » les effets externes, c'est-à-dire inciter les décideurs privés à intégrer les effets externes dans leur calcul économique. Cette internalisation est opérée par des subventions qui abaissent le coût privé des actions bénéfiques pour la collectivité (remboursement des dépenses de santé, école gratuite, etc.), et par des taxes qui élèvent le coût de production des nuisances (principe du pollueur-payeur).

Et s'il n'y avait que des biens publics ?

De tout ce qui précède les économistes ont d'abord assez largement déduit ce que j'appellerai la « doctrine du domaine réservé » : il existe, d'une part, des biens privés qui pour l'essentiel relèvent d'une gestion privée et, d'autre part, des biens publics purs qui nécessitent une intervention de l'État. L'économie de marché resterait le meilleur système, à condition d'être complétée par un *État minimal* qui se contenterait d'intervenir dans les seuls cas spécifiques où le marché est inefficient.

Hélas, ce serait trop simple. Cette vision dichotomique – qui isole une sphère d'excellence privée et une sphère d'excellence publique indépendantes – ne tient pas pour plusieurs raisons. Tout d'abord, le fait que le marché soit défaillant dans certains cas n'implique pas que la gestion publique soit automatiquement préférable : nous n'insistons pas ici sur ce point, qui retiendra toute notre attention à propos de la loi n° 5.

Par ailleurs, en 1956, Kelvin Lancaster et Richard Lipsey ont établi le « théorème de l'optimum de second rang » : *si les conditions nécessaires à l'optimum de Pareto ne sont pas réunies dans un secteur de production, alors ces conditions ne permettent plus d'atteindre l'optimum dans les autres secteurs.* Pourquoi cela ? Parce que, dès l'instant où l'intervention de l'État est absolument nécessaire pour certains biens publics, cela entraîne des dépenses publiques, des impôts, qui modifient les décisions de tous les acteurs, par rapport à celles qu'ils auraient prises dans une économie régie seulement par des marchés concurrentiels. Lancaster et Lipsey démontrent que ces distorsions dans les choix privés interdisent aux mécanismes de la concurrence pure et parfaite de garantir une allocation efficace des ressources. Autrement dit, les conditions de la concurrence parfaite n'assurent l'optimum que si la totalité des activités humaines peuvent être efficacement régies par elles ! Mais *si elles ne peuvent être respectées partout, alors il vaut mieux qu'elles ne soient respectées nulle part* !

Nous suggérons une raison encore plus radicale de contester la doctrine du domaine réservé. Même si l'on admet la plus grande efficacité du marché (au sens de Pareto) dans la gestion des biens privés, ces derniers ne pourraient être livrés aux seules lois du marché que si le deuxième théorème de l'économie du bien-être était pleinement vérifié, c'est-à-dire si la question de la justice était totalement indépendante de la question de l'efficacité. Or, précisément, il n'en est rien.

La théorie néoclassique a pu établir ce second théorème parce que les acteurs qu'elle prend en compte ne sont pas des hommes réels, mais seulement des centres abstraits de décision n'ayant entre eux aucune espèce de relation humaine autre que des échanges de biens et de monnaie. Si l'on raisonne en prenant en compte la réalité humaine la plus banale, il est aisé de montrer qu'il est impossible de séparer les questions de justice et les questions d'efficacité. En effet, toute décision apparemment prise au nom du seul souci d'efficacité pose un problème de justice, dès l'instant où elle modifie le bien-être d'au moins un individu, et cela même si elle ne modifie pas la situation des autres individus. Les autres peuvent en effet être jaloux, ou considérer qu'ils devaient être prioritaires pour une amélioration du bien-être.

On découvre ici une limite majeure du critère d'efficacité des économistes. Dans la mesure où toute action est susceptible d'engendrer pour certains le sentiment d'être gagnant ou d'être perdant, toutes les situations sont optimales au sens de Pareto : on ne peut jamais rien changer sans détériorer le bien-être d'au moins un individu. Le critère de Pareto n'effectue donc aucun tri préalable dans le champ des choix possibles. Tous les choix privés peuvent soulever de manière plus ou moins aiguë la question de la juste répartition du bien-être. Les responsables politiques ne peuvent donc s'en désintéresser, parce que seuls des choix collectifs peuvent trancher la question de la justice. Cette conclusion est renforcée par l'expérience historique, qui indique assez clairement que plus le marché est livré à lui-même, plus il engendre des inégalités et des conflits de répartition des richesses.

Enfin, si le marché est plus efficient que l'État dans la production des biens marchands, c'est précisément parce que la concurrence érige la productivité et la rentabilité en critères absolus d'évaluation des performances et tend donc, par définition, à privilégier ces critères au détriment de toutes les autres valeurs et préoccupations des hommes (paix, justice, dignité des personnes, préservation de l'environnement, etc.). Aussi, tant en raison de leur incidence sur la répartition du bien-être qu'en raison des effets externes associés à la production des biens privés, ces derniers demeurent en fait toujours dans le champ d'intervention légitime des choix publics.

Ainsi, la théorie économique a certainement réussi à démontrer la nécessité d'une intervention de l'État pour produire un certain nombre de biens publics ; mais elle ne démontre en rien la nécessité de restreindre cette intervention à ces seuls domaines.

Loi n° 5

L'État ne fait pas le bonheur

Le marché ne fait pas le bonheur. Mais l'État non plus ! Et, pour commencer, le marché a beau avoir tous les défauts du monde, cela n'enlève rien à sa supériorité habituelle sur la production publique et la planification dans au moins un domaine : la production et la distribution des biens privés.

L'inefficacité radicale d'une économie planifiée a été suffisamment illustrée par les échecs cumulés des anciens pays communistes pour nous éviter ici de longs développements à ce sujet. Les sources de cette contre-performance par rapport aux pays capitalistes tiennent en deux mots : incitation et information. La liberté d'entreprendre et les perspectives de profits privés ont en effet au moins le mérite de créer une incitation permanente à l'innovation et à l'efficacité productive. L'expérience indique que la peur de l'autorité et la motivation idéologique ne constituent pas des incitations suffisantes pour remplacer l'appât du gain personnel. De plus, si la planification publique contrarie largement la recherche de l'intérêt privé par les citoyens ordinaires, elle laisse en revanche aux planificateurs le loisir d'orienter le plan en fonction de n'importe quel objectif politique personnel et au détriment de l'intérêt général.

Marché et État :
à chacun son domaine d'excellence ?

En outre, même les planificateurs les mieux intentionnés ne peuvent jamais accéder à temps aux milliards d'informations nécessaires pour évaluer les millions de produits que des millions de personnes souhaitent acheter ou peuvent produire ; ils ne peuvent deviner le prix qui équilibrera l'offre et la demande sur des millions de marchés. Dès lors, la planification centralisée des productions entraîne fréquemment de gigantesques pénuries pour certains biens et l'accumulation de stocks inutiles pour d'autres.

L'avantage d'un marché qui permet la production décentralisée et la renégociation permanente des contrats est de constituer un réseau dense et complet de circulation de l'information en continu. La libre fluctuation des prix (reflétant l'écart entre les offres et les demandes) et la liberté d'entreprendre permettent aux producteurs de s'adapter en permanence à chaque nouveau signal envoyé par le marché. Certes, le marché est loin d'assurer cette fonction parfaitement (nous l'avons suffisamment montré dans les deux chapitres précédents). Mais là où le marché est myope, l'État est aveugle. Et comme l'a si justement montré Hayek, c'est précisément l'impossibilité d'avoir un marché parfait (conforme à la théorie néoclassique) qui fait l'éventuelle supériorité des marchés concrets. Si les conditions de la concurrence pure et parfaite pouvaient être réunies, la planification centrale serait en vérité plus efficace que le marché : plutôt que de négocier, il serait en effet plus rapide de traiter l'information parfaite dans des super-calculateurs qui ordonneraient les bonnes décisions quotidiennes à tous les producteurs et fixeraient les prix d'équilibre.

Aussi les économistes ont-ils, le plus souvent, conclu à la supériorité du marché sur l'État pour la gestion des biens privés. En revanche, comme par symétrie, ils ont d'abord raisonné comme si les défaillances du marché en matière de biens publics qualifiaient automatiquement l'État comme l'instrument idéal de gestion ou de régulation. À condition, bien sûr, que l'État suive les prescriptions de la science économique dans la gestion des biens publics.

Deux ouvrages classiques [29], celui de Jan Tinbergen (1956) et celui de Richard Musgrave (1959), illustrent bien cette belle confiance initiale dans les vertus de l'action publique : ils prétendent que les outils de l'analyse économique permettent de construire une théorie normative des politiques publiques ; quand le marché est incapable d'assurer au mieux le bien-être collectif, l'État pourrait mener les « bonnes » politiques pour compenser cette défaillance du marché. Mais cette démarche reposait sur trois postulats implicites que diverses branches de la théorie écono-

---

29. Jan Tinbergen, *Techniques de la politique économique* (1956), Dunod, 1961 ; Richard Musgrave, *The Theory of Public Finance* (1959), 2e éd., McGraw-Hill, 1976.

mique allaient remettre sérieusement en question :
1) l'État est capable de déterminer des choix collectifs précis et cohérents qui correspondent au bien-être collectif ; 2) là où le marché ne produit pas une allocation optimale des ressources, l'État est nécessairement plus performant que le marché ; 3) les décideurs publics recherchent toujours et uniquement le bien-être collectif.

La réflexion sur le premier postulat a inspiré la plus volumineuse production de littérature économique de ce siècle, pour se solder par une succession d'impasses parfois pudiquement qualifiées de « théorèmes d'impossibilité ». Ces travaux, qu'il est impossible de résumer ici [30], imposent au moins deux conclusions. Tout d'abord, des méthodes parfaitement démocratiques ne permettent pas de déterminer, à partir des préférences individuelles des citoyens, des préférences collectives dont on pourrait affirmer qu'elles correspondent à un optimum social. En conséquence, comme le soupçonnait Tinbergen dès 1952, la seule conception du bien-être social que des politiques publiques peuvent effectivement réaliser est la conception personnelle des décideurs. Il est dès lors essentiel de s'interroger sur la capacité de ces derniers à mettre en œuvre efficacement cette conception, et sur les motivations réelles, et non idéalisées, de l'action publique.

---

30. Les principaux textes fondateurs de tous les auteurs évoqués dans ce chapitre sont traduits et commentés *in* Jacques Généreux, *L'Économie politique. Analyse économique des choix publics et de la vie politique*, Larousse, 1996.

Le théorème de Coase : l'analyse coût-bénéfice

Cela nous conduit à l'examen du deuxième postulat. Le fait que le marché soit impuissant à garantir une allocation efficace des ressources dans un certain nombre de cas (externalités, services collectifs purs) implique-t-il *de facto* qu'une gestion publique sera plus performante ? Bien évidemment non, finiront par répondre les économistes, à la suite d'une révolution méthodologique introduite en douceur par Ronald Coase (1931 et 1960).

Pour ce dernier, il n'existe pas de domaine réservé *a priori* à un mode quelconque de gestion des ressources. L'idée fondamentale est que des individus rationnels ne se contenteront pas d'une situation où une amélioration du bien-être collectif est encore possible, à l'issue de leurs choix spontanés et non coordonnés. S'ils constatent un écart entre le résultat spontané et l'optimum collectif, ils s'efforceront de négocier des accords mutuellement avantageux pour s'approcher de l'optimum, du moins tant que les coûts de transaction (coûts de négociation et contrôle de leurs accords) sont inférieurs au bénéfice attendu.

Quand les coûts de transaction liés au nombre de contractants et/ou à la difficulté d'apprécier objectivement les contributions des uns et des autres sont trop élevés, il peut être préférable de recourir à une institution qui impose des choix par l'autorité. L'entreprise est ainsi une institution qui remplace des transactions entre des facteurs de production indépendants (ouvriers artisans, gestionnaires, détenteurs de capitaux) par une relation hiérarchique qui permet de les mobiliser plus efficacement. L'association ou la coopérative sont aussi des institutions qui substituent une action coordonnée à de simples transactions ou coopérations bilatérales entre les individus. L'État, enfin, est une institution qui permet de conclure les accords mutuellement avantageux que les autres institutions (les entreprises, les coopératives, les syndicats…) et les individus ne parviennent pas à conclure ou à appliquer en raison de coûts de transaction trop élevés.

On peut généraliser cette approche et énoncer un « théorème de Coase [31] » dans les termes suivants. En présence d'une imperfection quelconque qui écarte un processus de production ou d'échange de l'optimum de Pareto, et si les coûts de transaction sont nuls, les individus rationnels négocieront de nouveaux accords de façon à restaurer cet optimum. Si les coûts de transaction rendent cette dernière solution impossible – ou plus coûteuse que les bénéfices qu'elle produirait –, les individus rationnels auront recours à des institutions qui substitueront aux échanges spontanés des processus organisés et régulés, en sélectionnant la ou les institutions qui présentent le rapport coût/avantage le plus favorable.

C'est le néoclassique américain George Stigler qui a le premier proposé d'appeler « théorème de Coase » les conclusions qu'il tirait de la lecture de l'article de

---

31. L'expression est du néoclassique américain George Stigler; cf. *infra*.

Ronald Coase « The problem of social cost [32] », en 1960. En bon libéral, Stigler exploite naturellement le théorème en question pour suggérer que l'intervention de l'État n'est pas nécessaire, même en présence d'externalités, parce que des agents rationnels sont capables de rétablir l'optimum par la libre négociation. Cette lecture quelque peu biaisée détourne l'attention de l'apport majeur de Coase, qui est de montrer la nécessité d'*institutions* adaptées à la résolution des problèmes liés aux interactions sociales engendrées par la production et les échanges. Ainsi, même le « marché » et l'entreprise privée, si chers à Stigler, sont des institutions de régulation de la production parmi d'autres, et non ce havre de liberté absolue auquel s'opposerait le dirigisme des institutions publiques. À la limite, même le rejet de toute forme d'organisation des échanges est une « institution » au sens large. Il peut en effet être considéré comme le meilleur « arrangement » trouvé par une communauté donnée, après l'analyse des coûts et des avantages attachés aux diverses solutions possibles.

Cette démarche implique une vision pragmatique et évolutive du rapport entre l'État, l'entreprise, le marché, etc. La défaillance d'une institution particulière ne préjuge en rien de la supériorité d'une autre. En clair, la défaillance du marché n'implique pas automatiquement qu'une solution étatique soit préférable. En effet, le passage d'une gestion privée défaillante à une gestion publique entraîne de nouvelles charges fiscales ou sociales, et de nouveaux gaspillages

---

32. *Journal of Law and Economics*, vol. 3, octobre 1960.

favorisés par la disparition de la concurrence. En sens inverse, le retour à une gestion privée provoque d'autres gaspillages et injustices provoqués par la négligence des effets externes et de l'intérêt général. Chaque cas appelle donc une analyse coûts/ avantages la plus complète possible. Et ce bilan comporte nécessairement bien des éléments subjectifs (valeurs, finalités de la communauté, hiérarchie des objectifs, etc.) dont la comparaison ne peut être effectuée en dehors d'un processus démocratique de choix politique.

Par ailleurs, le théorème de Coase ne fige rien, il n'admet aucune fin de l'Histoire qui verrait s'imposer définitivement une solution particulière. Au fil du temps, l'évolution des technologies et des coûts de transaction peut tout autant justifier le transfert d'activités privées vers la sphère publique, un transfert en sens inverse, ou encore des solutions mixtes combinant les contributions d'entreprises privées ou publiques, d'associations, d'administrations, de marchés, de coopératives, etc.

La démocratie de marché

Reste enfin notre troisième postulat. Quand bien même le gouvernement serait en mesure d'identifier le bien-être collectif et disposerait des moyens d'être plus performant que d'autres institutions ou mécanismes pour l'atteindre, peut-on supposer qu'il mobiliserait toujours au mieux ces moyens, parce qu'il n'aurait pas d'autres objectifs que la poursuite du bien-être collectif ?

À partir de l'analyse de Joseph Schumpeter (en 1942), l'économie des choix publics va voir dans une telle supposition une vision angélique et intenable de l'action politique. Contrairement à la définition idéaliste de la doctrine classique, la démocratie effectivement pratiquée dans le monde n'est pas le *gouvernement du peuple par le peuple et pour le peuple*, explique Schumpeter ; elle est un processus dans lequel *le peuple choisit un gouvernement à l'issue d'une libre compétition pour des bulletins de vote*. Dès lors, quelle que soit l'étendue des éventuelles motivations altruistes de nos responsables politiques, la pression permanente de la concurrence sur le marché politique (le marché des bulletins de vote) les contraint à se comporter *comme si* leur objectif prioritaire était le succès électoral.

Si les citoyens étaient parfaitement informés et en mesure d'évaluer en toute rigueur l'ensemble des politiques publiques, on pourrait croire qu'une sorte de main invisible du marché politique contraint des élus et des gouvernants parfaitement égoïstes à prendre des décisions conformes à l'intérêt du plus grand nombre. Mais, en réalité, les citoyens sont plus ou moins ignorants, dès lors que le débat public porte sur autre chose que les sujets qui les concernent le plus directement ou qui entrent dans leur domaine de compétence professionnelle. Cette ignorance, qui est présentée comme une forme d'irrationalité par Schumpeter, devient un comportement rationnel dans la première *Analyse économique de la démocratie* proposée par Anthony Downs (1957) : acquérir une information de qualité sur l'ensemble des questions politiques exigerait des citoyens un investissement colossal, et sans la moindre rentabilité, puisque leur unique voix n'a aucune chance d'influencer significativement les politiques effectivement menées. En conséquence de cette ignorance, les citoyens peuvent demander n'importe quelle politique, la pire comme la meilleure, et ils peuvent être manipulés par la propagande.

D'autres travaux viendront compléter l'acte d'accusation des États démocratiques. En 1965, dans *La Logique de l'action collective*, Mancur Olson montre comment des petits groupes de pression peuvent détourner l'action publique au profit d'intérêts catégoriels étroits et au détriment d'autres groupes de citoyens bien plus larges. En 1970, William Niskanen explique que les bureaucraties peuvent acquérir un certain pouvoir autonome par rapport au gouvernement et organiser à leur profit un gaspillage des deniers publics.

Dans *Une raison d'espérer* (Pocket, 2000), nous avons démonté les mécanismes de l'*horreur politique*, c'est-à-dire la façon dont les stratégies électorales à courte vue peuvent engendrer l'horreur sociale que d'aucuns expliquent trop vite par un complot des seuls capitalistes ou des marchés financiers.

Le lecteur risque ici de s'insurger en pensant qu'une telle avalanche de reproches à l'égard de la démocratie fait le jeu des non-démocrates. Mais il serait en cela victime d'un contresens. De même que les parents peuvent critiquer le comportement de leurs enfants parce qu'ils les aiment et en vue d'améliorer leur comportement, la défense de la démocratie passe par une critique sans concession des dysfonctionnements des régimes politiques concrets que l'on nous présente à tort comme démocratiques.

Certes, il faut bien reconnaître que la plupart des critiques de la démocratie développées par des économistes l'ont été dans une optique libérale ou ultra-libérale qui recommande de réduire autant que faire se peut le champ d'action des gouvernements (et donc l'étendue de la souveraineté des citoyens)[33]. Mais c'est là un biais idéologique particulier, et non une conséquence logique incontournable des travaux évoqués ci-dessus. Ces travaux peuvent tout autant inspirer un effort d'innovation institutionnelle en vue d'établir le système d'incitation des décideurs, les modalités d'évaluation et de contrôle de l'action publique, et les sanctions de la responsabilité politique qui induiront des politiques plus conformes à l'intérêt général[34].

De notre point de vue, donc, ce que montre, indirectement et parfois à son corps défendant, l'analyse économique de la vie politique, c'est la nécessité d'une vraie démocratie de citoyens qui n'aurait pas grand-chose à voir avec la démocratie de marché aux voix que nous connaissons en réalité. Comprendre

---

33. C'est en particulier le cas de l'école des « choix publics » à ses origines, ou encore de l'école de Virginie, initiée notamment par James Buchanan et Gordon Tullock, dans les années 1960.

34. Nous avons abordé cette démarche dans *Droite, gauche, droite*, Plon, 1997, et reprise dans *Une raison d'espérer. L'horreur n'est pas économique, elle est politique*, Plon, 1997 ; nouvelle éd., Pocket, 2000.

les lois du marché politique n'oblige personne à se résigner aux mesquineries suicidaires du *marketing* politique. C'est seulement le préalable indispensable pour identifier les nouvelles règles du jeu politique qui contribueraient à l'avènement d'une vraie démocratie.

Loi n° 6

La véritable efficacité c'est la justice, la véritable justice c'est l'égalité des libertés

Quel rapport entre les lois de l'économie et la justice ? Au cas où vous vous poseriez sérieusement la question, rappelons que la quête de la justice est l'une des finalités sans lesquelles la recherche économique perd toute légitimité et toute utilité. Rappelons à ce propos les termes du « Manifeste pour l'économie humaine » (soutenu par des centaines de chercheurs dans le monde) :

« La seule finalité légitime de l'économie est la qualité de vie des hommes et des femmes, à commencer par celle des plus démunis. Par "qualité de vie" il faut entendre la satisfaction équitable des *aspirations* humaines : pas seulement celles que procurent les consommations marchandes, mais aussi l'ensemble des aspirations échappant à toute évaluation monétaire : dignité, paix, sécurité, liberté, éducation, santé, loisir, qualité de l'environnement, bien-être des générations futures, etc. Il s'ensuit que le critère d'efficacité, cher aux économistes, doit être entendu dans son acception la plus large, qui implique l'adéquation des moyens à l'ensemble des finalités de l'économie. Dans cette optique, la distinction fréquente entre la question de l'usage efficace des ressources, qui serait d'ordre purement technique, et la question de la juste répartition, qui serait d'ordre politique, est contestable. Un système économique pleinement efficace n'est pas seulement celui qui garantit l'absence de gaspillage des ressources dans la production des biens, mais aussi celui qui satisfait au mieux l'ensemble des exigences de l'humanité, à commencer par l'exigence de justice. La justice comme la dignité humaine ne sont donc pas des considérations indépendantes de celles liées à l'usage efficient des ressources, elles comptent au contraire au nombre des critères essentiels et indissociables d'appréciation de l'efficacité globale d'un système économique [35]. »

Soulignons ici la distinction entre l'« efficacité » dans le sens commun, qui signifie la capacité à atteindre les objectifs que l'on s'est donnés, et l'« efficience » (qui est souvent ce que l'économiste entend par « efficacité »), qui désigne l'adaptation et l'économie des moyens employés pour atteindre un objectif donné. Comme nous venons de le rappeler, c'est donc d'abord au nom de l'efficacité de la société, au sens le plus large, que se fait la recherche de la justice.

Mais de plus, même la recherche de l'efficience chère aux économistes – l'optimisation des moyens pour un objectif donné – est doublement inséparable

---

35. Jacques Généreux, « Manifeste pour l'économie humaine », art. cit., p. 151.

de la quête de la justice. D'une part, en effet, toute action en vue d'assurer un usage plus efficace des ressources (au sens de Pareto) affecte la répartition du bien-être entre les individus et soulève donc le problème de la juste répartition. D'autre part, la plupart des conceptions de la justice considèrent la gestion efficace des ressources comme l'un de ses ingrédients nécessaires.

Sujet incontournable donc, la question de la justice est pourtant le plus souvent évitée par les économistes, rebutés par sa nature éminemment subjective. Quelques esprits téméraires ont néanmoins accepté de se frotter à sa complexité [36].

Du maximum au maximin : les justes inégalités

La première source d'inspiration des économistes sur le sujet est l'« utilitarisme ». Fondé par l'œuvre de Jeremy Bentham (1780), approfondi par John Stuart Mill (1861) et relancé par John Harsanyi (1955), ce mouvement a une vocation humaniste. Il s'agit d'échapper à l'aliénation constituée par l'imposition d'une vérité morale extérieure à l'homme. Il s'agit aussi de remettre l'action politique au service des hommes et des femmes. Selon Bentham, la seule mesure légitime du bien et du mal est le plaisir et

---

[36]. Pour une synthèse brillante et claire des théories que nous ne faisons ici qu'évoquer, nous conseillons C. Arnsperger et Ph. Van Parijs, *Éthique économique et sociale*, La Découverte, coll. « Repères », 2000.

la douleur de l'homme ; la seule finalité sociale devrait être la maximisation du bien-être collectif. « Le bonheur public doit être l'objet du législateur : l'utilité générale doit être le principe de raisonnement en législation. [...] *Utilité* est un terme abstrait. Il exprime la propriété ou la tendance d'une chose à préserver de quelque mal ou à procurer quelque bien. *Mal*, c'est peine, douleur ou cause de douleur. *Bien*, c'est plaisir ou cause de plaisir. Ce qui est conforme à l'utilité ou à l'intérêt de l'individu, c'est ce qui tend à augmenter la somme totale de son bien-être. Ce qui est conforme à l'utilité ou à l'intérêt d'une communauté, c'est ce qui tend à augmenter la somme totale du bien-être des individus qui la composent[37]. »

Mais se préoccuper seulement du résultat global ne risque-t-il pas de laisser la voie libre aux pires injustices pour peu qu'elles accompagnent une amélioration de la « somme totale de bien-être » ? On est d'emblée tenté de s'écrier qu'une telle approche ne saurait constituer une théorie de la justice puisqu'elle ne dit rien sur la question cruciale des inégalités. Mais c'est à tort, car la maximisation de l'utilité totale peut exiger une réduction sensible des inégalités – et ce à cause d'une loi déjà rencontrée sur notre parcours : la décroissance de l'utilité marginale. L'utilité marginale des biens et des revenus est nettement plus faible pour les riches que pour les pauvres ; par conséquent, une redistribution en faveur

---

37. Jeremy Bentham, *An Introduction to the Principles of Moral and Legislation* (1780) ; trad. française : *Principes de législation*, Hauman et Cie, 1840, p. 4-5.

de ces derniers améliore le bien-être total. Implicitement, donc, l'utilitarisme stipule que les inégalités sont « justes » pour autant qu'elles améliorent le bien-être total (ou moyen). Mais, croyant fermer la porte de l'aliénation morale, les utilitaristes n'ouvrent-ils pas ainsi celle d'une aliénation politique aussi dangereuse ? En effet, affirmer le primat absolu d'un intérêt général impersonnel sur l'intérêt individuel revient à nier l'existence de droits inaliénables de la personne. Cette négligence des libertés et des droits fondamentaux de l'homme va, durant les années 1970, inspirer les deux réactions les plus marquantes à l'utilitarisme : la théorie de John Rawls et le mouvement libertarien.

John Rawls [38] se place dans la lignée des théories du contrat social (Rousseau, Locke, Kant). Sa démarche est à la fois libérale et égalitaire. Il s'agit de concilier la liberté individuelle de concevoir sa vie et l'égalité d'accès aux moyens de mener sa vie selon ses vues. Pour déterminer les principes qui assurent la justice, Rawls recherche ceux qui seraient retenus par des individus rationnels placés dans une position originelle de totale impartialité. Leur impartialité suppose de les placer sous le « voile de l'ignorance » : ils ne savent pas quelle est leur propre conception de la vie, ni quelle place ils occupent dans la société. John Rawls estime tout d'abord que, dans cette position originelle d'impartialité, des individus rationnels rejetteraient le critère utilitariste :

---

38. John Rawls, *Théorie de la justice* (1971), trad. Catherine Audard, Le Seuil, 1987.

« À première vue, il semble tout à fait improbable que des personnes se considérant elles-mêmes comme égales [...] consentent à un principe qui puisse exiger une diminution des perspectives de vie de certains, simplement au nom de la plus grande quantité d'avantages dont jouiraient les autres. Puisque chacun désire protéger ses intérêts, sa capacité à favoriser sa conception du bien, personne n'a de raison de consentir à une perte durable de satisfaction pour soi-même afin d'en augmenter la somme totale. En l'absence d'instincts altruistes, solides et durables, un être rationnel ne saurait accepter une structure de base simplement parce qu'elle maximise la somme algébrique des avantages, sans tenir compte des effets permanents qu'elle peut avoir sur ses propres droits, ses propres intérêts de base[39]. »

Rawls explique ensuite qu'un accord unanime ne pourra se faire qu'autour de principes qui sont à l'avantage de tous. Rawls ne conteste pas la recherche de l'efficacité collective qui motive l'approche utilitariste ; il conteste que cette recherche reste indifférente à la protection des droits fondamentaux de chaque personne et au niveau des inégalités économiques et sociales. Des individus rationnels accepteront un certain degré d'inégalité, parce qu'il est nécessaire à la motivation individuelle et donc à l'efficacité productive, mais pas n'importe quel degré. Les inégalités ne seront jugées acceptables par tous que si elles contribuent au bien-être de tous.

Rawls s'efforce alors de montrer que, dans la posi-

---

39. *Ibid.*, p. 40-41.

tion originelle d'impartialité, des individus rationnels parviendront à un accord unanime sur les principes suivants :

« En premier lieu : chaque personne doit avoir un droit égal au système le plus étendu de libertés de base égales pour tous qui soit compatible avec le même système pour les autres [40]. »

« En second lieu : les inégalités économiques et sociales doivent être organisées de façon à ce que, à la fois, *a)* elles apportent aux plus désavantagés les meilleures perspectives et *b)* elles soient attachées à des fonctions et des positions ouvertes à tous, conformément à la juste égalité des chances [41]. »

Ces principes proposent donc en fait trois critères de justice que Rawls énonce dans un ordre hiérarchique strict : le premier (principe de liberté) est supérieur au deuxième *(a)*, lui-même supérieur au troisième *(b)*. Cette hiérarchie implique concrètement que, d'une part, on ne peut pas échanger une restriction de ses libertés de base contre un mieux-être économique et, d'autre part, on ne peut détériorer les perspectives des plus démunis au nom de l'égalité des chances.

Le deuxième critère *(b)*, que Rawls appelle le « principe de différence », est le plus populaire en raison de son apparente incidence pratique immédiate : la maximisation du revenu minimum (maximin). Ce n'est pourtant pas le trait vraiment distinctif de cette théorie. On démontre facilement qu'une approche utili-

---

40. *Ibid.*, p. 91.
41. *Ibid.*, p. 115.

taríste (maximisation de l'utilité totale ou moyenne) débouche sur le même critère de maximisation du bien-être des plus défavorisés, pour peu que les individus aient une forte aversion pour le risque. Ce qui donne en revanche à la théorie de Rawls une position centrale dans le débat est sa mise en avant de l'égale liberté : égalité des libertés fondamentales et égale liberté d'accès aux positions sociales. C'est en définissant autrement cette égale liberté que se constituent deux autres conceptions majeures : celle de Robert Nozick, dans la lignée du courant libertarien, et celle d'Amartya Sen.

Égale liberté et égale capacité

Nozick et les libertariens rejoignent Rawls dans sa contestation de l'utilitarisme et son attention cruciale aux libertés, mais considèrent ces dernières autrement. Là où Rawls cherche les libertés fondamentales définies par des individus qui visent à coopérer en vue de vivre en société, les libertariens nient tout droit de la société à constituer une entrave à la liberté de l'individu (avec de rares exceptions pour la répression des criminels ou l'éducation des enfants, par exemple). L'homme est pleinement propriétaire de lui-même et ne doit recevoir aucun ordre de la société. Il est en conséquence pleinement propriétaire de ce qu'il crée lui-même ou obtient par l'échange libre des ressources avec des individus qui en sont eux-mêmes les propriétaires légitimes. Les biens qui ne sont pas créés appartiennent, quant à eux, au premier occupant.

Dès lors, les libertariens développent une vision purement procédurale de la justice. « Toute chose, quelle qu'elle soit, qui naît d'une situation juste, à laquelle on est arrivé par des démarches justes, est elle-même juste [42] », écrit Nozick. Ce qui dérange le plus les libertariens dans la conception utilitariste comme dans la conception rawlsienne de la justice, c'est de juger la justice d'une situation donnée sans s'interroger sur la façon dont cette situation a été obtenue et sur la légitimité des moyens employés pour y parvenir : « La plupart des gens [...] pensent qu'il est pertinent d'évaluer la justice d'une situation en ne considérant pas seulement la distribution que cela représente, mais aussi la façon dont la distribution est née. Si certaines personnes sont en prison pour meurtres ou crimes de guerre, nous ne déclarons pas que pour évaluer la justice de la distribution dans la société nous ne devons analyser que ce que cette personne possède, ou ce que cette autre personne a, à l'époque dont il est question. Nous pensons qu'il est pertinent de demander si quelqu'un a agi de telle sorte qu'il *mérite* d'être châtié, mérite d'avoir une part moins importante [43]. »

Mais si la vision libertarienne présente l'avantage d'attirer l'attention sur la *justice des moyens*, c'est une attention trop exclusive qui conduit à un désintérêt absolu pour la justice des résultats de l'action

---

42. Robert Nozick, *Anarchie, État et utopie* (1974), trad. Évelyne d'Auzac de Lamartine, Presses universitaires de France, 1982, p. 190.
43. *Ibid.*, p. 193.

humaine, désintérêt qui choque le sens le plus commun de la justice et soulève de nombreuses objections pratiques et théoriques.

Sur le plan pratique, on ne peut imaginer de remettre à plat l'ensemble des droits et des avoirs détenus aujourd'hui par les uns et les autres pour en reconstituer l'historique (jusqu'au premier occupant, le cas échéant !) et déterminer si leur répartition actuelle est légitime ou non.

D'autre part, en s'opposant à toute réglementation, voire à tout impôt entravant l'autonomie de l'individu, les libertariens prônent un État ultraminimal ou inexistant, ce qui rend impossible la protection du droit à la « pleine propriété de soi » ; ils font l'impasse sur cette évidence pratique : sans loi commune il n'y a pas d'exercice serein de la liberté, sauf pour Robinson Crusoé avant l'arrivée de Vendredi. Une société sans loi, et sans État pour l'appliquer, est livrée à la sauvagerie des rapports de forces, qui ne risque pas d'instaurer l'égale et pleine liberté dont rêvent les libertariens. Leur vision semble fondée sur le rejet de l'idée même de société et s'applique à un monde fictif ou des individus totalement autonomes pourraient mener des vies juxtaposées, sans avoir à s'interroger sur la façon de bien vivre ensemble.

Amartya Sen [44] a proposé une approche qui dépasse l'alternative justice des moyens/justice des résultats. Selon lui, l'essence de la justice ne repose ni sur l'égalité des moyens (droits et ressources), ni sur l'égalité

---

44. Amartya Sen, *Repenser l'inégalité* (1992), trad. Paul Chemla, Le Seuil, 2000.

des résultats (niveau de bien-être), mais sur l'égale *capacité* (ou *capabilité*) des individus à transformer des moyens en résultats conformes à leur conception de la vie. Une dotation équivalente de libertés formelles et de ressources ne règle pas le problème des divers handicaps qui limitent la capacité à employer cette dotation : « [...] rappelons qu'un handicapé peut avoir plus de biens premiers qu'un autre (sous forme de revenu, de fortune, de liberté, etc.) mais moins de capabilités (en raison de son handicap). Autre exemple, emprunté cette fois aux travaux sur la pauvreté : quelqu'un peut gagner et manger davantage, mais être moins libre de mener une vie de personne bien nourrie en raison d'un métabolisme de base plus élevé, d'une plus grande vulnérabilité aux maladies parasitaires, d'une corpulence supérieure ou simplement d'une grossesse. De même, lorsque nous traitons de la pauvreté dans les pays riches, nous devons tenir compte du fait que beaucoup de ceux qui sont pauvres en termes de revenus et autres biens premiers ont aussi des caractéristiques – âge, handicap, vulnérabilité à la maladie – qui leur compliquent la conversion des biens premiers en capabilités de base, comme pouvoir se déplacer, être en bonne santé, prendre part à la vie de la communauté [45]. »

Par ailleurs, un niveau de bien-être équivalent peut masquer des inégalités criantes dans la capacité de choisir sa vie, parce que les plus démunis s'efforcent de trouver leur bonheur dans l'espace restreint de liberté réelle qu'ils savent être à jamais le leur. « Le

45. *Ibid.*, p. 122-123.

problème se pose sous une forme particulièrement aiguë dans un contexte d'inégalités et de privations bien ancrées. Il est possible qu'une personne subissant les pires privations et menant une vie extrêmement limitée n'apparaisse pas terriblement mal lotie si on lui applique l'étalon de mesure mentale du désir et de sa satisfaction, pour peu qu'elle accepte son sort avec résignation et sans se plaindre. Dans des situations de privation durable, les victimes ne continuent pas à récriminer et à se lamenter tout le temps. Très souvent, elles font de gros efforts pour prendre plaisir au peu qu'elles ont et ramener leurs désirs personnels à des proportions modestes – "réalistes". Et d'ailleurs, dans les contextes d'adversité auxquels, par leurs propres efforts, les victimes ne peuvent rien changer, le *raisonnement prudentiel* leur suggère de concentrer leurs désirs sur les petites choses qu'elles peuvent éventuellement atteindre, plutôt que d'aspirer vainement à ce qui est hors de portée. La mesure de la satisfaction du désir pourrait alors laisser totalement échapper l'étendue des privations de l'intéressée, même si elle est absolument hors d'état de se nourrir correctement, de se vêtir décemment, de recevoir le moindre rudiment d'éducation et d'avoir un toit acceptable [46]. »

Si cette insistance d'Amartya Sen sur la liberté réelle de choisir sa vie n'est désormais pas loin de constituer la base d'une vision dominante, elle ne résout bien évidemment pas tout. Elle ne fait que relancer le débat. Quelle est la liste des capacités

---

46. *Ibid.*, p. 86.

fondamentales à distribuer également, et comment évaluer la « capacité » ? Quelles sont les capacités prioritaires ? L'amélioration des infrastructures pour faciliter la mobilité des handicapés est-elle plus urgente que les programmes d'éducation et de formation spécialisés pour lutter contre l'illettrisme ? On le voit, la justice reste en pratique introuvable par la seule raison, et c'est une fois encore au débat démocratique d'aborder ces questions et de déterminer des choix.

Du moins disposons-nous désormais de quelques principes susceptibles de guider ce débat public. Nous avons tenté de les résumer dans le « Manifeste pour l'économie humaine » en ces termes :

« Nous soutenons que, dans une société juste, tous les êtres humains devraient disposer d'une égale capacité à mener leur vie selon leur conception, et dans le respect de cette même capacité pour leurs semblables. Cet idéal n'entraîne pas seulement une égalité formelle des libertés et droits fondamentaux, mais aussi une égalité d'accès aux moyens externes et aux aptitudes personnelles grâce auxquels une personne peut mettre en œuvre ses libertés. Cet idéal d'égalité conduit notamment à considérer comme acceptables les inégalités économiques et sociales :

« – qui contribuent à une plus grande efficacité productive, dans la mesure où elles permettent de développer les capacités de toutes les femmes et de tous les hommes ;

« – qui résultent du libre choix des personnes d'utiliser différemment des capacités égales ;

« – qui résultent d'inégalités initiales de talents

et d'aptitudes physiques ou mentales, après que la société aura fait ce qui était raisonnablement possible pour corriger ces inégalités initiales et garantir aux personnes concernées le meilleur exercice de leurs droits fondamentaux.

« Sont en revanche inacceptables les inégalités :

« – qui ne contribuent qu'à l'amélioration des capacités des personnes qui sont déjà parmi les mieux dotées en capacités ;

« – qui résultent d'une soumission des femmes au pouvoir des hommes ;

« – qui reflètent une discrimination fondée sur la couleur de la peau, la religion, le sexe ou l'ethnie [47]. »

Insistons pour finir sur une leçon essentielle de ce chapitre. Nous avons montré qu'aucun problème économique ne peut éluder la question de la justice et que cette question relève toujours *in fine* du débat public. Il s'ensuit qu'aucune question de politique économique n'a de solution technique obligée et n'échappe au débat démocratique. Et peut-être tenons-nous là l'une des plus robustes lois de l'économie !

---

47. Jacques Généreux, « Manifeste pour l'économie humaine », art. cit., p. 156-157.

Loi n° 7

La mauvaise concurrence chasse la bonne

Est-il encore besoin d'énumérer les « vertus » de la concurrence ? La liste sommaire qui suit semble désormais intégrée à la culture économique universelle : incitation à l'effort et à la productivité, élimination des gaspillages et des rentes de situation, adaptation des productions aux besoins des usagers, production au moindre coût, etc. Mais ces « vertus » ne sont pas attachées à n'importe quelle forme de compétition ni à n'importe quel degré de liberté des compétiteurs. Une guerre sans borne, où tous les coups sont permis, peut anéantir les bienfaits d'une saine concurrence.

En vérité, si l'on fait abstraction de la multitude de règles sociales implicites ou formelles qui l'organise en un processus de compétition limitée, la concurrence n'a en elle-même aucune vertu particulière. Qu'est-elle en effet à l'état brut ? Une rivalité entre des individus qui veulent tous faire ou obtenir la même chose, faire mieux ou posséder davantage que les autres. Où est la vertu ? Le fait de vouloir être le premier, le plus fort, le plus riche et de priver ainsi l'autre de ce à quoi il aspire aussi n'a rien d'admirable en soi ; ce n'est là au fond que l'expression primaire d'un instinct de conservation (manger avant d'être mangé) ou de domination ; ce sont aussi les mobiles qui conduisent à voler, à tuer, à mentir, à exploiter les plus faibles, tous comportements qui, autant qu'on sache, n'ont jamais été considérés comme des vertus.

C'est précisément l'élaboration de règles destinées à civiliser la rivalité naturelle des êtres humains qui conduit à substituer les échanges à la prédation, puis les marchés organisés aux échanges inorganisés. Aussi, le concept même de concurrence ne commencera-t-il d'être vraiment employé, puis analysé par les économistes que très tardivement – pour l'essentiel au XXᵉ siècle seulement –, après quelques millénaires de développement des échanges marchands. La question se pose alors de savoir quelles sont les modalités d'organisation de la concurrence qui sont susceptibles d'assurer un développement économique durable et profitable aux hommes et aux femmes.

Qu'est-ce qu'une « bonne » concurrence ?

La première vision élaborée d'une concurrence optimale est développée par les néoclassiques dans le dernier tiers du XIXᵉ siècle [48]. Selon eux, une *concurrence pure et parfaite* peut garantir un usage optimal

---

[48]. Pour une histoire du concept de concurrence, voir Philippe Thureau-Dangin, *La Concurrence et la Mort*, Syros, 1995.

des ressources. Les conditions nécessaires à la réalisation de cet idéal ne seront toutefois explicitées qu'en 1921 par Franck Knight [49] : atomicité (grand nombre d'acteurs), homogénéité des biens, libre accès au marché, mobilité des facteurs de production, transparence (information parfaite des acteurs ; cf. « Loi n° 3 »). Cette conception de la bonne concurrence dominera longtemps la pensée orthodoxe en dépit des critiques apparues très tôt en son propre sein. Ainsi, Franck Knight lui-même, un an à peine après sa contribution majeure à la définition de la concurrence pure et parfaite, en fait une critique en règle !

Mais c'est peut-être de la branche autrichienne de l'économie néoclassique que surgira l'attaque la plus vive. Dans une série de textes rassemblés en 1948, sous le titre *Individualism and Economic Order*, Friedrich von Hayek propose une vision radicalement différente de la bonne concurrence. Il dénonce l'absurdité méthodologique de l'approche néoclassique, qui prend pour modèle du marché concurrentiel un état parfait et si radicalement irréaliste qu'il n'y a aucune espèce de chance de s'en approcher concrètement. Les marchés réels étant caractérisés par une imperfection insurmontable de l'information, aucun processus idéal de concurrence ne peut garantir en permanence l'usage le plus efficace des ressources. Mais, pour Hayek, c'est précisément cette imperfection radicale du marché qui fait la supériorité d'un processus décentralisé de libre négociation :

---

49. Dans *Risk, Uncertainty and Profit* (1921), nouvelle éd., Houghton Mifflin, 1957.

les acteurs individuels font circuler l'information sur leurs moyens et leurs désirs, et peuvent ajuster leurs plans en continu pour les rendre aussi compatibles et cohérents que possible. Cela ne permet jamais d'atteindre l'optimum théorique promis par le modèle néoclassique, mais cela permet d'atteindre le meilleur usage effectivement possible des ressources. La bonne concurrence n'est donc pas un *état du marché* défini par une liste de conditions abstraites, mais un *processus dynamique* engendré par la liberté d'entreprendre et de négocier.

Au début des années 1980, la théorie des marchés contestables [50] viendra renforcer cet accent mis sur le processus dynamique de libre compétition. Cette nouvelle approche attire l'attention sur la conséquence essentielle de la concurrence : la possibilité de prendre le marché d'un concurrent, de remettre en cause les positions acquises par ceux qui sont déjà présents dans une activité. Bref, ce qui compte vraiment dans ce processus, c'est la possibilité de contester le marché d'un autre. Un marché *concurrentiel* est un marché *contestable*. Le marché peut être considéré comme parfaitement contestable si deux conditions seulement sont réunies : la *libre entrée* et la *libre sortie*. Par « libre sortie » il faut entendre l'absence de coûts irrécupérables, en cas d'échec d'un investisseur à la suite de son entrée sur un nouveau marché. Si ces conditions sont réunies, toute

---

50. W. Baumol, J. Panzar, R. Willig, *Contestable Markets and the Theory of Industry Structure*, Harcourt Brace Jovanovitch, 1982.

position acquise sur le marché, fût-elle celle d'un monopole, reste contestable par d'autres investisseurs. N'importe quel investisseur extérieur au marché peut y entrer, pour tenter sa chance et prendre une part de marché, quasiment sans risques, si tous les coûts engagés sont récupérables ou ne dépassent pas les coûts d'usure du capital qui auraient été subis de toute façon, dans n'importe quelle autre activité. Par exemple, le marché des leçons particulières de piano ou celui des gardes d'enfants à domicile sont parfaitement contestables : on ne risque rien à tenter sa chance, en déposant gratuitement des annonces chez les commerçants de son quartier. En revanche, le marché de l'automobile est peu contestable parce que les coûts fixes d'entrée sur le marché sont énormes et largement irrécupérables : conception de modèles, lancement d'une nouvelle marque, équipements industriels spécifiques à la construction automobile, etc.

La théorie des marchés contestables a établi qu'une entreprise dont le marché est parfaitement contestable est contrainte de se comporter comme une entreprise du modèle de concurrence pure et parfaite, quel que soit le nombre de concurrents réellement présents sur son marché, et même, à la limite, si elle n'en a aucun et dispose donc d'un monopole. En effet, c'est la *menace* de la concurrence, même potentielle, et non la *présence* de concurrents, qui contraint le comportement des entreprises.

De cette théorie nous soulignerons ici deux enseignements. Tout d'abord, il est des secteurs d'activité par nature peu contestables, en raison des coûts d'entrée (et de sortie en cas d'échec) élevés. On ne peut donc, dans ces secteurs, placer trop d'espoirs dans les vertus spontanées de la concurrence, puisque la pression de cette dernière y est fortement atténuée. Mais compte tenu des coûts sociaux d'une concurrence excessive (que nous détaillerons plus loin), il faut plutôt se réjouir de cette limitation spontanée de son intensité. Par ailleurs, dans les secteurs contestables, les vertus de la compétition ne seraient pas attachées au strict respect d'une structure particulière du marché, mais à la liberté d'aller et venir sur les marchés, à la liberté d'entreprendre donc, au fait que tout joueur nouveau peut faire jeu égal avec ceux qui sont déjà dans la partie. Et pour que cette liberté d'entreprendre exerce son influence bénéfique, elle n'a nullement besoin d'être la liberté d'entreprendre n'importe comment, à sa guise : il lui suffit d'être une liberté égale pour tous les concurrents.

Le coût social de la concurrence

Très tôt, d'ailleurs, les économistes ont pensé que la concurrence optimale ne pouvait pas être une concurrence maximale, sans freins à la liberté. Au tout début du siècle, le Russe Vladimir Dmitriev explique que les entreprises en guerre, pour remporter des parts de marché, doivent accumuler des stocks et des surcapacités de production, et engager des frais de publicité considérables. Ces coûts de « réalisation » de la concurrence constituent en partie un gaspillage de ressources qui trouveraient un emploi plus productif dans un univers de compétition plus modérée. Cette piste de réflexion ne sera guère suivie à l'époque.

En revanche, des années 1920 aux années 1950, la théorie économique orthodoxe énoncera d'autres raisons pour lesquelles une concurrence pure et parfaite ne garantit pas le meilleur usage des ressources (externalités, biens publics). Pour la théorie de ces défaillances du marché, retournez à la « Loi n° 4 ». Pour ce qui concerne la pratique, il n'y a qu'à ouvrir les yeux. Les effets dramatiques potentiels ou réels de la libre concurrence sur l'environnement, la santé et la sécurité ne font, hélas, plus l'ombre d'un doute : cargos-poubelles qui menacent les côtes, chauffeurs routiers trop pressés qui s'endorment au volant, « vache folle », etc. L'idée selon laquelle la concurrence contraindrait nécessairement les producteurs à améliorer sans cesse la qualité des produits, pour satisfaire au mieux les besoins des hommes, n'a-t-elle pas quelque chose de surréaliste dans un monde où le consommateur souverain peut se faire livrer à son insu de la vache à l'ESB[51], du sang contaminé ou du poulet à la dioxine ?

Nous faisons par ailleurs quotidiennement l'expérience de méfaits moins dramatiques, mais non moins réels, d'une concurrence excessive. Combien de produits nouveaux arrivent trop vite sur le marché – donc insuffisamment adaptés à nos besoins ou carrément défectueux – parce que leurs producteurs ont

---

51. Encéphalite spongiforme bovine ou maladie de la « vache folle ».

craint d'être devancés par un concurrent ? À ce jeu-là, ce sont les consommateurs eux-mêmes qui font, à leurs dépens, office de testeurs des produits, sans être en quoi que ce soit rémunérés pour ce travail ni indemnisés pour les désagréments répétés qu'ils doivent subir. La concurrence met les entreprises et leurs dirigeants sous pression, les contraint à aller vite et, comme l'a magistralement démontré Jacques Sapir[52], cela ne peut que nous éloigner de l'usage efficace des ressources dans des processus qui exigent du temps.

L'expérience récente des ouvertures de marchés à la concurrence et des dérégulations de marchés précédemment réglementés est également édifiante. Pour ne prendre que quelques exemples très récents, signalons les trains qui déraillent au Royaume-Uni, la pénurie et les prix exorbitants de l'électricité en Californie, les crises à répétition sur les marchés financiers qui ruinent plus sûrement les petits entrepreneurs et les ménages des pays pauvres que les spéculateurs, etc.

Et quand la privatisation et la dérégulation se font brutalement à l'échelle d'un pays entier, à l'instar de ce qui s'est produit en Russie après l'effondrement du système communiste, on réalise à quel point les bienfaits de la concurrence sont indissociables des institutions, des règles sociales et des régulations politiques patiemment élaborées au cours des siècles dans les vieux pays industriels. Sans ces dernières,

---

52. Jacques Sapir, *Les Trous noirs de la science économique*, *op. cit.*

l'ouverture à la concurrence engendre d'abord le chaos, avant de livrer la société à une régulation occulte par la mafia et les anciens tyrans qui prennent la place de l'État défaillant.

Concurrence exacerbée et délitement du lien social

Il est enfin un coût social d'une concurrence excessive invisible à court terme et pourtant tragique à long terme : le délitement progressif du lien social et de la citoyenneté. Le développement de la crise du politique et de la citoyenneté – que tout le monde reconnaît désormais – a coïncidé avec l'intensification de la compétition entre les nations comme entre les individus, engendrée par la globalisation des marchés et leur déréglementation. Mais plutôt qu'une coïncidence, il s'agit là d'une relation intime entre l'économique et le politique. Nous en explicitons la genèse et les conséquences dans *La Dissociété*[53], dont nous livrons ici seulement quelques extraits :

« Une compétition économique sans limites entre les nations les contraint à alléger toujours davantage les charges fiscales et sociales qui pèsent sur les entreprises, à la fois pour attirer les investisseurs et pour éliminer un handicap dans la lutte des entreprises nationales sur les marchés mondiaux.

---

53. *La Dissociété. De la société de marché à la société humaine*, à paraître.

« Si la guerre économique tend ainsi à détruire les marges de manœuvre financières du politique, elle en sape aussi les bases morales en brisant la solidarité collective. Il s'agit en effet d'une guerre civile où l'ennemi est le plus souvent invisible, et non un État étranger dont l'agression stimulerait le sentiment national. Votre gouvernement ne vous demande pas de combattre tous ensemble pour sauver la patrie ou défendre un idéal commun. En fait, il ne vous demande plus rien, il vous abandonne purement et simplement à la guerre avec votre patron, avec vos collègues ; vous avez l'impression qu'il a donné les clés de la ville aux prédateurs pour qu'ils y mènent leurs affaires à leur guise. Non seulement le politique ne vous sert plus à rien, mais il est en outre l'allié objectif de vos ennemis. Et quand l'ennemi est enfin perceptible, vous réalisez que c'est votre voisin, celui qui ne veut pas être viré à votre place, ou qui a été viré à votre place, celui qui veut être plus compétitif que vous, qui veut gagner la course, celui qui ne peut pas courir mais veut quand même bouffer et boire à la coupe des vainqueurs, bref, l'autre qui vous perçoit comme un ennemi et qui finit par sortir son couteau pour une place de parking.

« Demandez-vous pourquoi cette dernière phrase vous semble crédible, alors que personne ne vous a jamais menacé d'un couteau pour une place de parking. C'est que les peurs collectives se développent par la force du discours politique et médiatique bien avant d'être fondées sur des faits. Ainsi, le matraquage d'un discours prétendu "économiquement correct" insinue dans nos esprits une logique de guerre économique plus redoutable qu'elle n'est en réalité. Des responsables politiques, des patrons, des gourous se relayent pour fustiger en permanence l'archaïsme de la protection sociale, la crispation sur les avantages acquis, la peur de la mobilité, les rigidités du Code du travail. On nous rabâche que nos défenses passées ont déjà été enfoncées par les assauts de la compétition mondiale ; la sécurité est obsolète, c'est la combativité qui est moderne ; et la meilleure défense sera désormais l'attaque. Nous vivons dans un monde sans filet, où l'avenir de chacun est incertain sauf sur un point : il faudra se battre [...].

« Ainsi, avant même d'être pleinement entré dans les faits, le choix d'une logique de compétition généralisée pénètre les esprits et diffuse une culture de marché qui rend obsolète la culture de tous ceux qui se croyaient encore membres d'une société humaine. Dans une société, en effet, chacun pense tenir sa place en accomplissant un ensemble de devoirs intimement liés aux droits qui lui sont reconnus. Sur un marché, en revanche, l'individu n'a pas de "place", il se sent une marchandise qui devra sa survie au fait d'être plus forte que les autres ou l'esclave des plus forts. Dans une société on vit, sur un marché on se bat [...].

« Dans ce contexte, la crise de la citoyenneté et la montée des incivilités n'ont rien de surprenant. On ne peut à la fois traiter les gens comme des marchandises, les inciter à se traiter les uns les autres comme des marchandises rivales et vouloir qu'ils se comportent en citoyens. Et pourtant, beaucoup essayent encore. Les plus âgés, ou les moins jeunes, gardent longtemps les traces de leur culture ancienne, celle d'avant la guerre économique. C'est pourquoi, même dans une société brutale, les individus peuvent encore être solidaires entre eux, se serrer les coudes au lieu de s'entre-déchirer face à l'adversité […].

« Mais comment les jeunes qui n'auront rien connu d'autre que la culture du marché et de la compétition pourraient s'imaginer membres d'une communauté humaine, d'une nation, dotés de droits égaux dont l'exercice dépend de leur respect par les autres, et donc très exactement des devoirs que chacun se reconnaît envers les autres ? Une société qui dit à ses enfants que la vie n'est pas une entreprise collective mais une compétition individuelle permanente récolte ce qu'elle a semé : des jeunes qui se battent les uns contre les autres. La guerre économique nous prépare à la guerre civile [54]. »

La compétition solidaire

La transformation de la concurrence en guerre économique n'est pas une fatalité. D'une part, on l'a déjà souligné, l'histoire des économies de marché – du moins jusqu'aux années 1970 – est l'histoire de la civilisation progressive des échanges par des institutions et des règles. D'autre part, au sein même des économies capitalistes coexistent des formes alternatives de concurrence, respectueuses des valeurs des communautés humaines et pourtant sans concession quant à la recherche de la rentabilité et de l'efficacité

54. *Ibid.*, chap. 3, extraits.

productive. On en trouve de nombreuses illustrations dans ce qu'il est convenu d'appeler l'« économie solidaire » et dans l'économie sociale (coopératives, mutuelles, etc.)[55]. La caractéristique fondamentale commune à ces modes de production est que la concurrence y est tempérée, parce que les décideurs n'ont ni pour objectif premier, ni pour contrainte vitale de réaliser ou de maximiser des profits monétaires. La rentabilité n'y est pas une fin en soi, mais un outil au service d'autres finalités.

Mais on peut aussi rencontrer la même tempérance de la compétition dans des entreprises dont l'objectif principal demeure la maximisation du profit. Entre autres exemples, l'expérience de nombreux districts industriels italiens du Nord (confection, chaussures, lunetterie, notamment) démontre l'efficacité et la rentabilité du mixage d'une logique de compétition individuelle et d'une logique de solidarité collective. On pourrait à ce propos parler d'une forme de « compétition solidaire ». Chacun poursuit à la fois son objectif personnel d'excellence et de conquête des marchés, et celui d'une prospérité communautaire ou territoriale. Les entrepreneurs mettent ainsi en place des coopérations en matière de formation du personnel, de recherche, de prêt de main-d'œuvre ou de matériel, de prospection des marchés, etc. C'est là, en partie, le résultat d'un sens éclairé de l'intérêt personnel à long terme que l'on pourrait comparer à

---

55. Voir par exemple Christophe Fourel, *La Nouvelle Économie sociale*, Syros, coll. « Alternatives économiques », 2001.

celui des membres d'une équipe sportive : tous les sportifs sont en compétition pour optimiser leur carrière personnelle, mais doivent, pour cela même, agir aussi en équipe et pour le succès de l'équipe. Le choix de la compétition solidaire résulte aussi d'une forte pression sociale qui contraint chacun à la loyauté envers la communauté à laquelle il appartient.

La concurrence dévoyée en guerre économique

Si donc la guerre économique n'est ni une fatalité, ni le choix spontané de nombreux acteurs de l'économie, elle est un choix politique. Son extension, à la charnière des années 1970 et des années 1980, est clairement liée à la victoire de la droite libérale dans trois des plus grandes économies de marché (Allemagne de l'Ouest, États-Unis, Royaume-Uni). Le choix délibéré d'une logique de compétition mondiale ouverte et déréglementée, initiée par quelques pays et peu à peu soutenue ou non combattue par les autres, a en effet changé la nature du processus concurrentiel [56].

Le passage d'un terrain de jeu national ou régional à un terrain de jeu mondial n'a pas été accompagné

---

56. Sur les transformations des règles du jeu et de la gestion liées à la globalisation commerciale et financière, voir notamment Pierre-Noël Giraud, *Le Commerce des promesses. Petit traité sur la finance globale*, Le Seuil, coll. « Économie humaine », 2001, et André Orléan, *Le Pouvoir de la finance*, Odile Jacob, 2000.

par la mise en place d'arbitres internationaux capables de réguler la compétition internationale, comme l'avaient fait jusque-là les États sur le plan national. Par ailleurs, la libre circulation des capitaux et le rôle accru des grands fonds d'investissement dans le financement des entreprises ont en partie déplacé l'objet premier de la compétition : la concurrence sur la pertinence et la qualité des produits passe au second rang derrière la concurrence sur les marchés de capitaux pour séduire les actionnaires.

Il s'ensuit souvent une quête de la rentabilité financière immédiate, parfois peu compatible avec la conduite sereine d'une stratégie d'entreprise à long terme. Comme l'indique une étude récente de *Mercer Management Consulting* sur huit cents entreprises nord-américaines, les politiques de compression systématique des coûts pour renforcer les marges s'avèrent souvent contre-performantes à long terme pour la valeur des actions ! La libre concurrence peut ainsi se faire contre l'intérêt même de ses habituels promoteurs. Est-ce à dire que ces derniers sont irrationnels ? Pas vraiment. La théorie économique, comme l'expérience, montre presque toujours que, à long terme, les stratégies de coopération solidaire sont plus efficaces que les stratégies de compétition solitaire. Mais en l'absence d'un lien social fort ou d'une régulation politique susceptibles de garantir le respect des accords de coopération, des acteurs rationnels n'ont pas d'autre choix que la compétition sauvage. À la guerre, on tue avant d'être tué, même si chacun sait bien qu'il serait plus efficace d'éviter la guerre.

Pour finir, un bilan coûts/avantages approprié à l'évaluation de l'intensité souhaitable de la concurrence ne devrait-il pas intégrer des considérations sur la justice ? En effet, même en l'absence d'un consensus sur un critère précis de justice (cf. « Loi n° 6 »), il est un quasi-consensus pour admettre que la justice implique une forte réduction des inégalités. Dès lors, la nature démesurée et inadaptée de l'exacerbation de la concurrence mondiale depuis les années 1980 ne fait guère de doute puisqu'elle a presque systématiquement engendré la remontée des inégalités à l'intérieur comme entre les nations. Mais qu'on ne s'y trompe pas, ce n'est pas la concurrence qui a perverti les nations. Ce sont plutôt les nations qui ont perverti la concurrence en renonçant à sa régulation, transformant ainsi l'émulation des talents en guerre pour la survie.

Loi n° 8

L'impôt n'est pas un prélèvement obligatoire

Si, hormis quelques libertariens ultraminoritaires, personne ne conteste la nécessité de l'impôt, au moins pour financer les biens publics indispensables, le discours aujourd'hui dominant ne lui reconnaît guère de mérites propres. Il est au mieux perçu comme un *mal* nécessaire, mais qu'il convient de limiter autant que faire se peut. La logique économique implicite qui sous-tend cette perception est la suivante : l'impôt est « prélevé » sur les richesses créées par les activités marchandes, il réduit donc les richesses disponibles pour les individus ; qui plus est, un niveau élevé de pression fiscale pénalise l'effort et l'investissement des acteurs les plus performants, et peut dès lors constituer un frein à la croissance.

Dans le contexte moderne de mondialisation des marchés, les États se retrouvent de fait en concurrence pour attirer ou retenir les investisseurs et les talents. Un pays qui surtaxe ces derniers, relativement aux conditions fiscales offertes par les autres pays, s'expose à la délocalisation des entreprises, à la fuite des cerveaux et, comble du malheur, à l'expatriation de ses meilleurs joueurs de football et de ses plus beaux *top models*.

Les économistes ne sont pas frivoles et n'ont en conséquence pas encore accordé beaucoup d'attention aux conséquences de l'émigration des mannequins. En revanche, ils ont très tôt stigmatisé la nature autodestructrice d'une fiscalité abusive [57]. Les griefs que l'on peut faire à l'impôt sont déjà clairement exposés par les libéraux français au milieu du XVIIe siècle.

Plus d'impôt ne permet pas forcément de financer plus de biens publics. En effet, au fur et à mesure que s'élève la pression fiscale, la désincitation au travail, à la production et à l'investissement provoque une réduction de la richesse nationale sur laquelle, d'une manière ou d'une autre, est prélevé l'impôt. Autrement dit, l'*assiette de l'impôt* (sa base de calcul : les revenus, les productions, les patrimoines) est réduite par l'élévation des *taux d'imposition*.

À la limite, « l'impôt tue l'impôt », parce que ses effets pervers, qui réduisent l'assiette fiscale, font plus que compenser la hausse des taux d'imposition, si bien que cette dernière pourrait engendrer la baisse et non la hausse des recettes fiscales. En 1844, le Français Jules Dupuit illustra ce phénomène en traçant une courbe montrant comment les recettes fiscales commencent par augmenter avec le taux d'imposition,

---

57. La plupart des raisonnements à ce propos sont déjà clairement exposés par les libéraux français dès la fin du XVIIe siècle. On en trouve notamment une parfaite illustration *in* Pierre Le Pesant de Boisguillebert, *Le Détail de la France*, 1697.

avant d'atteindre un maximum (seuil critique où les effets négatifs sur l'assiette d'imposition dominent) au-delà duquel elles régressent, jusqu'à être nulles quand le taux d'imposition est de 100 %. Il faudra à cette courbe en cloche plus d'un siècle pour passer vraiment à la postérité, sous le nom de « courbe de Laffer »[58].

Aux sources d'une erreur grossière sur la nature de l'impôt

Tout cela a l'air frappé au coin du bon sens. Mais c'est encore une fois de contresens qu'il s'agit. Car ce bon sens repose en fait sur une hypothèse saugrenue : l'impôt ne sert strictement à rien, l'argent prélevé est détruit et ne produit rien. Si, au contraire, l'impôt sert à financer des dépenses publiques elles-mêmes utiles, il n'a aucune chance de « tuer l'impôt » et il cesse d'être un « prélèvement sur les richesses » pour constituer seulement le coût de production d'une richesse. Or, précisément, s'il n'existe aucune preuve empirique d'une incidence négative de la pression fiscale sur le développement économique, les théories modernes de la croissance[59] reconnaissent

---

58. A. Laffer et Jan P. Seymour, *The Economics of Tax Revolt*, 1979 ; J. Dupuit, « De la mesure de l'utilité des travaux publics », 1844, dont la courbe est reproduite *in* J. Boncœur et H. Thouément, *Histoire des idées économiques*, *op. cit.*, t. 2.
59. Il s'agit des « théories de la croissance endogène ». Voir, par exemple, le remarquable ouvrage de Jean Arrous, *Les Théories de la croissance*, Le Seuil, coll. « Points », 1998.

en revanche un rôle positif et essentiel aux infrastructures, à l'éducation, à la recherche fondamentale, tous facteurs très largement financés par l'impôt. Contrairement aux idées dans l'air du temps, l'impôt n'est pas un *mal* nécessaire, mais un *bien* nécessaire. Le dénigrement de l'impôt et de l'État, fondé sur les effets pervers de la fiscalité, est l'exemple typique d'un processus de pensée qui part d'une idée juste (la pression fiscale peut réduire l'incitation à la création de richesses marchandes) pour aboutir à une extrapolation fantaisiste semant la confusion sur les concepts économiques les plus élémentaires.

Aux sources de cette confusion sur la nature de l'impôt se trouve une erreur grossière sur la nature de la production et des fameuses « richesses » créées par les acteurs de la vie économique. Cette erreur a peut-être son origine dans le raisonnement en termes de circuit économique initié en France par les physiocrates (milieu du XVIIIe siècle), et en partie repris par les classiques anglais : on identifie une source de la valeur injectée dans le circuit économique (la production agricole pour les physiocrates, le travail marchand pour les classiques), avant d'examiner comment se répartit cette valeur. Par définition, tout acteur qui intervient hors de la sphère productive initiale et perçoit une partie du revenu national, après que celui-ci a été créé, effectue un « prélèvement » sur les richesses auxquelles il n'ajoute rien. C'est ainsi que les physiocrates considéreront les commerçants et artisans des bourgs comme des parasites vivant aux crochets des paysans. C'est aussi pourquoi, chez Adam Smith par exemple, le « profit » apparaît comme un « prélèvement » sur la valeur engendrée par le travail, ce qui ouvre directement la voie à la théorie de l'exploitation qui sera développée par Karl Marx : puisque toute la valeur vient du seul travail, le capitaliste n'ajoute aucune valeur ; par conséquent le profit de ce dernier est assimilable à un vol, qui n'est possible qu'en raison du pouvoir de domination que confère la propriété des moyens de production.

Toutes les explications monistes de la valeur, qui en cherchent la substance dans un seul facteur de production, aboutissent naturellement à considérer comme inutiles ou nuisibles tous les autres facteurs. Selon le facteur privilégié, on conclut ainsi que les commerçants ou les fonctionnaires sont des parasites, les capitalistes des voleurs, l'État un prédateur de la richesse nationale, etc.

Jusqu'au milieu des années 1970, la comptabilité nationale reflétait cette approche en considérant les activités publiques non marchandes comme improductives. Et si les productions publiques sont d'emblée exclues d'une mesure de la richesse nationale, les impôts finançant les dépenses publiques ne peuvent pas apparaître comme autre chose qu'un prélèvement sur les richesses créées par le seul secteur marchand. Mais, dans le cas de la comptabilité nationale, ce choix résultait davantage d'un développement insuffisant des instruments de mesure et de calcul que d'un principe théorique, qui n'aurait d'ailleurs pu trouver le moindre fondement dans la science économique standard.

Le juste prix des biens publics

En effet, depuis les années 1870, une vision subjective et extensive de la production s'est imposée dans la science économique, aux termes de laquelle *est productive toute activité qui contribue à satisfaire les besoins d'un individu quelconque* (cf. « Loi n° 2 »). La production d'un bien public, pour peu qu'elle réponde à un besoin effectif de la population, n'est donc en soi pas moins productive de « richesses » que n'importe quelle production de bien privé. Par conséquent, l'impôt n'est pas plus un « prélèvement » sur les richesses engendrées par la production nationale que ne le sont les prix payés pour acheter des tomates ou des automobiles. Comme ces derniers, l'impôt mesure le coût de production d'un bien et le prix à payer pour disposer de ce bien. L'impôt ne diminue pas plus la richesse nationale que ne le fait le paiement de votre loyer ou de votre facture d'électricité.

Toutes les conclusions ultralibérales sur la nécessité d'un impôt minimal sont l'illustration parfaite des aberrations logiques auxquelles peut conduire l'extrapolation d'idées justes, biaisées par une idéologie individualiste et matérialiste qui assimile la richesse humaine à l'accumulation de biens marchands. Il est en effet parfaitement exact de souligner les effets pervers de l'impôt sur les incitations individuelles à travailler et à produire. Mais seule l'hypothèse saugrenue que l'impôt n'a que des effets pervers et que les biens publics qu'il finance sont inutiles permet d'aboutir à la thèse de l'impôt minimal. Curieusement (je plaisante !), les néolibéraux ne font pas le même genre d'extrapolations à propos des effets pervers de la production industrielle. Il est en effet évident que cette dernière a des effets pervers pour l'environnement, par exemple. Mais il ne vient à personne l'idée qu'elle n'a que des effets pervers et qu'en conséquence toute réduction de la production est bonne à prendre ! On en déduit seulement qu'il faut trouver les moyens d'organiser la production de façon à garantir un développement durable pour les générations futures. Eh bien, le problème est le même pour l'impôt et les biens publics. Il s'agit de trouver les modalités de détermination et de gestion des choix publics les plus efficaces et les plus justes.

L'impôt n'est pas obligatoire

L'impôt n'est donc pas un *prélèvement* : c'est un *prix*, soit ! N'est-il pas néanmoins « obligatoire », à la différence des autres prix dont le paiement résulte d'un libre choix individuel ? Sur cette question la logique néolibérale orthodoxe, qui dénigre si souvent l'impôt, se piège elle-même. Si l'on suit cette logique, en effet, toutes les situations individuelles résultent de choix libres, car les individus rationnels feraient toujours autre chose que ce qu'ils font si cela ne maximisait pas leur bien-être. Ainsi le chômage est-il considéré comme une situation volontaire résultant d'un libre choix : les chômeurs refusent les emplois disponibles, les reconversions, les baisses de salaire ou la mobilité.

Appliquons cette logique de raisonnement au paiement de l'impôt. Dans une démocratie, personne n'est contraint de vivre dans son pays. Un individu en désaccord avec le niveau des dépenses publiques et des impôts est toujours « libre » de s'exiler ou de se suicider ; l'impôt est donc librement consenti par tous ceux qui « choisissent » de vivre dans un pays quelconque. L'impôt est « volontaire » ; il n'a pas un caractère plus « obligatoire » que le prix de n'importe quel bien privé ; il l'est même à la limite encore moins, puisque son paiement, contrairement à celui des autres prix, n'est pas toujours une condition nécessaire pour jouir des biens publics.

Si l'on renonce à l'idée quelque peu rustique ou faussement naïve que les néolibéraux se font de la liberté, c'est alors seulement dans le cadre d'une vraie démocratie, où le citoyen peut effectivement exercer son pouvoir souverain de participation au choix des dépenses publiques et des impôts, que l'on peut considérer l'impôt comme le prix librement consenti des biens publics.

C'est d'ailleurs la piste ouverte par les grands initiateurs de la théorie de l'impôt optimal que furent les Suédois Knutt Wicksell, en 1896, et Erik Lindhal, en 1919[60]. Selon ces derniers, l'impôt juste et efficace serait celui qui à chaque dépense publique ferait correspondre une modalité de financement choisie par les électeurs à la quasi-unanimité ou à une très forte

---

60. Présentés *in* Jacques Généreux, *L'Économie politique. Analyse économique des choix publics et de la vie politique*, *op. cit.*

majorité qualifiée. Une procédure parfaitement démocratique de détermination des dépenses publiques et de leurs modalités de financement conduirait à une situation où l'impôt que chacun acquitte est exactement égal au prix qu'il est disposé à payer en contrepartie des biens publics (cette situation est dénommée « équilibre de Lindhal »). Mais ce n'est là, au fond, que le retour au sentiment des premiers grands économistes libéraux. Dès 1776, Adam Smith, en qui les néolibéraux reconnaissent le chantre du marché libre, faisait un éloge de l'impôt juste et efficace que ne renierait pas aujourd'hui un socialiste pur et dur. Nous ne pouvons donc que recommander aux détracteurs modernes de l'impôt de relire cette page de leur évangile *(Essai sur la nature et les causes de la richesse des nations)* où il est question des taxes prélevées pour l'entretien des ouvrages publics :

« Ainsi la personne qui paye la taxe, en définitive, gagne plus par la manière dont cette taxe est employée qu'elle ne perd par cette dépense. Ce qu'elle paye est précisément en proportion du gain qu'elle fait. Dans la réalité, le payement n'est autre chose qu'une partie de ce gain qu'elle est obligée de céder pour avoir le reste. Il paraît impossible d'imaginer une méthode plus équitable de lever un impôt.

« Quand cette même taxe sur les voitures de luxe, les carrosses, chaises de poste, etc., se trouve être de quelque chose plus forte [...] qu'elle ne l'est sur les voitures d'un usage nécessaire, telles que les voitures de roulier, les chariots, etc., alors l'indolence et la vanité du riche se trouvent contribuer d'une manière fort simple au soulagement du pauvre, en rendant à meilleur marché le transport des marchandises pesantes dans tous les différents endroits du pays [61]. »

Tout y est ou presque : l'idéal d'un impôt qui serait le juste prix d'un bien public, le bien-fondé de la dépense publique, la justice d'un impôt qui pèse davantage sur les riches pour soulager les plus nécessiteux.

La théorie de l'impôt juste et efficace ébauchée par l'école suédoise est certes une utopie, mais elle montre un chemin concret : celui de la démocratisation réelle des choix publics. Ainsi, par exemple, depuis dix ans les citoyens de Porto Alegre (Brésil) participent activement à l'élaboration d'une partie du budget municipal [62]. Preuve vivante que la démocratie fiscale est une utopie créatrice.

Faut-il retenir les *top models* ou les citoyens ?

Tout ce que nous venons de dire sur la nature de l'impôt est en réalité rigoureusement incontestable. Mais cela ne nous avance pas forcément à grand-chose, face au problème réel que constitue la concurrence fiscale entre les États. Je n'ai personnellement jamais eu le moindre mal à convaincre un patron, même libéral, que l'impôt, dans une démocratie, n'est

---

61. *Essai sur la nature et les causes de la richesse des nations*, *op. cit.*, p. 372-373.
62. Sur cette expérience, cf. Tarso Genro et Ubiratan de Souza, *Quand les habitants gèrent vraiment leur ville*, Charles Léopold Mayer, 1998.

que le juste prix consenti par les citoyens pour la production de biens publics aussi nécessaires que les patates et les ordinateurs. Mais il me pose aussitôt la question suivante : « C'est bien joli, tout ça, mais dites-moi comment je dois faire, concrètement, pour résister à la concurrence d'entreprises étrangères qui payent tellement moins d'impôts et de charges sociales que moi. » Et je lui réponds : « *Vous*, vous ne pouvez rien faire d'autre que vous adapter, car vous n'avez pas le pouvoir de changer les règles du jeu ; mais *nous* devons et pouvons peut-être, tous ensemble, contester des règles du jeu qui produisent un monde non conforme à notre idéal. » Là, le patron a un sourire ironique et me dit qu'on en reparlera quand je serai président de la République !

Il me paraît plus sage d'en reparler tout de suite.

Le problème est donc le suivant. Quand bien même tous les citoyens d'un pays donné seraient disposés à financer un haut niveau de production publique et de protection sociale, cela ne serait-il pas qu'un vœu pieux quand les pays voisins ne cessent de faire des coupes claires dans les charges fiscales qui pèsent sur leurs entreprises pour les rendre plus compétitives ? Dans une économie mondiale ouverte à toutes les concurrences, les systèmes politiques et les systèmes fiscaux sont mis en compétition par des travailleurs et des investisseurs mobiles. Une nation se doit désormais d'être *fiscalement attractive*. Sans quoi elle n'évitera ni les délocalisations d'entreprises, ni le départ des chercheurs, des sportifs, des *top models* vers des environnements fiscaux plus doux.

Les meilleurs s'en vont et nous on reste ? Tout dépend de ce que l'on entend par les « meilleurs ». Meilleurs quoi : calculettes ou citoyens ? La question de fond est de savoir si notre ambition est de disparaître complètement en tant que nations de citoyens qui choisissent de vivre ensemble selon des règles communes, pour nous transformer en collections d'individus interchangeables et téléportables d'un bout à l'autre de la planète, en fonction du taux de rémunération de notre travail ou de notre capital.

Elle est d'ailleurs aussi de savoir si cette fiction de la mobilité parfaite des hommes a un sens concret. Car l'irréalisme n'est pas toujours du côté que l'on croit. Ceux qui, au nom du réalisme, traitent avec ironie ou mépris ceux qui croient encore à l'indépendance et à la souveraineté nationales n'ont pas les yeux en face des trous. La réalité, aujourd'hui, est que l'immense majorité des personnes et des entreprises sont attachées à un territoire particulier, une culture spécifique, une nation, et ne rêvent absolument pas de s'en affranchir. La mobilité parfaite du travail et du capital n'est que le modèle d'une minorité de grandes entreprises et d'individus qui, parce qu'ils pensent tirer le plus grand profit de l'abolition des frontières, voudraient imposer ce modèle à la planète. Et, ma foi, tant qu'on les laisse faire, ils ont bien raison ; ce sont les autres qui ont tort de laisser faire.

Le fait qu'une minorité soit en passe d'imposer son modèle à la majorité tient en partie à ce que nos prétendues démocraties tendent à fonctionner comme des oligarchies habilement menées au profit de groupes privilégiés. Mais il s'explique aussi par la difficulté nouvelle à laquelle se trouve confrontée la majorité favorable à la survie des nations et des identités locales. Faire pression sur le gouvernement de sa seule nation n'est guère productif quand le problème vient du comportement collectif des autres nations. La montée en puissance d'un mouvement social international peut renforcer à terme le pouvoir de pression des citoyens, mais il ne change rien à la réalité électorale immédiate, qui rend un pouvoir national redevable devant ses seuls électeurs nationaux. Si, par exemple, les électeurs américains préfèrent nettement moins d'impôts et beaucoup plus de pollution que les électeurs allemands, le mouvement social international n'empêchera pas l'avantage compétitif dont bénéficient les entreprises américaines par rapport aux entreprises allemandes, qui supportent des charges fiscales et des normes antipollution plus coûteuses.

C'est précisément parce que nous ne vivons pas dans une société mondiale mais dans un monde composé de sociétés spécifiques, aux valeurs et aux priorités différentes, que la mise en compétition aiguë des nations pose un problème.

Aussi, la première voie de réflexion et d'action évidente est-elle de remettre à plat sans tabou toutes les questions relatives à l'intensité de la compétition entre les nations : libre circulation des marchandises, des personnes, des capitaux. Comme c'est le cas à l'intérieur d'une nation donnée (cf. « Loi n° 7 »), une régulation et une limitation de la concurrence internationale aux seules modalités considérées comme réellement profitables à tous seraient à la fois « économiquement correctes » et socialement souhaitables. Cette voie n'a évidemment de sens et d'efficacité qu'au travers de coopérations ou d'institutions internationales, ce qui ne simplifie pas la tâche.

Dans un univers de concurrence tempérée, les nations pourraient plus sereinement choisir ce pour quoi elles souhaitent être attirantes et ceux qu'elles veulent attirer. L'attractivité d'un territoire ne tient pas qu'au système fiscal. Elle dépend aussi de la qualité des infrastructures, de la qualification de la main-d'œuvre, de la stabilité politique et sociale, de la qualité du système de santé et d'éducation, de la pureté de l'air qu'on y respire, de la sécurité... et du sourire de la crémière [63] !

De nombreux pays industriels ont des fiscalités plus lourdes que la moyenne et n'en demeurent pas moins très attractifs sur tous les autres points évoqués ci-dessus. La compétition des nations n'est pas qu'une compétition fiscale. Si nous devons nous résoudre à être compétitifs, apprenons à raisonner en termes de *compétitivité globale*, choisissons le cocktail d'atouts qui nous permettra d'appliquer notre conception du bien-vivre ensemble et d'attirer les étrangers qui la partagent. On n'empêchera pas le départ de quelques *top models* et autres stars du foot ou du show-biz. Mais qui voulons-nous retenir ou attirer, des *top models* ou des citoyens qui partagent notre conception d'une bonne société ? Laissons

---

63. Voir Anton Brender, *La France face à la mondialisation*, La Découverte, coll. « Repères », 1999.

partir ceux qui ne veulent plus être nos concitoyens et accueillons ceux qui choisissent de vivre avec nous : nous gagnerons au change.

Il reste une voie singulièrement négligée qui nous protégerait aussi de l'exode des talents : l'éducation et la promotion d'une culture de la citoyenneté. Une société qui ne valorise plus que l'argent et la conquête de la première place se prépare des générations de tueurs et de mercenaires à la solde du plus offrant. Une société qui éduque à la solidarité et qui valorise les choix collectifs au lieu de les dénigrer fabrique des générations de citoyens. Bien sûr, cela prend du temps. Eh oui, la démocratie n'est pas une solution miracle, c'est un combat. Et le plus sûr moyen de le perdre est de ne pas le mener.

Loi n° 9

Rien ne vaut
une bonne politique

Jusqu'aux années 1920-1930, la politique économique existe de fait sans dire son nom. Mais c'est alors seulement qu'elle devient une branche à part entière de l'analyse économique. Celle-ci va dès l'origine emprunter deux pistes qui caractérisent aujourd'hui encore la ligne de démarcation entre les libéraux et les interventionnistes. La première, initiée par Arthur Cecil Pigou et son *Économie du bien-être*, croit en l'équilibre général spontané d'une économie de marché libre. Elle identifie cependant quelques défaillances microéconomiques des marchés qui appellent la mise en place de *règles* juridiques et fiscales incitant les individus à corriger leur calcul économique dans un sens conforme à l'optimum social (cf. « Loi n° 4 »). La seconde piste sera ouverte par Keynes, peu après que la belle confiance des néoclassiques dans l'équilibre général aura été ébranlée par la Grande Dépression des années 1930.

La vision néoclassique : l'inutilité des politiques macroéconomiques

Dans le modèle néoclassique standard dominant, avant Keynes, l'équilibre général des marchés est supposé réalisé et maintenu en permanence grâce à la libre concurrence et à la parfaite flexibilité des prix (cf. « Loi n° 3 »). Dans ce contexte, personne n'a à se soucier de l'existence ou non d'une demande suffisante pour les biens ou les facteurs de production qu'il souhaite offrir. Chacun ne se préoccupe que de ce qu'il souhaite offrir compte tenu des prix du marché ; le marché se charge ensuite d'équilibrer l'offre et la demande en ajustant les prix.

Dans ce contexte, les agents rationnels utilisent au mieux tous les facteurs de production disponibles, de façon à obtenir la production maximale, la production de plein emploi. En effet, si un facteur restait sous-employé, son prix baisserait jusqu'au moment où il serait à nouveau pleinement employé. La production de plein emploi devrait nécessairement trouver preneur en raison de la *loi des débouchés* de Jean-Baptiste Say (1803). Say observe que toute la valeur de la production est transformée en revenus distribués qui sont à leur tour dépensés, si bien que la valeur globale des dépenses est nécessairement égale à la valeur globale des biens offerts. En quelque sorte, comme l'écrit Say, « l'offre crée sa propre demande » en distribuant les revenus qui serviront à acheter les biens et services offerts. Tout déséquilibre global entre l'offre et la demande est donc impossible. En revanche, un désajustement entre la structure par produits de l'offre et de la demande est toujours possible : pour une offre globale et une demande globale d'une valeur identique et inchangée, il se peut néanmoins que les ménages décident, par exemple, d'acheter plus de voitures et moins de meubles, et que ce mouvement n'ait pas été anticipé par les entreprises. Ces déséquilibres sectoriels seront toutefois rapidement résorbés grâce à la flexibilité des prix (les prix des voitures augmentent et ceux des meubles diminuent).

Ainsi, quelques soucis localisés peuvent bien survenir, mais ils ne nécessitent aucune intervention publique puisque les lois du marché les traitent de façon optimale. Par ailleurs, au niveau macroéconomique, la loi de Say élimine toute possibilité de surproduction générale. Mais à une condition tout de même : c'est que tous les revenus soient dépensés. Or une partie des revenus ne sert pas à la consommation mais à l'épargne. L'épargne ne constitue-t-elle pas une fuite dans le circuit de Say, susceptible d'engendrer une demande de biens insuffisante pour écouler toute la production ? Non, répondent classiques et néoclassiques, car l'épargne est placée sur les marchés financiers ou dans les banques, et sert à financer des investissements. L'épargne n'est donc pas une fuite : elle équivaut à une demande de biens d'investissement.

L'épargne ne constituerait une fuite que si elle était conservée sous la forme de liquidités monétaires non placées (thésaurisées). Mais des agents rationnels n'ont aucune raison de détenir des encaisses liquides non rémunérées alors qu'ils pourraient détenir des titres de placement rémunérés. La monnaie est un simple intermédiaire dans les échanges, son stockage et sa détention ne procurent en soi aucune utilité. Admettons (pour l'instant). Mais s'il n'y a pas de déséquilibre global entre offre et demande, il peut néanmoins subsister un déséquilibre entre la structure de la demande et celle de l'offre. En effet, le partage du revenu des ménages entre consommation et épargne n'a aucune raison d'être *a priori* identique au partage de la production entre biens de consommation et biens d'investissement (décidé par les entreprises).

Que se passe-t-il, par exemple, si les entreprises surestiment la demande de biens de consommation, et donc sous-estiment l'épargne ? On constatera une surproduction de biens de consommation par rapport à la demande et une surabondance d'épargne par rapport aux biens d'investissement à financer. Ce déséquilibre devrait toutefois être automatiquement résorbé grâce à l'ajustement des taux d'intérêt.

En effet, les taux d'intérêt commandent à la fois le partage du revenu entre consommation et épargne, et le niveau de l'investissement. Quand les taux d'intérêt s'élèvent, les ménages sacrifient plus volontiers leur consommation présente pour épargner et améliorer ainsi leur consommation future. Inversement, si les taux d'intérêt baissent, les ménages épargnent moins et consomment plus.

De leur côté, les dépenses d'investissement augmentent quand les taux d'intérêt baissent. En effet, les investisseurs comparent le taux de rendement espéré de leur investissement et le coût des capitaux qu'ils doivent emprunter ou, s'ils n'ont pas besoin d'emprunter (autofinancement), le rendement qu'ils obtiendraient en plaçant leurs fonds sur les marchés financiers. Si les taux d'intérêt s'élèvent, cela disqualifie des projets d'investissement dont le taux de rendement devient inférieur au coût d'emprunt des capitaux (ou au taux de rendement du marché financier). Inversement, la baisse des taux d'intérêt stimule l'investissement.

Armés de ce nouveau mécanisme, revenons à notre situation de déséquilibre initial : trop d'épargne par rapport aux investissements et pas assez de consommation pour écouler la production. Dans ce cas de figure, l'abondance d'épargne sur les marchés financiers provoque une baisse des taux d'intérêt. La baisse des taux freine l'épargne et stimule l'investissement jusqu'à un nouvel équilibre ; elle stimule aussi la consommation. La structure des emplois du revenu (consommation-épargne) et celle de la production (biens de consommation-biens d'investissement) vont donc rapidement s'ajuster.

Forts de la loi des débouchés et de la théorie de l'équilibre général, les néoclassiques peuvent donc considérer qu'aucune politique macroéconomique n'est nécessaire. Seules importent les politiques microéconomiques qui garantissent le plein exercice de la libre concurrence, puisque celle-ci est censée mettre l'économie nationale à l'abri du sous-emploi et de toute crise durable.

La vision keynésienne : la nécessaire régulation de la demande

Le choc de la Grande Dépression des années 1930 va pourtant rappeler brutalement la tendance récurrente des marchés à engendrer aussi des crises macroéconomiques durables. Il favorise la promotion des idées de la *Théorie générale de l'emploi, de l'intérêt et de la monnaie* de John Maynard Keynes (1936). À sa suite, les keynésiens contestent la capacité des marchés à garantir spontanément un équilibre général et le plein emploi. Aux défaillances microéconomiques du marché il faut ajouter une défaillance macroéconomique qui appelle des politiques monétaires et budgétaires discrétionnaires.

On a déjà vu (cf. « Loi n° 3 ») comment, selon Keynes, l'imperfection de l'information et l'incertitude empêchent les marchés de fonctionner comme des Bourses ajustant en permanence l'offre et la demande. Examinons à présent sa critique de la loi des débouchés de Say. D'une part, pour Keynes, l'épargne peut constituer une fuite dans le circuit du revenu parce que la monnaie peut être désirée pour elle-même. Dans un monde incertain, le placement de l'épargne en titres est risqué, tandis que la monnaie constitue le moyen le plus simple et le moins risqué de constituer une réserve de valeur, pour plus tard, pour un moment où il semblera plus opportun d'effectuer des placements (nous reviendrons plus en détail sur ce dernier point dans le chapitre « Loi n° 10 »).

D'autre part, pour Keynes, le taux d'intérêt ne commande pas l'arbitrage entre consommation et épargne, mais le partage entre épargne liquide (monnaie thésaurisée) et épargne affectée à des placements. Conformément à la réalité, Keynes observe que la consommation des ménages dépend surtout de leur revenu courant et non des taux d'intérêt. Et pour cause ! Une variation des taux d'intérêt, même importante, ne peut modifier sensiblement l'incitation à épargner que pour des ménages riches disposant d'une capacité d'épargne importante. Par exemple, avec un salaire mensuel moyen de 2 000 euros, un salarié économe ne peut guère épargner plus de 200 à 300 euros par mois, soit 2 400 à 3 600 euros par an. Une augmentation d'un point du taux de rémunération de l'épargne représente donc un gain de 24 à 36 euros par an (1 % de 2 400 ou 3 600 euros), soit 2 à 3 euros par mois. On imagine difficilement qu'un salarié gérant un budget déjà serré modifie sensiblement son comportement de consommation et d'épargne pour quelques euros par mois.

Cela dit, les 200 ou 300 euros que le salarié met de côté chaque mois peuvent être conservés en monnaie non rémunérée ou dans des placements rémunérés. Une hausse des taux d'intérêt peut donc éventuellement l'inciter à détenir moins de monnaie et plus de placements, mais cela ne modifiera pas le montant de son épargne et de sa consommation.

Ces nouvelles hypothèses, plus réalistes, nous permettent à présent de faire une lecture keynésienne des réactions probables de l'économie nationale à un déséquilibre survenant, par exemple, sur le marché des biens de consommation. Comme nous l'avions fait pour développer la lecture néoclassique, imaginons une situation où les entreprises ont surestimé la demande de consommation. Il y a donc trop peu de consommation et trop d'épargne. Les néoclassiques estimaient qu'une baisse des taux d'intérêt interviendra alors spontanément, stimulant la consommation et réduisant l'épargne. Las ! Même si les taux d'intérêt baissent, cela incitera éventuellement les ménages à détenir leur épargne sous une forme plus liquide non rémunérée, mais cela ne relancera pas la consommation. L'insuffisance des débouchés incitera alors les entreprises à réduire leur production et donc l'emploi de la main-d'œuvre. Des salariés se retrouveront au chômage et réduiront leur consommation, ce qui déprimera encore plus les débouchés des entreprises. Les salariés conservant leur emploi limiteront peut-être à leur tour leur consommation et constitueront une épargne de précaution, pour le cas où ils seraient à leur tour confrontés au chômage.

Les néoclassiques estimaient que l'augmentation du chômage serait rapidement résorbée grâce à une baisse des salaires stimulant l'emploi de la main-d'œuvre. Mais ils négligeaient en cela deux point essentiels. Les entreprises n'utilisent pas de la main-d'œuvre parce qu'elle est bon marché, mais pour produire des biens vendables sur leur marché. Par conséquent, si l'insuffisance de la demande persiste un tant soit peu, la baisse des salaires n'empêchera pas les licenciements de la main-d'œuvre inutile. De plus, et surtout, Keynes souligne que le salaire n'est pas que le coût d'un facteur de production, mais aussi ce qui détermine le revenu de l'immense majorité des consommateurs. Il s'ensuit qu'une baisse générale des salaires, dans une situation d'insuffisance des débouchés, ne ferait qu'aggraver sérieusement le problème en amputant le pouvoir d'achat des consommateurs.

L'économie nationale peut donc rester piégée dans une situation de sous-emploi grave, sans qu'aucun mécanisme automatique amorce un retour vers l'équilibre. Et, dans ce contexte, appliquer les recommandations des néoclassiques (baisse des salaires et baisse des dépenses publiques, pour résorber le déficit budgétaire) plonge l'économie dans une récession encore plus profonde. Seule une politique économique de relance de la demande peut donc sortir la nation du piège de la récession et du sous-emploi.

Certes on pourrait tout aussi bien « attendre que ça passe », et espérer qu'après des années de récession, de liquidation des entreprises et de chômage de masse, l'économie reparte d'elle-même. Keynes reconnaît d'ailleurs que certains des mécanismes d'ajustement décrits par le modèle néoclassique ont des chances de fonctionner... à long terme. Mais c'est pour ajouter aussitôt : « À long terme, nous serons tous morts. »

Le consensus keynésien

À partir de la fin des années 1930, après l'expérience dramatique de la Grande Dépression, la victoire de la vision keynésienne est rapide et très large sur le plan politique comme sur le plan théorique. Avec les rapports Beveridge (à partir de 1942), l'Angleterre, pays berceau de la pensée classique et néoclassique libérale, confie à l'État la responsabilité de protéger la population contre les risques économiques et d'assurer le plein emploi. La plupart des pays industriels suivront cette démarche dans les années 1940.

Un consensus théorique plus ambigu s'instaure aussi à la suite des travaux de John Richard Hicks (1937), Franco Modigliani (1944), Paul Antony Samuelson (1947) et Alvin Harvey Hansen (1947). Ces derniers formalisent l'apport alors incontesté de Keynes, de manière à l'intégrer dans un modèle général compatible avec les outils d'analyse de l'économie néoclassique. Cette démarche, qualifiée de « synthèse néoclassique », a le défaut majeur d'évacuer tout ce qui distinguait radicalement l'approche keynésienne (l'incertitude et le rôle des anticipations, des conventions sociales, de la distribution du revenu, notamment). Mais son résultat premier est d'offrir un cadre à la recherche d'une combinaison optimale des politiques budgétaires et monétaires, dont presque personne ne remet plus en cause la nécessité. Trente ans après la publication de la *Théorie générale*, en 1966, William Heller (ancien président du Comité des conseillers économiques du président Kennedy) peut écrire : « Nous sommes *unanimes* à penser que l'économie ne peut pas trouver son rythme d'elle-même. Il semble maintenant *tout naturel* que le gouvernement intervienne pour maintenir l'emploi et la croissance économique à des taux élevés, tâche essentielle que les mécanismes du marché ne sauraient effectuer spontanément [64]. »

Moins de dix ans plus tard pourtant, ce beau consensus commence de voler en éclats. La rupture durable du rythme de croissance économique en 1974-1975, l'apparition simultanée du chômage de masse et de l'inflation (la « stagflation ») et l'impuissance apparente des politiques monétaires et budgétaires à contrecarrer ces évolutions néfastes sèment le doute. La politique économique semble perdre le contrôle de la situation. D'autant que les pays découvrent alors les effets de la « contrainte extérieure » : des économies nationales ouvertes et interdépendantes ne peuvent plus être gérées selon les priorités souveraines de leurs gouvernements.

Dès les années 1960, R. Mundell et J. Flemming montrent les difficultés auxquelles seraient confrontées les politiques keynésiennes dans une économie ouverte. En particulier, ils montrent que la mobilité internationale des capitaux ôte une bonne partie de son autonomie à la politique monétaire. Si, par exemple, un pays fait baisser ses taux d'intérêt pour stimuler l'investissement, cela peut entraîner une sortie massive de capitaux vers des pays où les taux d'intérêt sont plus élevés. Sur le marché des changes, les investisseurs offrent massivement la monnaie du pays qu'ils quittent, pour demander en échange les mon-

---

64. Cité par M. Beaud et G. Dostaller, *La Pensée économique depuis Keynes*, Le Seuil, 1996, p. 93 (c'est nous qui soulignons). Ce dernier ouvrage constitue par ailleurs une excellente référence pour aller plus loin sur le sujet traité ici.

naies des pays où ils souhaitent effectuer des placements. Le taux de change de la monnaie nationale se déprécie alors inexorablement, tant que le pays concerné n'aligne pas ses taux d'intérêt sur ceux des autres pays. Un pays ne peut donc mener à la fois une politique monétaire et une politique de change indépendantes. Soit il néglige le taux de change (au risque d'une inflation accélérée et d'un déficit commercial accentués par le renchérissement des factures à l'importation), soit il préfère maintenir un change stable et doit alors renoncer à une politique de taux d'intérêt autonome [65].

Ce qui n'était qu'une mise en garde théorique dans les années 1960 deviendra progressivement une contrainte effective dans les années 1970, et surtout 1980, du fait de l'intensification des mouvements de capitaux internationaux et de la déréglementation progressive des marchés financiers.

La fable monétariste

À la charnière des années 1970 et des années 1980, dans une atmosphère générale de remise en cause de l'interventionnisme étatique, la droite libérale remporte les élections au Royaume-Uni, aux États-Unis, en Allemagne. Et si l'Europe reste néanmoins domi-

---

65. On trouvera une discussion détaillée des effets de la contrainte extérieure sur les politiques nationales dans notre *Introduction à la politique économique*, 3ᵉ éd., Le Seuil, coll. « Points Économie », 1999.

née par des majorités socio-démocrates, ces dernières semblent se ranger à l'idée d'un nécessaire désengagement de l'État. Le climat est alors propice au retour en force du « monétarisme », développé depuis les années 1950, en marge du consensus keynésien, par Milton Friedman et l'école de Chicago.

Pour Friedman, à long terme, conformément au modèle néoclassique, une économie de marchés libres est spontanément équilibrée et assure le plein emploi dans un sens bien particulier : le chômage existant est un chômage « naturel », qui reflète des imperfections structurelles du marché du travail. Dans une économie qui utilise déjà spontanément au mieux tous les facteurs de production disponibles et employables, une politique discrétionnaire de relance de l'activité visant la réduction du chômage ne peut en fin de compte qu'engendrer de l'inflation sans modifier le chômage « naturel ». Toutefois, l'entêtement des gouvernements keynésiens à relancer l'économie s'explique par le fait qu'il est toujours possible de faire baisser le chômage temporairement. En effet, si les individus n'anticipent pas qu'une hausse des allocations familiales (par exemple) entraînera un jour ou l'autre de nouveaux prélèvements obligatoires, ils se croient plus riches et augmentent leurs dépenses. Pour répondre à cette demande, les entreprises doivent convaincre des chômeurs « naturels » de travailler : elles augmentent donc les salaires. Si les chômeurs n'anticipent pas l'inflation provoquée par la relance de l'économie, ils croient que les *salaires réels* (le pouvoir d'achat des salaires) ont augmenté et acceptent plus volontiers de travailler : à court terme, la production augmente et le chômage diminue.

Mais cela ne dure que le temps nécessaire aux individus pour réaliser leur méprise et adapter leurs anticipations à la réalité. Ainsi, quand les travailleurs comprennent que la hausse des salaires nominaux a été mangée par l'inflation et que le salaire réel est inchangé, ceux qui avaient « accepté » de ne plus être au chômage y retournent sur-le-champ, et le chômage retrouve son niveau « naturel ». À terme donc, la relance keynésienne produit seulement de la stagflation : plus d'inflation et autant de chômage.

La seule régulation qui ait grâce aux yeux des monétaristes est une *règle* quasi constitutionnelle de croissance régulière de la masse monétaire compatible avec la stabilité des prix. Mais ce n'est pas une *politique* ; c'est une routine technique mise en œuvre par une banque centrale indépendante du pouvoir et dont ce devrait être le seul objectif.

Le modèle monétariste initial est parachevé, dans les années 1970, par la « théorie des anticipations rationnelles » – ou encore la « nouvelle macroéconomie classique », initiée par Robert Lucas, Leonard Rapping, Thomas Sargent et John Wallace. Ces derniers observent que, dans la variante friedmanienne du modèle néoclassique, la politique économique n'a des effets à court terme qu'en raison des anticipations *adaptatives* des acteurs qui tardent à comprendre ce qui se passe. Ils introduisent alors dans ce modèle l'hypothèse d'anticipations *rationnelles* formulée en 1961 par John Muth : des agents rationnels utilisent toute l'information disponible et comprennent le fonctionnement de l'économie, si bien qu'en moyenne leurs anticipations correspondent à la réalité. Avec des anticipations rationnelles, les décideurs savent qu'une politique de relance sera inflationniste et sans effet sur le chômage naturel dès l'instant où elle est annoncée par le gouvernement. Les salaires nominaux sont alors relevés pour compenser l'inflation et, comme le salaire réel reste inchangé, l'emploi et le chômage ne bronchent pas. Les ménages qui bénéficient de transferts sociaux plus élevés ne consomment pas davantage : ils savent bien qu'un jour ou l'autre ces transferts devront être financés par des impôts ou des charges sociales supplémentaires ; aussi, au lieu de consommer plus, ils épargnent pour faire face à la hausse prévisible des prélèvements. Bref, la politique keynésienne est totalement inutile et sans effet, même à très court terme.

Et pourtant elle marche !

Tout à leur joie d'avoir « démontré » un résultat aussi radical et portés par l'humeur du temps, les *Chicago boys* pourront exercer durant les deux décennies suivantes une arrogante et hallucinante domination dans les départements de macroéconomie. Hallucinante, car tout ce qu'ils ont démontré, à grand renfort d'équations simultanées, n'est qu'une gigantesque lapalissade. En somme, ils nous apprennent que, dans une économie en situation d'équilibre général et de plein emploi, une politique économique qui vise à rétablir l'équilibre et le plein emploi est inefficace ! Keynes aurait pu le dire, et sa concierge aussi. Point n'est besoin d'être médecin pour savoir qu'en administrant mille piqûres à un patient qui n'est pas malade, on ne va pas le guérir, mais le tuer peut-être ! Le doctorat d'économie n'est pas davantage requis pour estimer qu'une politique économique destinée à résoudre un problème inexistant n'aura d'autre effet que de révéler la débilité du gouvernement.

Redescendons sur terre. Dans le monde réel, et dans les seuls cas où l'on a besoin d'une intervention politique pour soutenir l'activité (récession et sous-emploi) ou de la contenir (accélération de l'inflation), les bonnes vieilles politiques keynésiennes restent d'une remarquable efficacité. Que les anticipations soient rationnelles ou pas ne change pas grand-chose à l'affaire. Si l'économie fonctionne déjà parfaitement, toute politique économique sera inutile et nuisible, que les agents l'anticipent ou non. Si au contraire il existe des capacités de production efficaces mais inutilisées faute de demande, une relance de cette dernière améliore la production et l'emploi, quelles que soient les anticipations. Et si les anticipations sont rationnelles, elles renforcent l'efficacité de la relance, parce que tous les acteurs prévoyant ses effets bénéfiques reprennent confiance.

Le Royaume-Uni et les États-Unis, qui furent les premiers à embrasser officiellement la nouvelle religion monétariste, dans les années 1980, furent heureusement pour eux les derniers à l'appliquer vraiment en matière de politique macroéconomique. Ils n'ont quasiment jamais cessé d'utiliser la politique des taux d'intérêt et les déficits publics avec pragmatisme et en parfaite conformité avec les préceptes du modèle keynésien [66] – avec un succès certain en matière de croissance et d'emploi. D'autres pays européens (la France notamment) démontrèrent, pour leur part, les effets sociaux désastreux d'une politique monétaire trop rigoureuse appliquée en période de désinflation (années 1990-1995). Bref, quels que soient les pays observés, et en dépit de la fameuse « réduction des marges de manœuvre » engendrée par la non moins fameuse mondialisation, tous les pays ont continué à manœuvrer allégrement, avec succès quand ils suivaient une politique discrétionnaire guidée par la réalité et adaptée à cette réalité, et sans succès quand ils se laissaient guider par des dogmes erronés.

La récurrence des crises financières internationales, l'aveu d'échec des politiques libérales menées dans le tiers-monde par le FMI et la Banque mondiale sont aujourd'hui en passe d'ébranler le consensus néolibéral. Plus personne n'oserait affirmer aujourd'hui que les politiques économiques sont totalement inutiles. On n'est sans doute plus très loin du moment où la phrase de W. Heller citée plus haut sera à nouveau d'actualité (dans les discours, car elle n'a jamais cessé de l'être dans la réalité) : « Il semble maintenant *tout naturel* que le gouvernement intervienne pour maintenir l'emploi et la croissance économique à des taux élevés, tâche essentielle que les mécanismes du marché ne sauraient effectuer spontanément. »

---

66. Voir l'historique de ces politiques *in* Hoang Ngoc Liêm, *La Facture sociale*, Arléa, 1999.

La religion monétariste officielle des années 1980 et 1990 n'aura été qu'un intermède. Mais cet intermède aura néanmoins été utile à quelque chose. Dans les années 1960, on n'était pas loin de penser que les gouvernements n'avaient qu'à appliquer les résultats objectifs d'une science économique politiquement neutre. Désormais, tout le monde sait que des économistes peuvent vendre comme « scientifiques » des dogmes théologiques, et que des gouvernements peuvent mener des politiques réelles radicalement opposées à la religion qu'ils affichent, pour peu qu'ils les jugent opportunes. En un mot, on sait à présent que ce n'est pas la politique qui est économique, mais l'économie qui est politique.

Loi n° 10

La monnaie n'est pas neutre

Les profanes seraient sans doute éberlués d'apprendre que des économistes discutent sérieusement pour savoir si la monnaie est vraiment importante ! Et pourtant le débat dure depuis quatre siècles et demi !

La théorie quantitative de la monnaie

À partir de Jean Bodin (1568), les deux premiers siècles de controverses monétaires poseront les bases de la « théorie quantitative de la monnaie », à peu près parfaitement exposée par David Hume (1752) et Richard Cantillon (1757) : pour un volume de transactions (T) donné et une vitesse de la circulation de la monnaie (V) constante, les variations de la quantité de monnaie (M) entraînent une variation proportionnelle du niveau général des prix (P). La présentation formelle de la théorie sera proposée par Simon Newcomb (1885) et diffusée par Irving Fisher (1911) sous la forme d'une équation célèbre : $MV = PT$ [67]. Cette

---

[67]. Pour un exposé complet et limpide des différents modèles, nous conseillons Pierre-Bruno Ruffini, *Les Théories monétaires*, Le Seuil, coll. « Points Économie », 1996.

théorie, admise sans discussion par les classiques, et intégrée au modèle néoclassique de l'équilibre général, repose sur quelques hypothèses. La vitesse de circulation de la monnaie (V = valeur moyenne des échanges assurés dans l'année pour une unité de monnaie) est supposée constante parce qu'elle dépend d'habitudes de paiement qui évoluent lentement. Le volume d'échanges (T) est supposé fixé en permanence à son niveau maximal. En effet, l'équilibre général des marchés est censé assurer le plein emploi des facteurs et conduit donc à la production maximale. Si V et T sont invariables, toute hausse de M entraîne seulement une hausse proportionnelle de P : on cherche à dépenser la monnaie supplémentaire mais, puisque l'offre de biens est à son maximum, cela fait juste monter les prix. *La monnaie est neutre, elle n'a aucun effet réel* sur la production, l'emploi, etc. Comme le disait déjà Jean-Baptiste Say (1803), « la monnaie n'est qu'un voile », elle sert uniquement d'unité de compte et d'intermédiaire dans les échanges.

À partir des années 1950, la « révolution monétariste », à la suite de Milton Friedman, reformulera la théorie quantitative pour proposer le même résultat que David Hume deux siècles plus tôt : la monnaie est neutre à long terme ; à court terme les variations de la masse monétaire peuvent avoir des effets réels sur l'économie, notamment parce que les politiques peuvent surprendre et induire en erreur les producteurs et les travailleurs qui n'anticipent pas correctement les effets inflationnistes de la politique monétaire (cf. « Loi n° 9 »). Les conclusions pratiques sont pour le moins paradoxales : alors que, conformément au modèle néoclassique de référence, la monnaie n'affecte jamais durablement l'économie réelle, il faut néanmoins définir une règle constitutionnelle de croissance stable de la masse monétaire et interdire toute politique discrétionnaire. Que de prescriptions et de précautions pour quelque chose qui ne change rien à rien !

C'est que les monétaristes redoutent qu'en dépit de son inutilité sociale la politique monétaire ne trouve une utilité politique perverse si on la laisse aux mains du gouvernement. En effet, la création monétaire peut constituer un moyen simple, trop simple, de financer des déficits publics, donnant l'illusion immédiate que la dépense publique ne coûte rien à la nation, tandis que l'accélération de l'inflation provoquée par l'excès de monnaie en circulation fera en réalité payer un impôt caché en ponctionnant le pouvoir d'achat des ménages. Par ailleurs, en période électorale, le gouvernement peut être tenté par des politiques de crédit facile et de relance de la consommation des ménages, dont les effets, quoique très temporaires, pourraient améliorer sa popularité immédiate. À long terme, une succession de politiques monétaires laxistes produit une inflation de plus en plus élevée. Tout le monde anticipe alors plus d'inflation et augmente ses prix ou ses demandes salariales, pour se prémunir contre la baisse du pouvoir d'achat. Cela ne fait bien entendu qu'accélérer encore plus l'inflation, et ainsi de suite.

Mais pourquoi s'inquiéter de l'inflation si elle n'est qu'un phénomène monétaire, c'est-à-dire un « voile » couvrant la réalité des échanges et incapable de les affecter réellement ? Ainsi, implicitement, en redoutant les effets inflationnistes des politiques monétaires, les monétaristes reconnaissent que la monnaie doit tout de même bien changer quelque chose dans le fonctionnement de l'économie (ne serait-ce que par ses effets sur le niveau général des prix).

Keynes ou la vraie « révolution monétariste »

En fait, la monnaie change tout, mais le reconnaître vraiment met à bas tout l'édifice de la théorie de l'équilibre général. C'est ce qu'a démontré John Maynard Keynes (1936), dans ce qu'il aurait été avisé de reconnaître comme la véritable « révolution monétariste ». Après quatre siècles de quasi-impuissance à intégrer vraiment la monnaie dans un modèle d'ensemble, Keynes redonne en effet à la monnaie toute son importance et, pour commencer, toutes ses fonctions. Elle n'est pas seulement une unité de compte et un intermédiaire dans les échanges, elle est aussi une *réserve de valeur* qui autorise le report de certaines opérations dans le temps. Comme nous l'avons expliqué à propos de la loi n° 9, les néoclassiques ne considèrent qu'un aspect de l'arbitrage intertemporel : le choix entre consommation présente et consommation future (épargne). Keynes ajoute qu'une fois décidées la part de la consommation et celle de l'épargne, il reste à déterminer si cette dernière doit être placée en titres ou conservée en monnaie. Dans un univers d'incertitude radicale sur l'évolution future des marchés, les agents peuvent avoir une *préférence pour la liquidité*, désirer détenir de la monnaie plutôt que des titres, pour éviter des pertes en capital ou profiter ultérieurement de meilleures opportunités de placement. Ils détiennent donc des encaisses « spéculatives » dont l'ampleur dépend des taux d'intérêt : plus les taux sont bas, plus on s'attend à leur hausse prochaine (habituellement associée à une chute des cours en Bourse [68]) ; il convient alors de détenir plus d'encaisses spéculatives et moins de titres.

Dans le modèle keynésien, donc, il existe une véritable demande de monnaie qui dépend des taux d'intérêt. Les taux d'intérêt sont donc déterminés, conformément à la réalité, par la confrontation entre cette demande de monnaie et l'offre de monnaie. L'offre de monnaie est la quantité de monnaie que le système bancaire est en mesure de mettre à la disposition du public et des entreprises, *via* le crédit. Si, pour une demande de monnaie inchangée, la quantité de monnaie offerte par le système bancaire augmente, les taux d'intérêt diminuent. Inversement, si la monnaie offerte se raréfie, les taux d'intérêt

68. Il existe une relation inverse entre taux d'intérêt et cours des titres. Si les taux d'intérêt offerts sur les placements de cette année sont supérieurs aux taux offerts l'année dernière, les investisseurs revendront en Bourse des titres acquis l'année dernière pour souscrire les nouveaux titres plus rémunérateurs. Les ventes massives de titres en Bourse font chuter leurs cours. Inversement, une baisse des taux courants par rapport aux taux offerts sur les titres anciens suscite des ordres d'achat de ces derniers et fait remonter leurs cours en Bourse.

remontent. Or les taux d'intérêt sont, aussi bien dans le modèle néoclassique que dans le modèle keynésien et dans la réalité, l'une des variables qui déterminent les investissements des entreprises et les achats de logements des ménages. Par conséquent, toute variation de la quantité de monnaie offerte, en modifiant les taux d'intérêt, influence l'investissement et donc la production nationale, qui affecte à son tour l'emploi et le chômage. Toute l'économie « réelle » dépend de ce qui se passe sur le marché monétaire. La monnaie n'est pas neutre.

Ces vingt dernières années n'ont d'ailleurs cessé de confirmer l'importance et l'utilité de la politique monétaire ou du niveau des taux d'intérêt pour l'ensemble de l'évolution économique, confirmant ainsi combien Keynes avait raison d'être « monétariste » et combien les monétaristes ont eu tort de ne pas l'être vraiment.

La monnaie au cœur d'une économie humaine

Mais notre époque nous rappelle aussi une autre source d'importance de la monnaie. À l'heure où disparaissent les monnaies européennes pour se fondre dans l'euro, nous redécouvrons à quel point la monnaie est aussi un bien public, une institution, qui suppose ou impose un ensemble de règles à une communauté nationale. La reconnaissance d'une unité de compte et d'un instrument d'échange universellement acceptés produit en effet un service collectif pur, au même titre que la défense nationale ou la justice. L'échange monétaire est un échange socialement organisé dont le développement repose sur la confiance que les membres d'une communauté ont dans les conventions et les institutions qui encadrent et rendent possible l'échange. La monnaie est ainsi l'une des modalités du lien social et contribue à tempérer la violence potentielle des relations d'échange [69]. Il est décidément insensé qu'une part essentielle de l'économie orthodoxe ait pu se développer en considérant la monnaie comme un bien neutre et sans importance réelle.

Certes, on l'a vu, les tenants de la neutralité ou de l'insignifiance de la monnaie ont perdu la bataille intellectuelle sur une position qui n'était pas soutenable. Mais ils semblent néanmoins remporter une victoire politique paradoxale : plus la monnaie s'avère importante, plus on s'entend pour en retirer la gestion aux autorités politiques et la confier à des banquiers centraux indépendants.

Les monétaristes, qui semblent considérer la monnaie trop importante pour être confiée aux politiques, et pas assez pour l'intégrer vraiment dans la théorie, sont des schizophrènes rationnels. Parce qu'ils savent en fait la monnaie importante et active, ils préfèrent la tenir à l'écart des élus, car ils craignent le politique. Mais ils ne peuvent intégrer pleinement l'importance

---

69. Dans cette lignée, voir le classique de M. Aglietta et A. Orléan, *La Violence de la monnaie*, 2ᵉ éd., Presses universitaires de France, 1984 ; voir aussi Pierre-Bruno Ruffini, *Les Théories monétaires*, *op. cit.*

de la monnaie dans leur modèle d'équilibre général sans renier toute leur méthodologie abstraite, hors du temps et de l'espace où vivent les hommes [70]. La monnaie cristallise en effet tout ce qui est impliqué par le fait que l'échange s'effectue entre des êtres humains et non entre les atomes d'une physique sociale abstraite. L'échange humain s'inscrit dans le temps, dans un climat d'incertitude radicale sur l'avenir et sur le comportement d'autrui, dans un cadre conventionnel et institutionnel qui vise précisément à limiter l'incertitude et à tempérer la violence potentielle des relations d'échange. Le fait que la monnaie est ainsi un bien public est également très dérangeant pour les néolibéraux. En effet, la monnaie, parce qu'elle apparaît historiquement dès l'instant où se développe un véritable commerce entre les hommes, porte en elle un message déroutant pour les tenants de l'équilibre spontané : il n'y a pas d'échanges et de biens purement « privés », sans médiation d'un bien public. Comment dès lors ne pas vouloir renier la monnaie, cette fâcheuse qui dit, depuis des millénaires, qu'il ne saurait exister aucune relation économique entre des « individus » indépendants, et que l'échange ne se noue en vérité qu'entre les membres de communautés humaines acceptant de s'entendre au préalable sur des règles collectives ?

---

70. Voir Jacques Sapir, *Les Trous noirs de la science économique*, *op. cit.*

Loi n° 11

Anticipation n'est pas raison

Bien des décisions économiques essentielles reposent sur l'anticipation d'événements futurs. L'entreprise qui lance un nouveau produit anticipe une demande potentielle ; un ménage achète son logement à crédit en anticipant l'évolution de ses revenus ; l'État construit son budget sur la base de recettes fiscales anticipées, etc. La nécessité de former des anticipations vient de ce que les choix économiques s'inscrivent dans le temps et exigent du temps (temps de décision, de production, de réaction et d'adaptation aux chocs, d'accumulation, d'apprentissage, etc.). On ne saurait donc développer une analyse économique un tant soit peu réaliste sans y intégrer cette dimension temporelle et le rôle des anticipations qui y sont associées.

Les économistes prennent leur temps pour intégrer le temps

Pourtant, les économistes ne se sont pas précipités pour procéder à cette intégration. Certes, l'économie politique des classiques et, à leur suite, celle de Karl

Marx s'inscrivent bien dans le temps, mais il s'agit d'un temps long, historique. On n'y trouve pas une analyse explicite de la façon dont les individus forment leurs anticipations et du rôle que jouent ces dernières dans le fonctionnement des marchés. Cela supposerait une analyse microéconomique qui est peu prisée, avant le développement du modèle néoclassique, à la fin du XIXe. Peut-être est-ce la raison pour laquelle il faut attendre les travaux de Gunnar Myrdal (1927) et, à sa suite, de l'école suédoise pour voir une première intégration explicite des anticipations. Mais cette démarche reste alors marginale.

Le paradigme central walraso-parétien (la théorie de l'équilibre général des marchés concurrentiels) décrit en effet un univers abstrait où les offres et les demandes s'ajustent *instantanément* sur tous les marchés, où les facteurs de production peuvent se déplacer *sans délai*, d'un secteur à un autre, d'un pays à un autre, bref un univers hors du temps [71]. Les marchés étant dotés d'une vitesse de réaction infinie, aucun choc imprévu n'est susceptible d'introduire un déséquilibre durable. L'éradication du temps élimine l'incertitude des agents quant à la réalisation de leurs plans. Dès lors, personne n'éprouve le moindre besoin d'anticiper quoi que ce soit ; tout se joue dans l'instant.

C'est précisément cette pure fiction de l'instantanéité du monde que démonte John Maynard Keynes

---

71. Sur l'absence radicale du temps dans le modèle néoclassique, voir Jacques Sapir, *Les Trous noirs de la science économique*, op. cit.

dans sa *Théorie générale de l'emploi, de l'intérêt et de la monnaie* (1936). Keynes prend au sérieux le temps nécessaire pour adapter les choix aux situations nouvelles et l'impossibilité de connaître les solutions optimales dans un contexte d'information imparfaite. À la suite d'un choc quelconque, les marchés ne peuvent jamais revenir instantanément et spontanément à l'équilibre général. Les agents ne peuvent donc compter sur aucun mécanisme automatique garantissant la réalisation de leurs plans. Leurs décisions sont alors non seulement déterminées par ce qu'ils peuvent faire – compte tenu des moyens dont ils disposent à un moment donné –, mais encore par leurs anticipations concernant la réalisation probable de leurs plans.

Hélas, le souci d'opérer une synthèse entre l'approche keynésienne et le modèle néoclassique (cf. « Loi n° 9 ») a conduit les premiers vulgarisateurs et commentateurs de Keynes à gommer les traits les plus radicaux et originaux de son modèle, et donc à négliger la place primordiale qu'y jouent l'incertitude et les anticipations. Aussi, paradoxalement, c'est aux principaux détracteurs de Keynes – les monétaristes – que l'on doit un regain d'intérêt pour la formation des anticipations. À la suite d'un article pionnier de Lloyd Metzler (1941), Phillip Cagan (1956) propose l'hypothèse dite des « anticipations adaptatives » : les individus forment leurs anticipations en évaluant les écarts passés entre leurs prévisions et les réalisations, et en pondérant plus fortement les observations les plus récentes ; il s'agit d'un processus de correction progressive des erreurs de prévision.

Des anticipations adaptatives aux anticipations rationnelles

Mais, à la différence de Keynes, les monétaristes réintègrent les anticipations et le temps sans remettre en cause le cadre d'analyse néoclassique. Comment peut-on intégrer le temps et les anticipations dans un modèle hors du temps, sans incertitude et où, par conséquent, les anticipations ne servent à rien ? Les monétaristes esquivent ce dilemme en distinguant un court terme keynésien, où les imperfections des marchés freinent les processus d'ajustement, et un long terme néoclassique, où l'économie retourne spontanément vers l'équilibre général. Autrement dit, dans un univers d'équilibre général universel et permanent s'ouvriraient des fenêtres keynésiennes – telles des bulles éphémères éclatant à la surface d'un lac immobile – où le temps reprendrait ses droits... mais pas pour longtemps !

Dans ce cadre, l'hypothèse des anticipations adaptatives sert surtout à expliquer pourquoi les gouvernements sont incités à mener des politiques économiques dans un monde qui n'en a pas besoin. En effet, si les décideurs-électeurs ignorent les effets réels des politiques et ne corrigent leurs erreurs que progressivement, on peut toujours les induire en erreur, à un moment donné (avant une élection par exemple), en faisant passer des effets à court terme pour des effets durables. Cela suppose tout de même un comportement étrange pour des acteurs présumés rationnels : les électeurs ne sont pas seulement ignorants, ils sont aussi d'une rare stupidité puisque l'expérience ne leur apprend rien et qu'à chaque nouvelle politique ils se laissent manipuler !

Aussi, cette conception des anticipations sera-t-elle rudement critiquée par les nouveaux monétaristes qui fondent l'école de la « nouvelle macroéconomie classique » au milieu des années 1970 (Robert Lucas, Leonard Rapping, Thomas Sargent, John Wallace). L'hypothèse de Phillip Cagan suppose en effet que les individus ne tiennent compte que des informations passées et se comportent donc de manière irrationnelle, comme un piéton qui déciderait de traverser une rue en ne se préoccupant que de l'état de la circulation une heure ou deux heures plus tôt ! Reprenant une hypothèse formulée par John Muth en 1961, les nouveaux classiques soutiennent qu'un individu rationnel forme ses anticipations en prenant en considération *toutes* les informations disponibles, comprend le fonctionnement de l'économie et connaît donc les effets de chocs quelconques ou des politiques publiques. Si des erreurs de prévision aléatoires liées à des événements imprévisibles restent possibles, elles sont instantanément corrigées par des acteurs qui intègrent et comprennent l'impact de toute information nouvelle. En moyenne donc, les prévisions fondées sur des anticipations rationnelles sont conformes à la réalité. Pas moins ! Le fait que l'hypothèse d'anticipations rationnelles soit d'un irréalisme inouï ne dérange en rien ses promoteurs puisqu'ils adhèrent à la méthodologie énoncée par Milton Friedman (en 1953), selon laquelle les hypothèses d'un modèle peuvent être irréalistes tant qu'elles conduisent à des conclusions qui sont confirmées dans les faits. L'ennui, justement, c'est que la nouvelle macroéconomie classique ne supporte pas l'épreuve des faits. Elle énonce en effet que la monnaie est neutre et que les politiques macroéconomiques n'ont aucun effet réel – même à très court terme ! –, quand les faits démontrent le contraire (cf. « Loi n° 10 »). Cette théorie n'est donc pas seulement irréaliste dans ses hypothèses, elle est radicalement infirmée par la réalité.

Des conventions dangereuses

Il nous faut donc revenir à une vision plus réaliste du comportement rationnel en situation d'incertitude. Cela nous ramène en fait à la conception que Keynes a des anticipations rationnelles. Keynes pose comme postulat de départ que les décisions économiques des producteurs sont déterminées par des prévisions à court terme ou à long terme, et que ces prévisions ne peuvent habituellement pas s'appuyer sur une information fiable.

Pour les choix courants, l'attitude la plus raisonnable consiste à projeter les dernières informations disponibles. Ainsi, écrit Keynes, « c'est donc avec raison que des producteurs, dans la mesure où ils n'ont pas de raisons définies d'attendre un changement, fondent leurs prévisions sur l'hypothèse que les résultats les plus récemment réalisés se poursuivront dans l'avenir [72] ». Le problème est plus délicat

---

72. *Théorie générale de l'emploi, de l'intérêt et de la monnaie*, *op. cit.*, p. 75.

concernant les décisions d'investissement à long terme, pour lesquelles « les données dont on dispose se réduisent à bien peu de chose, parfois à rien ». Keynes reconnaît alors le rôle essentiel des marchés financiers : parce que l'on peut toujours revendre une action, la Bourse rend les choix d'investissement du capital réversibles et en facilite ainsi le développement.

Dans le même temps, la Bourse introduit un facteur d'instabilité en déplaçant l'objet des anticipations. Sur un marché financier, l'attitude rationnelle de l'investisseur ne consiste pas à estimer sérieusement les facteurs fondamentaux susceptibles de déterminer la rentabilité future des investissements effectués par les entreprises ; elle consiste à anticiper le jugement des autres investisseurs sur l'évolution du cours boursier. Si la majorité anticipe une hausse (ou une baisse), le cours s'élèvera (ou chutera). Keynes compare ainsi le comportement des spéculateurs en Bourse à celui d'un jury populaire de concours de beauté :

« [...] la technique du placement peut être comparée à ces concours organisés par les journaux où les participants ont à choisir les six plus jolis visages parmi une centaine de photographies, le prix étant attribué à celui dont les préférences s'approchent le plus de la sélection moyenne opérée par l'ensemble des concurrents. Chaque concurrent doit donc choisir non les visages qu'il juge lui-même les plus jolis, mais ceux qu'il estime le plus propres à obtenir le suffrage des autres concurrents, lesquels examinent tous le problème sous le même angle. Il ne s'agit pas pour chacun de choisir les visages qui, autant qu'il peut en juger, sont réellement les plus jolis ni même ceux que l'opinion moyenne considérera réellement comme tels. Au troisième degré où nous sommes déjà rendus, on emploie ses facultés à découvrir l'idée que l'opinion moyenne se fera à l'avance de son propre jugement. Et il y a des personnes, croyons-nous, qui vont jusqu'au quatrième ou cinquième degré, ou plus loin encore [73]. »

Les cours fixés sur des marchés financiers sont ainsi déterminés par de simples *conventions* qui reflètent l'état des croyances dominantes chez les intervenants ou, plus précisément, sur l'idée que la plupart se font de l'idée que les autres se font des croyances dominantes !

On ne s'émouvrait pas vraiment de cette insoutenable légèreté des anticipations si elle était sans conséquences. Mais, comme le montrent la théorie financière moderne et l'expérience récente des crises financières internationales [74], les anticipations sont autoréalisatrices et peuvent engendrer des *bulles spéculatives* dont l'éclatement brutal menace la stabilité des systèmes financiers et des économies.

Les anticipations sont autoréalisatrices puisqu'il suffit que les acteurs d'un marché pensent que les autres vont jouer à la hausse pour entretenir un mouvement continu d'achat qui fait effectivement monter

---

73. *Ibid.*, p. 171.
74. Pour un exposé lumineux sur ces questions, voir Pierre-Noël Giraud, *Le Commerce des promesses. Petit traité sur la finance globale*, *op. cit.*

les cours, conforte ainsi la croyance dans la hausse, et ainsi de suite. Le gonflement auto-entretenu de cette bulle spéculative peut pousser le cours d'une action à un niveau surréaliste si on le rapporte à la valeur réelle des actifs de l'entreprise et à ses perspectives plausibles de rentabilité, voire de survie.

Quand les anticipations se retournent et que la bulle éclate, la chute des cours peut être tout aussi surréaliste que l'a été leur hausse. On passe brusquement d'une croyance haussière à une croyance baissière. Tout le monde est convaincu que les autres croient que tout le monde veut vendre. Du coup, tout le monde vend effectivement et les cours s'effondrent. Un vent de panique peut souffler sur des marchés où l'on ne trouve plus d'acheteurs ; l'effondrement des cours peut alors provoquer des faillites en cascade qui emportent d'abord des institutions financières, puis les entreprises qu'elles cessent de financer. Dans un climat d'incertitude radicale, la rationalité effective des anticipations individuelles peut ainsi engendrer un chaos collectif dont aucune économie ne sort sans l'intervention d'un prêteur de dernier ressort et de politiques publiques qui réamorcent la pompe de l'expansion et rétablissent la confiance.

Ainsi, anticipation n'est pas raison. Anticipation rime bien mieux avec convention. Dans un univers où l'avenir est incertain, parce qu'on ne peut compter sur aucun mécanisme magique susceptible de résoudre les problèmes imprévus comme par enchantement, les acteurs risquent de céder à la panique à chaque mauvaise surprise. C'est pour éviter les effets désastreux de la panique qu'ils adoptent des conventions, c'est-à-dire des croyances communes sur la bonne attitude à adopter face à telle ou telle situation. Cela rend le comportement des autres et donc les réactions du marché moins imprévisibles, et offre ainsi à chacun des points de repère pour déterminer son propre comportement. Mais cette autorégulation par les croyances communes est vulnérable aux situations de crise aiguë qui sèment le doute sur la robustesse des conventions. C'est pourquoi la stabilité des marchés ne peut se passer des régulations publiques qui introduisent des points de repère constants et fiables, pour peu que les institutions régulatrices soient crédibles.

Au bout du compte, ce n'est pas tant la légèreté des anticipations qui est insoutenable, que la légèreté de ceux qui font une confiance aveugle aux seuls mécanismes du marché pour affranchir les hommes du temps et de l'incertitude.

Conclusion d'étape

De la théologie néolibérale à l'économie politique

Au terme de cette première « saison » des vraies lois de l'économie, les lecteurs seront peut-être abasourdis de découvrir dans le discours économique dominant et chez bien des économistes orthodoxes une telle capacité au délire ardent. Comment se peut-il en effet que des gens sérieux, apparemment sains d'esprit, parfois prix Nobel (enfin, « en l'honneur d'Alfred Nobel », pour être exact), puissent soutenir des thèses *abracadabrantesques*, à mille années-lumière du monde réel ? Comment peut-on soutenir sans pouffer ni baisser les yeux que le *seul* modèle exact est celui dont n'importe quel béotien peut immédiatement comprendre qu'il n'a aucune espèce de chance d'exister dans l'univers immense ?

La réponse est d'une simplicité redoutable et d'une énormité cosmique, et fut exprimée en ces termes par le néanmoins prix Nobel George Stigler : « Eh bien, ce n'est pas la science économique qui est fausse, c'est la réalité [75] » !...

---

75. Cité par Bernard Maris, *Lettre ouverte aux gourous de l'économie qui nous prennent pour des imbéciles*, *op. cit.*,

Là, évidemment, tout s'éclaire. Cette économie-là n'est pas une *science* économique mais une *théologie* économique qui énonce une vérité transcendante au-delà du réel, au-delà de l'histoire. Religieux donc, George Stigler, mais pas saint Thomas : il ne croit pas que ce qu'il voit, il ne voit que ce qu'il croit. Les économistes sont des grands prêtres. Ils ne cherchent pas la vérité, ils la révèlent. Ce n'est pas parce que ce qu'ils disent est juste qu'ils ont raison, mais l'inverse. Ils ont raison, donc ce qu'ils disent est juste. CQFD. Dès lors, tout ce qui dans les faits infirme le dogme théorique – et conduirait au rejet du dogme dans une science – est interprété comme une preuve supplémentaire de sa vérité, de son urgence ! Si les marchés parfaits n'existent pas dans le monde réel, n'est-ce pas justement la preuve qu'il nous faudrait des marchés parfaits ? C'est imparable.

Et, en effet, les hommes auraient bien tort de ne pas mettre en pratique les dogmes de la science des marchés parfaits qui les conduiraient au paradis, ici et maintenant. Mais les hommes sont-ils fous pour refuser ainsi le paradis ? Quand un homme a soif, il boit le verre d'eau qui est devant lui. Les économistes appellent cela la « rationalité », et tous les tenants du modèle néolibéral y croient dur comme fer, à la rationalité. Alors, si les hommes ne sont pas fous

---

p. 44. George Stigler fit cette réponse alors qu'il était sommé par un autre prix Nobel, Maurice Allais, de commenter le résultat qu'il avait démontré (connu sous le nom de « paradoxe d'Allais »), à savoir : les agents économiques ne peuvent pas effectuer de choix rationnels dès l'instant où ils doivent en réalité les effectuer dans un environnement aléatoire (incertitude).

mais rationnels, la seule explication raisonnable à l'absence persistante des marchés de concurrence pure et parfaite, après des siècles de capitalisme de marché, serait qu'ils sont, en vérité, une pure chimère irréalisable. Blasphème inadmissible, bien sûr. La Bible ne peut mentir. Si donc le paradis est possible et que les hommes ne le refusent pas par folie, il faut qu'ils en soient tenus à l'écart par une force maléfique, que le diable possède les esprits depuis des siècles et fourvoie les êtres humains hors des chemins de liberté qui les mèneraient au Ciel. Et en économie Satan a un nom : ce sont l'État et ses armées de politiciens et de bureaucrates qui vampirisent le monde.

Puisque le diable s'est emparé du monde, il faut bien d'inflexibles grands prêtres pour défendre les dogmes salvateurs et excommunier les sataniques fossoyeurs de la libre concurrence. La cause est si noble que, comme il arrive, hélas, dans toutes les religions, certains trouvent tous les moyens bons pour la défendre, y compris le mensonge, la désinformation et la trahison de leurs propres évangiles. Ainsi passera-t-on sous silence les dizaines de théorèmes découverts dans les temples de l'économie orthodoxe et qui ont démontré l'impossibilité et la nocivité radicales d'une économie de marchés parfaitement concurrentiels. Ainsi se contentera-t-on d'une lecture tronquée des textes sacrés, en sautant tous les passages qui irritent les gardiens du temple, comme ceux où le Saint des Saints de la théorie de l'équilibre général – Léon Walras – se révèle socialiste et préconise la nationalisation des terres ! Ou encore, ceux où le père fondateur de l'économie politique libérale –

Adam Smith – fait l'éloge des dépenses publiques et de l'impôt. Ici comme ailleurs, les docteurs de la Loi mutent aisément en ayatollahs, en gardiens du temple, de *leur* temple que – suivant en cela l'exemple fameux des pharisiens – ils ont livré aux marchands.

Certes, aux origines de cette société religieuse particulière (à l'instar de toutes les autres) on trouve toujours des esprits brillants, auteurs, entre autres, de contributions originales et pertinentes à l'économie politique moderne. Souvent malgré eux, ils jouent en quelque sorte le rôle des « prophètes ». Leur ambition est le plus fréquemment intellectuelle et professionnelle, mais pas politique. Ils communiquent peu ou pas du tout avec le grand public et laissent de ce fait à d'autres le soin de vulgariser les résultats de l'analyse économique. Ils n'ont pas nécessairement une conscience aiguë des récupérations idéologiques de leur travail ni de leur responsabilité de chercheurs en matière d'information et de dialogue avec la société civile. Ils peuvent, en toute bonne foi, considérer que, en passant cinquante ans de leur vie à leurs recherches et à courir derrière le prix Nobel, ils ont déjà largement et suffisamment apporté leur contribution à la société.

L'intelligence supérieure des « prophètes » ne leur épargne pas toujours l'adhésion à des modèles abscons et inutiles. Cela s'explique en partie par leur course effrénée à la reconnaissance par la communauté scientifique et leur compétition pour le fameux prix en l'honneur d'Alfred. De purs jeux de l'esprit sans utilité sociale n'en sont pas moins plaisants et rentables tant qu'ils sont valorisés par la communauté scientifique. Une preuve supplémentaire que, décidément, *la mauvaise concurrence chasse la bonne*. À force de toujours vouloir publier le nouveau modèle, fonder la nouvelle école avant les autres, on ne prend plus le temps du questionnement, on peut oublier que la science n'est pas faite pour le Nobel mais pour les hommes et les femmes. De plus, les grands économistes sont souvent assez intelligents pour ne pas prendre leurs jeux de l'esprit pour la réalité. Aussi redoutent-ils d'autant moins de s'aventurer dans des modèles trop abstraits qu'ils ne se sentent en rien liés par ces derniers pour leurs choix réels de citoyens. Ils peuvent, comme Walras, démontrer la supériorité théorique d'un système de marchés parfaits et soutenir des politiques socialistes de régulation de l'économie !

Nombre de ces prophètes, après avoir obtenu le fameux prix, comme libérés de cet impérieux défi, et à la fin de leur carrière – c'est-à-dire à l'approche de leur mort –, en repassant le film de leur vie et en se questionnant enfin sur l'utilité sociale de leur travail, ont fait amende honorable et reconnu qu'ils avaient poussé le bouchon de l'abstraction physico-mathématique un peu loin, que l'économie est une science humaine et non une science physique, que Keynes est aussi important que Walras, et que le meilleur moyen d'aller vers un monde de rêve n'est pas de rêver le monde, mais de le reconnaître tel qu'il est, pour le transformer par l'action volontaire [76].

---

76. Bernard Maris, *ibid.*, a relevé les confessions remarquables qui attestent cette conversion.

On ne peut, bien entendu, que se féliciter que, chez les grands esprits, l'intelligence et la générosité finissent le plus souvent par prendre le dessus. Mais il faut déplorer, hélas, que, comme dans tout mouvement religieux, ils traînent à leur suite une cohorte de manipulateurs et d'esprits plus médiocres, qui ne tirent leurs profits ou leurs gratifications symboliques que du rabâchage primaire de la *doxa*. Les manipulateurs ne sont pas de vrais croyants, seulement des exploitants habiles des croyances dominantes. Ils seraient keynésiens ou marxistes si cela assurait mieux leur position, leur carrière et leur patrimoine. Ils sont à leur propre service et, par la même occasion, à celui des classes dominantes. Les esprits médiocres, eux, sont manipulés. Leur ambition est d'être reconnus comme de bons disciples. Croire aveuglément les rassure. Répéter inlassablement les occupe, ce qui est aussi un moyen d'évacuer l'angoisse du doute.

Au pouvoir des manipulateurs et des serviteurs des classes dominantes on ne peut opposer qu'un autre pouvoir. Il est inutile de chercher à les convaincre de quoi que ce soit, puisqu'ils n'ont à proprement parler aucune conviction. D'autres forces doivent s'opposer à leur emprise : les forces des démocrates qui, par le combat politique, imposent une économie politique au plein sens du terme, c'est-à-dire façonnée par les choix souverains des citoyens. C'est là la tâche la plus ardue.

Contre la médiocrité de la culture économique véhiculée par les manipulés, les serviteurs zélés de la *doxa*, on peut lutter par la pédagogie. Enseigner l'*économie humaine*, c'est-à-dire une économie politique et historique. Sortir l'économie des « laboratoires », des amphithéâtres et des bibliothèques, pour redonner au public le goût d'une vraie culture économique et de cette intelligence du monde qui le met à l'abri des mystifications.

Nous espérons avoir contribué ici à éveiller un peu de ce goût – salutaire pour la démocratie –, et suscité assez d'intérêt à l'égard des questions que soulève l'économie politique pour que nos lecteurs et nos auditeurs aient envie de nous accompagner dans une nouvelle « saison » des vraies lois de l'économie. Car nous ne sommes pas au bout de nos surprises. Il nous reste à découvrir que : *l'erreur est rationnelle* ; *la croissance n'est pas le développement* ; *il n'est de richesses que d'hommes* ; *tout le monde ne gagne pas au libre-échange* ; *l'inflation est toujours un phénomène politique* ; *un bon déficit vaut mieux qu'un mauvais excédent* ; *le gâteau croît quand on le partage équitablement* ; et caetera, et caetera.

Volume 2

Articulation du volume 1 et du volume 2

La lecture de ce deuxième volume suppose assimilées nos onze premières lois. Par conséquent, dans les textes qui suivent nous ne réexpliquons pas des concepts ou des théories déjà explicités dans le volume précédent ; nous renvoyons simplement entre crochets à la ou aux lois où ils ont été initialement traités.

Le premier volume passait en revue les bases théoriques essentielles du discours économique, celui-ci s'intéresse surtout aux conditions d'évolution et de régulation de l'économie *à long terme*. D'où vient la *croissance*, qu'est-ce que le *développement*, peut-on s'affranchir de la *rareté* des ressources, faut-il adopter le *libre-échange* international, un pays doit-il se spécialiser en fonction de ses avantages naturels, l'État peut-il et doit-il piloter le développement, faut-il au contraire préférer des stratégies de *flexibilité* (du travail et des salaires), les *inégalités* sont-elles nécessaires à la croissance économique ? Etc.

Chacune des neuf nouvelles lois vient aussi compléter et approfondir l'une des problématiques abordées dans le premier volume. En s'aidant des correspondances que nous indiquons ci-dessous, les lecteurs qui le souhaitent pourront associer la relecture des lois tirées du premier volume à la lecture des lois qui les complètent dans celui-ci.

Ainsi, pour débuter, la réflexion méthodologique sur la nature de la discipline économique et des lois qu'elle énonce [Loi n° 1] est complétée par une discussion de l'hypothèse de rationalité des comportements (LOI N° 12. L'ERREUR EST RATIONNELLE). Hypothèse fondamentale que l'on présente souvent comme fondatrice de l'analyse économique moderne et qui est à la source de bien des malentendus.

Notre questionnement sur la valeur [Loi n° 2] nous a naturellement conduit vers la question de la richesse d'une nation (LOI N° 13. IL N'EST DE RICHESSE QUE D'HOMMES) et vers celle des finalités du développement économique (LOI N° 14. LA CROISSANCE N'EST PAS LE DÉVELOPPEMENT). Cela nous entraîne ensuite vers un problème récurrent dans la théorie économique et au cœur de toute réflexion sur la croissance ou le développement : le rendement de l'activité humaine peut-il croître indéfiniment ? (LOI N° 15. LA LOI DES RENDEMENTS CROISSANTS) ; ce qui est une autre façon de nous demander si l'homme peut échapper à la rareté.

Notre première discussion générale sur l'efficacité comparée du marché et de l'État [Lois n° 3, n° 4 et n° 5] est à présent portée sur le terrain de l'échange international. Qu'est-ce qui détermine les choix et la performance d'une nation en matière de commerce international : ses dotations naturelles ou ses compétences politiques ? (LOI N° 16. LA LOI DE L'AVANTAGE politique comparé). Que penser du libre-échange ? (Loi n° 17. Laisser faire ou laisser passer : il faut choisir).

Notre interrogation initiale sur la nature de la justice [Loi n° 7] est complétée par l'étude du lien entre inégalités et développement (Loi n° 18. La loi du gâteau : plus on le partage, plus il y en a). On découvre une confirmation éclatante de notre position sur le lien entre efficacité et justice. Loin d'être une entrave au dynamisme d'une économie de marché, la réduction des inégalités peut améliorer ses performances.

Enfin, la discussion des prescriptions de politique économique [Lois n° 9, n° 10 et n° 11] se devait d'être prolongée par la contestation des deux obsessions des libéraux, à savoir : réduire le coût du travail (Loi n° 19. Le salaire n'est pas l'ennemi de l'emploi) et bannir les déficits publics (Loi n° 20. Un bon déficit vaut mieux qu'un mauvais excédent).

Une bonne douzaine d'autres « vraies lois » serait sans doute nécessaire pour achever de démasquer les contresens et les choix politiques que d'aucuns prétendent être l'effet de lois naturelles et universelles. Occupé par d'autres travaux et engagements et ne sachant pas si je trouverai un jour le temps de les énoncer, je laisse ce soin à mes confrères et aux plus courageux de mes lecteurs.

Loi n° 12

L'erreur est rationnelle

Bien des économistes considèrent que leur discipline a un phénomène fondateur – le contraste entre la *rareté* des ressources et l'étendue des désirs et des besoins humains – et une hypothèse fondatrice – la *rationalité*. La rareté contraint en effet à choisir entre les usages alternatifs des moyens disponibles et soulève une série de questions. Que produire ? Comment produire ? Comment répartir les produits ? Très tôt, les économistes vont supposer que les hommes cherchent des réponses rationnelles à ces questions, c'est-à-dire – au sens le plus large du terme « rationnel » – qu'*ils emploient leur raison pour choisir des moyens adaptés à la réalisation de leurs objectifs.*

Quoi de plus *raisonnable* que cette hypothèse de *rationalité* ? Pourrait-on développer une analyse rigoureuse des phénomènes liés à la production, la consommation, l'épargne, le travail, etc., en partant du point de vue que les acteurs font toujours et partout n'importe quoi, au hasard et sans raison ? Bien évidemment non. C'est au psychologue ou au psychiatre que revient la charge d'expliquer les comportements sans raison apparente, pas à l'économiste. Et même si les « psys » décryptaient toujours parfaitement les passions inconscientes qui gouvernent les actes bizarres et déraisonnables, nous serions bien en peine d'expliquer le fonctionnement d'une société qui serait uniquement peuplée d'hystériques, de schizophrènes, de paranoïaques et autres maniaco-dépressifs. Nous rassurer en songeant que, comme le cœur de Pascal, les névroses et les psychoses ont leurs « raisons que la raison ignore » nous serait d'un piètre secours pour *comprendre* ce qui se passerait dans une économie livrée aux fous. Aussi, l'idée qu'en règle générale les comportements s'expliquent par des choix rationnels semble être le présupposé minimal qui rend possible une *analyse* économique, au point même que, dans l'esprit d'une majorité d'économistes, il ne s'agit pas à proprement parler d'une « hypothèse » mais d'une définition de leur champ d'étude : dans l'univers des phénomènes humains, les économistes s'intéressent à ceux qui résultent de choix et d'actions ordonnés par la raison en vue d'atteindre un objectif conscient de satisfaction des besoins.

Pas *une* mais *des* rationalités

Toutefois, malgré la trivialité apparente de cette démarche, peu de concepts suscitent autant de querelles que celui de rationalité[77]. Il est la cible favorite

---

77. On en trouvera les éléments essentiels dans Serge Latouche, *Déraison de la raison économique*, Albin Michel, 2001, et Claude Mouchot, *Méthodologie économique*, Le Seuil, coll. « Points Économie », 2003.

de tous ceux qui dénoncent le réductionnisme d'une science économique obnubilée par le calcul égoïste des intérêts personnels, incapable d'intégrer les valeurs et les relations sociales qui déterminent tout autant les comportements individuels. Il suscite la raillerie, à chaque fois que les choix supposés rationnels des acteurs économiques engendrent des catastrophes financières, écologiques ou sociales.

Pourquoi l'idée banale que les individus raisonnent et agissent en vue d'atteindre leurs objectifs suscite-t-elle tant de disputes et d'émoi ? C'est d'abord parce que le discours économique dépasse la trivialité et a souvent privilégié une acception particulièrement pointue et déraisonnable de la rationalité. Mais cette acception n'est pas la seule et n'a aucune place dans une proportion croissante de recherches économiques. Aussi, tous les reproches que l'on adresse à la science des choix rationnels peuvent se trouver parfaitement justifiés ou entièrement déplacés selon le concept de rationalité retenu. Il est donc essentiel de commencer cette discussion par une typologie plus précise *des* rationalités.

Comme le suggère Bernard Walliser[78], on peut distinguer deux moments de la rationalité : un moment « cognitif » (la phase de collecte et de traitement des informations à partir desquelles seront prises les décisions) et un moment « instrumental » (la phase où l'on choisit les actions supposées adaptées aux objectifs poursuivis). Notons bien, dès lors, qu'une par-

---

78. Voir Bernard Walliser, *L'Économie cognitive*, Odile Jacob, 2000.

faite rationalité instrumentale est compatible avec des résultats médiocres ou catastrophiques si les informations disponibles et/ou leur traitement sont imparfaits. Le meilleur des moteurs s'encrasse et finit par s'arrêter net si on ne lui offre pas le bon carburant.

Aussi doit-on distinguer une rationalité forte et une rationalité limitée. La *rationalité forte* (ou parfaite) suppose des individus ayant un accès parfait aux informations adéquates, une capacité de calcul et de traitement des informations optimale, au point que, dans la phase instrumentale, ils prennent les meilleures décisions, celles qui maximisent le résultat obtenu compte tenu des moyens disponibles. À l'opposé, une *rationalité limitée* implique des acteurs incapables d'identifier et de choisir le « meilleur » résultat et qui s'efforcent seulement de prendre de « bonnes » décisions, c'est-à-dire d'effectuer des choix raisonnables compte tenu de ce qu'ils savent ou croient et qui leur procurent *un* mieux à défaut *du* mieux.

On peut aussi distinguer une *rationalité substantielle* qui concerne les résultats effectifs des choix (sont-ils cohérents, optimaux, efficaces, conformes aux attentes des décideurs, etc. ?) et une *rationalité procédurale* qui concerne la méthode de choix (compte tenu des moyens disponibles et des contraintes, la procédure d'analyse et de décision est-elle la meilleure possible ?).

Comme nous allons le montrer à présent, l'essentiel des difficultés et des polémiques sur ce sujet vient de ce que la tendance dominante des économistes au XXe siècle a été d'imposer une vision substantielle et forte de la rationalité parce qu'elle était

Du culte de la raison
au culte de la maximisation

Longtemps, les économistes n'ont pas pris le soin d'expliciter leur conception de la rationalité. Le terme lui-même apparaît d'ailleurs tardivement [79] en économie (en 1834), alors que l'adjectif « rationnel » (formé à partir du mot latin *ratio* qui signifie calcul) est employé comme un synonyme de « raisonnable » dès 1120. Jusqu'au XVIIIᵉ siècle, les économistes se contentent de l'intuition que les individus sont mus par leur intérêt propre et effectuent leurs arbitrages en conséquence. En développant des analyses fondées sur le calcul de l'intérêt personnel, l'économie politique participe du mouvement général des idées caractéristique de la modernité qui, du XVIᵉ au XVIIIᵉ siècle, va progressivement conforter la quête d'une vérité scientifique indépendante des vérités transcendantes de la religion ou de la morale, et revendiquer le droit de l'individu à conduire sa vie selon ses conceptions. La vérité et la bonne société ne tombent plus du ciel, elles sont produites par la raison, le progrès scientifique et, dans l'idéal du moins, par le contrat social qui unit des hommes libres.

79. Sur les origines du terme, voir Claude Mouchot, *Méthodologie économique*, *op. cit.*

La face économique de cet esprit « moderne » se distingue par un double souci : d'une part, légitimer l'intérêt personnel et le gain marchand, d'autre part, appliquer aux phénomènes sociaux des analyses rigoureuses, à l'instar de celles que l'on estime désormais légitimes pour la compréhension de la nature. Quoique très peu explicitée, l'hypothèse de rationalité se trouve ainsi, dès l'origine, au cœur des deux dimensions fondamentales du programme de recherche de l'économie. *La dimension scientifique* reconnaît dans la quête raisonnée de l'intérêt individuel le moteur de l'action humaine et, partant, un principe d'explication des comportements et des phénomènes sociaux. *La dimension idéologique* ou morale s'efforce de légitimer l'intérêt individuel en montrant qu'il sert aussi l'intérêt général. *La Fable des abeilles* de Mandeville (1717) ouvre le siècle des Lumières en affirmant que les vices privés font les vertus publiques ; la *Richesse des nations* d'Adam Smith (1776) le clôture par la métaphore de la *main invisible* qui semble guider les choix économiques purement égoïstes vers des solutions bénéfiques à la collectivité.

Dans la *Théorie des sentiments moraux* (1769), Adam Smith avait déjà esquissé une morale de l'intérêt. Il pense que la quête de l'intérêt, stimulée par le développement de la société marchande, est au fond une bonne chose car elle canalise et ordonne une énergie qui pourrait s'investir dans des passions violentes sources de désordre personnel et social. Le slogan de cette morale pourrait être : « Faites du commerce, pas la guerre ! » L'essentiel est de comprendre qu'Adam Smith énonce moins une loi scientifique déterministe – associant des choix individuels égoïstes à des bienfaits collectifs – qu'il n'exprime l'espoir d'une transformation morale engendrée par l'essor des relations et de la sympathie entre les hommes. Comme le montre par ailleurs Benoît Prévost[80], la métaphore de la *main invisible* exprime davantage la foi dans la réalisation d'un projet divin à l'œuvre dans l'histoire – qui préfigure l'idéalisme hégélien – qu'une prétention scientifique à démontrer comment la recherche de l'intérêt privé engendre mécaniquement l'intérêt général.

C'est précisément la montée d'une prétention scientifique qui va conduire les économistes du XIXe siècle à donner à la rationalité un contenu plus explicite. Ils marchent en cela sur les traces d'un grand pionnier, Anne-Robert-Jacques Turgot (1727-1781) – qui fut notamment ministre de Louis XVI. En 1769 déjà, Turgot pose les bases d'une théorie du fameux *homo œconomicus,* cet agent sans passions, sans humeurs et sans contraintes sociales qui cherche à optimiser l'emploi des diverses ressources disponibles en vue de son propre bien-être :

« Il faut que, dans l'immense magasin de la nature, il fasse un choix, et qu'il partage ce prix dont il peut disposer entre les différents objets qui lui conviennent, qu'il les évalue à raison de leur importance pour sa conservation ou son bien-être. Et cette éva-

---

80. Benoît Prévost, « Adam Smith : vers la fin d'un malentendu », *L'Économie politique*, n° 3, 1er trimestre 2001, p. 101-112.

luation, qu'est-ce autre chose que le compte qu'il se rend à lui-même de la portion de ses facultés qu'il peut employer à la recherche de l'objet évalué, sans y sacrifier celle d'autres objets également ou plus importants [81] ? »

Cette piste sera progressivement systématisée tout au long du XIXe siècle. Avec Augustin Cournot (1838), les producteurs *maximisent le profit* ; avec Heinrich Gossen (1854), « l'homme désire jouir de sa vie propre et se propose comme but de porter sa jouissance au plus haut point [82] ». À la fin du XIXe, le mariage de l'utilitarisme de Jeremy Bentham (1789) [Loi n° 7] [83] – actualisé par John Stuart Mill (1848) – et de l'économie néoclassique de Léon Walras et Vilfredo Pareto va, pour longtemps, installer la vision désormais dominante d'une rationalité économique forte : tous les choix économiques résultent d'un calcul de *maximisation de l'utilité sous contrainte*. La dimension idéologique du programme de recherche économique se fond alors dans sa dimension scientifique. L'économie se veut libérée de toute considération morale, politique ou philosophique. La légitimation de la libre poursuite de l'intérêt personnel n'a plus besoin d'arguments extra-économiques puisque l'on peut démontrer mathématiquement que la maxi-

---

81. Extrait de l'article « Valeurs et monnaies », 1769, cité par Hervé Defalvard, *La Pensée économique néoclassique*, Dunod, 2000, p. 33.
82. Cité par Hervé Defalvard, *ibid.*, p. 28.
83. Les références entre crochets renvoient aux chapitres correspondants du présent ouvrage.

misation de l'utilité individuelle conduit aussi à la maximisation de l'utilité collective, pour peu que l'économie soit organisée comme un système de marchés libres et parfaitement concurrentiels. Dans un cadre adapté, la rationalité individuelle est censée engendrer la rationalité collective, c'est-à-dire l'usage le plus efficace des ressources. Tel est l'objet des théorèmes de l'économie du bien-être [Loi n° 4].

À partir de là, l'économie orthodoxe ne cessera d'accroître le champ d'application de la rationalité forte. En 1944, prolongeant les travaux de Bernoulli (1738), John von Neumann et Oskar Morgenstern étendent le modèle du choix rationnel aux choix en univers incertain, en substituant la maximisation de l'*espérance d'utilité* à la maximisation de l'utilité. En 1957, Anthony Downs fonde une *Analyse économique de la démocratie*[84] qui explique les phénomènes politiques par les comportements rationnels d'électeurs et d'hommes politiques maximisant leur utilité individuelle. Peu après, Gary Becker pose les bases d'une extension de la logique du calcul rationnel à tous les domaines du comportement humain jusqu'alors considérés comme extra-économiques[85] : le mariage, la fécondité, la religion, la criminalité...

Dans cette veine, les revues américaines les plus rigoureuses publieront des articles qui, non sans ironie, proposent une analyse économique du brossage

---

84. *An Economic Analysis of Democracy*, Norton, 1957.
85. On trouvera une présentation limpide de cette approche dans Henri Lepage, *Demain le capitalisme*, Hachette, coll. « Pluriel », 1978.

de dents ou des relations extra-conjugales. Ainsi l'économie est-elle désormais capable de démontrer qu'un mari volage, mais rationnel, pousse l'emploi des faveurs de sa maîtresse jusqu'au point où leur utilité marginale égale celle des services rendus par son épouse légitime.

En 1961, John Muth émet l'hypothèse des *anticipations rationnelles*, qui sera reprise dans les années 1970 par la *nouvelle macroéconomie classique* [Lois n° 10 et n° 11]. Pour la nouvelle macroéconomie dominante, les individus sont, en moyenne, capables de faire des prévisions correctes parce qu'ils utilisent toute l'information disponible et connaissent parfaitement les mécanismes à l'œuvre dans l'économie.

Ainsi, de l'intuition initiale d'une quête raisonnée de l'intérêt personnel, on est passé au postulat d'une rationalité cognitive, instrumentale, individuelle et collective, absolument parfaite. Quel que soit le problème considéré, les individus sont toujours en mesure d'identifier et de réaliser effectivement le meilleur résultat possible à la fois pour eux-mêmes et pour la collectivité !

Devant ce qui ressemble fort à un authentique délire rationaliste, les détracteurs de la science économique ont beau jeu de faire valoir que, dans le monde réel, les individus se trompent et que la libre poursuite des intérêts personnels dans les économies de marché produit aussi de gigantesques ratages, un gaspillage catastrophique des ressources non reproductibles, l'essor d'une économie criminelle, des drames sociaux, des crises à répétition, etc.

De là à penser que les comportements réels sont irrationnels et que la limite insurmontable de la science économique vient de son incapacité à intégrer ces derniers, il n'y a qu'un pas à franchir et beaucoup ne s'en privent pas. Mais c'est là assez largement un faux pas, assez proche de celui qui consiste à écarter la possibilité d'une analyse économique scientifique au prétexte qu'il ne peut y avoir de lois naturelles et universelles en économie. Comme nous l'avions montré dans la loi n° 1, ce dernier constat nous interdit seulement de développer une science singeant les méthodes des sciences physico-mathématiques élaborées pour l'étude de la matière et des phénomènes naturels. Mais il ne nous condamne pas au relativisme ou à l'obscurantisme ; il nous invite à développer les outils d'une science humaine à la fois historique, sociale et politique qui accepte l'incertitude et la complexité engendrées par la nature socialement construite des lois économiques.

De même, il est abusif et improductif de s'appuyer sur la critique d'une vision très particulière et spécialement irréaliste de la rationalité pour contester en bloc la démarche d'une analyse économique fondée sur l'hypothèse de rationalité des comportements. Sauf à renoncer à toute analyse rigoureuse des comportements, on ne peut écarter l'idée que ceux-ci ont des *raisons* qui tissent des liens entre des causes, un environnement, des besoins et des désirs que l'analyste doit tenter de déceler. Plutôt que de rejeter le principe même de rationalité, il semble donc plus pertinent de ne pas lui faire dire n'importe quoi en procédant à une critique constructive de l'hypothèse de rationalité forte.

Sommes-nous vraiment des maximisateurs d'utilité ?

L'analyse économique a elle-même, et très tôt, démontré les limites de cette hypothèse et expliqué comment des choix rationnels peuvent conduire à des erreurs individuelles et collectives. Une première limite évidente tient au fait que bien des comportements observés contredisent l'idée que nous fonctionnerions comme des calculettes optimisées pour maximiser nos gains nets de bien-être.

En 1953, Maurice Allais a ainsi procédé au test suivant : on propose à des individus deux loteries (une série de tirages au sort) dont l'une entraîne un gain certain et l'autre un gain incertain mais dont l'espérance mathématique est plus élevée. Eh bien, l'immense majorité des joueurs préfère la loterie au gain certain, alors même que la possibilité de procéder à un grand nombre de tirages leur garantirait une espérance de gain plus élevée s'ils optaient pour la loterie au gain incertain. Ce résultat paradoxal a été souvent confirmé par des tests répétés. Conclusion : contrairement à l'hypothèse de rationalité forte, des individus sains de corps et d'esprit ne cherchent pas nécessairement à maximiser leur espérance d'utilité.

La science politique relève aussi un exemple classique de mise en échec de cette hypothèse : le paradoxe du vote. La majorité des citoyens persiste à se rendre aux urnes alors que chacun sait bien que, dans un scrutin national du moins, la probabilité que son vote influe sur le résultat final est quasiment nulle. Le coût du vote semble ici toujours supérieur à sa « rentabilité » et il est en conséquence délicat de voir là le résultat d'une maximisation de l'utilité espérée.

Un type encore plus répandu et plus fréquent de comportement sous-optimal est celui qui consiste à faire un choix qui ne maximise pas la satisfaction présente ou future parce que l'on refuse de remettre en question des choix passés erronés. Les Américains appellent cette attitude *sunk cost fallacy* (littéralement « sophisme des coûts fixes ») que Jean-Pierre Dupuy propose de transcrire par « sophisme de l'amortissement » et dont il développe une illustration remarquable :

« Je me suis porté acquéreur d'un équipement coûteux. J'ai jugé rationnel de faire cet investissement en supposant probable la réalisation d'un certain événement. Il se trouve que je me suis trompé. J'ai par exemple naïvement cru que les programmes de télévision sauraient me divertir et m'instruire et j'ai acquis un appareil hautement "sophistiqué". Je découvre mon erreur. Que dois-je faire ? Faire marcher l'équipement ou m'en débarrasser ? La rationalité requiert en principe que je ne tienne pas compte dans ce choix du coût d'investissement : c'est un *sunk cost*, il relève à jamais du passé. [...] En d'autres termes ma décision devrait être la même que celle qu'il serait rationnel de prendre si l'équipement m'avait été *donné*. Je dois donc comparer les coûts et avantages de ma décision d'exploiter l'équipement considéré comme donné à ceux qu'entraînerait toute autre option qui m'est ouverte. Je peux être ainsi conduit à juger qu'il vaut mieux remiser l'équipement, ce qui implique d'en faire passer le coût d'acquisition par pertes et profits et de reconnaître l'irrationalité *a posteriori* de la décision de départ.

« La plupart d'entre nous ne nous comportons pas de cette manière, et la *sunk cost fallacy* est la chose la mieux partagée. Nous l'avons payé cher, cet équipement, il faut donc que nous l'"amortissions". Plus nous l'avons payé cher, plus il nous paraît indispensable de l'utiliser, même si cela coûte beaucoup et rapporte peu par rapport à d'autres options possibles : c'est un souci de cohérence interne entre notre moi passé et notre moi présent, souci qu'il s'agit de mieux analyser, qui nous pousse à agir ainsi. […] on est dans l'irrationalité la plus caractérisée, mais on sent néanmoins qu'il y a une sorte de logique derrière cette irrationalité [86]. »

Ce genre de comportements est monnaie courante dans la vie quotidienne, et chaque lecteur, maintenant qu'il en est averti, aura tôt fait de s'en apercevoir dans les jours qui viennent. Je ne prendrai pour ma part qu'un exemple qui concerne tous les parents de la terre. Qui n'a pas un jour, au nom d'une légitime aversion pour le gaspillage, contraint son enfant à terminer son assiette quand le malheureux se sentait déjà au bord de l'indigestion ? Ce faisant, nous ne comprenons pas que le gaspillage s'est déjà irrémédiablement produit quand nous avons préparé un dîner trop copieux par rapport à ce qui était nécessaire pour procurer la satisfaction

---

86. Jean-Pierre Dupuy, « Temps et rationalité », *Cahiers d'économie politique*, n° 24-25, L'Harmattan, 1994, p. 73.

recherchée. Nous perdons de vue qu'il s'agit de nourrir correctement notre enfant et non de le gaver. Nous ajoutons à l'erreur initiale d'évaluation une erreur de diététique et d'éducation qui finira par accoutumer l'organisme de notre chérubin à des quantités excessives de nourriture, réduira ainsi son espérance de vie, perturbera éventuellement son entendement en lui inculquant la conviction que les gens se réunissent autour d'une table pour s'infliger des violences ou, au contraire, ce qui n'est guère préférable, qu'aimer les autres consiste plus à les remplir qu'à les écouter.

La rationalité limitée ou procédurale

Quelles leçons tirer de ces divers exemples ? Devons-nous en particulier conclure à l'irrationalité des choix individuels ? Pas vraiment. Nous pouvons seulement contester la prévalence systématique d'une forme particulière de rationalité : la rationalité forte et substantielle chère à la théorie néoclassique de l'équilibre général. Cela dit, il n'est pas difficile de soutenir que tous les comportements décrits ci-dessus résultent d'un *raisonnement* grâce auquel les individus *croient* adopter des conduites adaptées à un objectif. Ainsi, le paradoxe d'Allais pourrait résulter d'une forte anxiété face à l'incertitude, une aversion pour le risque qui nous rend sensibles à la variabilité des gains, et pas seulement à l'espérance de gain. Le sophisme de l'amortissement s'explique par la difficulté à admettre ses erreurs, à se désavouer soi-même ; par notre propension à refouler les vérités qui nous dérangent, etc. De nombreuses enquêtes attestent enfin que la plupart des électeurs se rendent aux urnes parce qu'ils ont le sentiment d'accomplir ainsi un devoir civique.

Bref, on n'échappe pas à cette évidence : il est très difficile de dénicher des comportements qui ne reflètent pas une forme de rationalité, c'est-à-dire, au sens large, un arbitrage raisonné entre des options guidé par la poursuite d'un objectif. Notre première leçon est donc qu'il vaut mieux prendre l'idée de rationalité dans ce sens large précisément, plutôt que dans le sens étroit d'une maximisation infaillible d'utilité. Certes, si l'on définit la rationalité dans un sens tellement large qu'aucun comportement n'est irrationnel, elle devient une simple tautologie : les gens font bien ce qu'ils font pour une raison qu'ils jugent consciemment ou inconsciemment bonne, sinon ils ne le feraient pas ! Mais cette tautologie n'est pas vaine. Elle définit un programme de recherche plus raisonnable et plus prometteur que l'hypothèse de rationalité forte : identifier les raisons complexes qui sous-tendent les *comportements effectifs* au lieu de gloser sur ce que serait le comportement d'*individus irréels* qui maximiseraient toujours et partout leur gain net.

Un pas décisif en ce sens a été accompli par Herbert Simon en 1943[87]. Il attire l'attention sur le fait

---

87. Herbert Simon, *Administration et Processus de décision*, Economica, 1983, thèse de doctorat de 1943, publiée en 1947 chez Macmillan, sous le titre *Administrative Behavior*.

qu'en réalité l'information disponible et la capacité de traitement des informations par les individus sont nécessairement limitées. Il est rarement possible de procéder à un vrai calcul de maximisation du résultat attendu, faute de données mesurables, et quand cela est possible, il est bien souvent irrationnel de le faire parce que le coût du calcul dépasse le supplément de bien-être qu'il est susceptible de procurer, par rapport à d'autres critères de décision comme l'habitude, l'imitation, la tradition, etc. Anthony Downs s'est appuyé sur cet argument pour expliquer l'*ignorance rationnelle* des électeurs : pour ces derniers, il serait vain et insensé d'acquérir la masse inouïe d'informations nécessaire pour évaluer en relative connaissance de cause l'ensemble des politiques publiques.

Herbert Simon propose donc de retenir une hypothèse de « rationalité limitée », qui conduit les individus non pas à *maximiser* leur utilité, mais à chercher une solution *satisfaisante* (dans ses travaux ultérieurs, il abandonnera cette dénomination qui donne à penser que les individus ne sont pas tout à fait rationnels et parlera plutôt de « rationalité procédurale »). Cette approche permet notamment de comprendre que l'erreur individuelle peut être la plus élémentaire conséquence d'un comportement rationnel. Une procédure rationnelle de décision peut en effet conduire à un résultat sous-optimal, voire contraire à l'objectif recherché, quand l'information qui la fonde est imparfaite. Des individus pleinement rationnels se trompent donc à longueur de journée, précisément parce que, dans un monde complexe et incertain, il n'est pas rationnel de passer ses journées à essayer en vain de ne pas se tromper. En somme, la seule véritable attitude irrationnelle est l'erreur permanente et systématique, l'incapacité à adapter son comportement après l'expérience répétée d'une erreur manifeste. Nous n'avons cependant aucune raison de supposer que cette attitude soit toujours la plus répandue. En revanche, nous espérons bien qu'après cette lecture vous cesserez de gaver vos enfants !

Rapportée au modèle de la maximisation infaillible, l'hypothèse d'une rationalité procédurale (proche de celle qui est retenue par les autres sciences humaines et sociales) est à l'évidence tellement plus convaincante et plus riche de promesses qu'on a du mal à comprendre pourquoi elle ne s'est pas encore vraiment imposée dans la science économique, alors même qu'elle est compatible avec l'immense majorité de ses programmes de recherche. Il y a sans doute là une part de paresse intellectuelle, voire de lâcheté (au demeurant bien rationnelles), qui font redouter les changements de méthode et l'aveu qu'au fond on ne partage plus la *doxa* dominante.

Mais il y a là aussi un choix cohérent pour les authentiques partisans de l'orthodoxie néoclassique. En effet on ne peut démontrer qu'un ensemble de marchés parfaitement concurrentiels garantissent une allocation optimale des ressources si les agents individuels ne sont pas en mesure de maximiser leur satisfaction. L'hypothèse de rationalité forte est donc nécessaire aux théorèmes de l'économie du bien-être qui prétendent fonder scientifiquement la supériorité des marchés concurrentiels. Aussi, plutôt que d'approfondir la connaissance des processus effectifs de prise de décision, le courant dominant a préféré appauvrir son hypothèse fondatrice pour qu'elle reste compatible avec les deux projets qui constituent son unité – et donc sa force – politique et scientifique : démontrer la supériorité naturelle d'un système fondé sur la libre recherche de l'intérêt individuel et mettre les comportements en équations pour élever les lois de l'économie au rang de théorèmes mathématiques incontestables.

Rationalité individuelle et folie collective

Cette attitude est d'autant plus étonnante que, très tôt, l'analyse économique a établi qu'une rationalité forte des individus ne garantissait en rien la rationalité du résultat macroéconomique des choix individuels. Tout au long du siècle dernier, la théorie économique a plutôt démontré que la maximisation de l'utilité individuelle peut engendrer des catastrophes collectives. Nous renvoyons ici à notre loi n° 4 qui a montré que, dès les années 1920, la théorie des biens publics et des externalités explique comment la rationalité individuelle (même parfaite) conduit à l'irrationalité collective en matière d'éducation, de santé, de pollution, de services collectifs, etc.

Il est ainsi des situations où tout le monde sait qu'un mieux-être collectif serait possible en produisant tel bien collectif, en limitant telle nuisance, en adoptant telle règle de conduite, mais où le comportement rationnel de chaque individu interdit la réalisation de ce mieux-être collectif. Tout le monde ou presque veut de la défense nationale et de l'ordre public, mais personne n'a intérêt à les financer volontairement : tout individu profitera gratuitement de ces biens publics si les autres acceptent de payer ; et s'ils refusent, quel individu rationnel acceptera ou pourra payer pour les autres ? Les entreprises qui polluent une rivière, celles qui surexploitent une ressource limitée sont parfaitement rationnelles (elles maximisent leur profit), mais n'en réduisent pas moins le bien-être collectif de leurs contemporains ou des générations futures. De même, les bulles spéculatives et les crises financières systémiques qu'elles peuvent engendrer résultent de la rationalité individuelle des investisseurs. Les patrons d'Enron, de Worldcom, d'Arthur Andersen et de tant d'autres sociétés qui ont ruiné leurs actionnaires, mis en difficulté leurs fournisseurs et leurs salariés et miné la confiance des investisseurs n'étaient pas fous. En bons *homini œconomici* rationnels, ils maximisaient leurs profits. La bulle de la « nouvelle économie », qui, dans les années 1990, a englouti des milliards de dollars d'investissement dans des sociétés sans chiffre d'affaires, sans clients, sans profits et sans avenir, ne résultait pas moins de calculs individuels rationnels, longtemps gagnants puis finalement perdants pour la plupart d'entre eux. N'importe quel néophyte en économie voit bien que la rationalité individuelle n'enlève rien à la folie du monde. La théorie économique, elle, le répète depuis près d'un siècle.

Le dilemme du prisonnier

Le problème de l'irrationalité collective résultant de choix individuels rationnels peut être illustré par une parabole célèbre : le dilemme du prisonnier. La police arrête deux individus soupçonnés d'un vol et, en vue d'obtenir leurs aveux, isole chacun des suspects et leur présente la situation ainsi : ils seront condamnés à une peine moyenne s'ils avouent tous les deux et à une peine légère s'ils nient tous les deux ; si l'un avoue et l'autre nie, le premier est libéré tandis que le second aura la peine maximale. Chaque suspect examine seul ce qu'il a de mieux à faire et fait le constat suivant : 1) si l'autre avoue, j'ai le choix entre la peine maximale (si je nie) et une peine moyenne (si j'avoue) ; 2) si l'autre nie, je peux être libéré (si j'avoue) ou écoper d'une peine légère (si je nie) ; je dois donc avouer dans les deux cas. Effectuant le même raisonnement, les deux prisonniers avouent et sont condamnés à une peine moyenne, alors qu'ils auraient pu alléger leur peine en niant tous les deux.

Ce type de situations a été modélisé par Nash (1950), dans le cadre de la théorie des jeux qui étudie les situations d'interaction stratégique entre les individus. L'exemple que nous avons présenté correspond à un *équilibre de Nash,* une situation où chaque acteur a une *stratégie dominante* : quoi que décident les autres, il fera la même chose (en l'occurrence, avouer). La solution coopérative (nier tous les deux) serait plus rationnelle du point de vue de la collectivité, préférable pour tous, et tout le monde le sait ; pourtant, il demeure rationnel pour chacun de se comporter d'une manière non coopérative. Comme l'a montré Ronald Coase (1960), ce paradoxe vient des coûts de transaction (coût d'information, de négociation et de contrôle) qui interdisent aux acteurs de conclure et d'appliquer des accords mutuellement avantageux. Autrement dit, l'incapacité à se parler, à s'entendre, à se comprendre, à se faire confiance, à identifier et sanctionner les tricheurs, bloque l'accès à un comportement coopératif et solidaire qui profiterait à tous.

Toutefois, que font des personnes rationnelles confrontées à ce genre de situations ? Les expériences où l'on soumet des individus à des jeux simulant un dilemme du prisonnier sont riches d'enseignements [88]. Dans un jeu non ou peu répété (à un ou quelques tours) la solution non coopérative est la plus probable, conformément à la parabole de référence. Mais dans un jeu longtemps répété, la solution coopérative (collectivement rationnelle) peut s'imposer. Tout se passe alors comme si les individus tentaient par leur comportement d'envoyer un message à leurs partenaires dans le jeu, et notamment à acquérir une réputation de coopération pour inciter les autres à coopérer. Cette solution coopérative *peut* s'imposer, mais ce n'est pas systématique. Le résultat peut notamment varier selon la nature des groupes d'individus participant au test. Par exemple, des élèves tirés au sort dans une grande école de

---

88. Voir par exemple, Jean-Michel Berthelot, *Épistémologie des sciences sociales*, PUF, coll. « Premier cycle », 2001.

commerce, qui connaissent déjà le dilemme du prisonnier, vivent depuis des années dans un univers de compétition et s'apprêtent à affronter la guerre économique, ont toutes les chances d'adopter la solution non coopérative. Ils savent que, dans un monde de brutes, il est rationnel de se comporter comme une brute, ils savent que les autres le savent aussi, et par conséquent ils ont toutes les raisons de se comporter comme des brutes, même s'il leur arrive de rêver la nuit d'un monde plus sympathique. Le même jeu réalisé au sein d'une équipe professionnelle de rugby a en revanche toutes les chances de faire émerger la solution coopérative, parce que les joueurs sont liés entre eux par un très fort lien de solidarité et sensibles à l'image que leur comportement va envoyer aux autres.

Quittons les jeux simulés en laboratoire. Qu'en est-il du dilemme du prisonnier dans le monde réel ? Les policiers le savent bien, la règle de comportement initiale des prisonniers est plutôt de se taire, quelle que soit l'habileté des enquêteurs pour les inciter à l'aveu. Les truands surmontent le dilemme du prisonnier par une convention sociale, la « loi du silence ». L'existence de cette loi du milieu, sanctionnée par la répression violente des « balances », change la rationalité des deux prisonniers du fameux dilemme. Ils savent que l'autre a une sérieuse incitation à adopter la solution coopérative et sait qu'il en va de même pour son complice. La maximisation de leur espérance d'utilité les conduira le plus probablement à nier tous les deux et à écoper de la peine minimale. De même, confrontés au dilemme des biens publics, les citoyens rationnels ne restent quasiment jamais piégés dans la stratégie du chacun pour soi qui barre la route vers le bien commun. Le plus souvent, ils délèguent leur pouvoir de décision à une autorité (le chef de la tribu, l'État, le maire, etc.) qui pourra imposer à tous la solution optimale : produire le service collectif et en répartir la charge entre les membres de la communauté.

Au bout du compte, ce n'est pas l'hypothèse de rationalité maximisatrice qui nous pose le plus de problèmes ; c'est plutôt la conclusion abusive qu'une idéologie néolibérale voudrait en tirer. Contrairement aux prétentions de cette dernière, la rationalité individuelle ne conduit pas *spontanément* à la rationalité collective par le simple jeu des échanges. Quand le marché assure une coordination optimale des actions individuelles, c'est toujours *grâce à un ensemble adéquat de conventions, de lois et d'institutions*. Si donc les hommes n'exerçaient qu'une simple liberté économique – entendue comme liberté d'agir en fonction du calcul solitaire de leur intérêt –, ils seraient bien souvent condamnés à l'inefficience collective. Mais quand les hommes ne sont pas complètement fous, ils exercent d'autres libertés : la liberté politique de se donner et de contrôler des institutions qui produisent les biens publics que le libre-échange ne peut produire, la liberté d'association qui leur permet de tisser des liens sociaux favorisant l'essor des comportements coopératifs. Ainsi, *le pont entre la raison individuelle et la raison collective, ce n'est pas le marché, mais la société.*

Ce constat a, hélas, une contrepartie moins réjouissante. Partout où les liens sociaux se distendent, où la légitimité et la crédibilité du politique se délitent, nous nous exposons à rester prisonniers de nos dilemmes. C'est aussi le cas quand le dilemme concerne des biens publics à l'échelle mondiale (sécurité internationale, climat, biodiversité, etc.) où ne prévaut aucune autorité politique susceptible d'imposer les solutions coopératives. Mais c'est déjà un grand pas en avant que de ne plus nous méprendre sur ce qui nous manque et que nous devons chercher : *non pas moins mais davantage de politique et de règles*, non pas plus de compétition solitaire mais plus de coopération solidaire.

Loi n° 13

Il n'est de richesse que d'hommes

« Il ne faut jamais craindre qu'il y ait trop de sujets, trop de citoyens vu qu'il n'y a de richesse, ni force que d'hommes [...][89] », écrit Jean Bodin en 1577. Clairvoyance singulière à une époque où les économistes mercantilistes confondent encore bien souvent la richesse d'un royaume avec l'or accumulé par le roi. Leurs successeurs abandonnent toutefois très vite cette conception erronée et, dès le XVIIIe siècle, les économistes classiques placent les hommes, leur travail et leur ingéniosité au cœur de toute étude sur *la nature et les causes de la richesse des nations*, pour reprendre le titre célèbre d'Adam Smith (1776).

L'homme facteur ou finalité de la production ?

« Il n'est de richesse que d'hommes. » On peut entendre là deux messages distincts selon que l'on

---

89. *De la République. Extraits*, Librairie de Médicis, 1949, p. 77.

pense à l'origine de la richesse (*les causes*) ou bien à son essence (*la nature*). Premier message : l'action des hommes est le moteur de la création de richesse, le facteur clef du développement économique. Second message : la qualité de vie des êtres humains est l'essence de la richesse. Ainsi, dans l'économie politique, la centralité de l'homme est d'emblée ambivalente : l'homme comme *facteur* de production ou *finalité* de la production, comme *instrument* ou comme *fin*.

Nous l'avons expliqué dans notre loi n° 2, la question de la nature de la richesse n'a jamais fait vraiment débat. Il allait de soi que la finalité du développement économique était le bonheur des hommes, et les économistes ont cru régler cette question à la fin du XIXe siècle en adoptant une vision utilitariste et subjective de la valeur : a de la valeur et constitue donc une source de richesse tout ce qui est jugé utile par les hommes. Mais, en fait de règlement, ce fut plutôt une évacuation de la question. Il s'agissait d'écarter du débat économique toute dimension philosophique, morale ou politique qui ne pourrait faire l'objet d'un discours scientifique, pour s'atteler à l'explication objective du développement économique effectif. On laissait aux psychologues et aux philosophes la question de la formation et de la légitimité des préférences. Ces dernières étant considérées par l'économiste comme des données extra-économiques, il pouvait développer un modèle universel et atemporel de rationalité purement instrumentale. Quelles que soient les finalités de l'action individuelle ou collective, l'économie serait une science de la gestion optimale des moyens et des contraintes qui permettent de les atteindre.

Or, ce programme de travail ne pouvait retenir que des variables quantifiables. On se concentra donc sur les *causes* humaines des seules richesses mesurables par un prix ou un coût monétaire, au lieu de chercher à construire de nouveaux outils d'analyse adaptés à la *nature* humaine des richesses. Ce fut là sans doute une erreur méthodologique, une bifurcation substantielle vers une analyse économique individualiste et matérialiste qui s'interdisait ainsi de poursuivre ce qu'elle pensait pourtant être sa finalité : le bonheur des hommes qui, de toute évidence, ne peut se résumer à l'accumulation de produits mesurables par un prix. Les économistes attendront les années 1990 pour mesurer les méfaits de cette bifurcation et renouer avec la réflexion sur les finalités du développement. Mais, avant cela, la seule prise en compte de l'homme comme *facteur* de production leur donna déjà bien du fil à retordre.

La crainte d'une surpopulation

Ce programme de recherche s'ouvre en effet sur un paradoxe. Les classiques reconnaissent dans le travail la source de la valeur et dans la plus grande efficacité du travail un moteur clef de la croissance industrielle. Pourtant, ils pensent le plus souvent que le développement continu de la force de travail – dû à l'expansion démographique – condamne à terme la croissance. La malédiction de la *loi des rendements décroissants* [Loi n° 15] pèse en effet sur les économies industrielles : l'expansion démographique oblige à mettre en culture des terres de moins en moins fertiles, le coût des denrées alimentaires augmente, ce qui contraint les industriels à relever les salaires assurant la subsistance des travailleurs ; les profits fondent, et avec eux l'investissement nécessaire à la croissance. Ce processus se poursuivant tant que la force de travail à nourrir se développe, les profits, l'investissement et donc la croissance finissent par disparaître.

L'expression emblématique de ce pessimisme à long terme se trouve dans le *principe de population* du pasteur Malthus (1795) : la population croît selon une progression géométrique (2, 4, 8, 16, 32…), tandis que la production suit une progression arithmétique (2, 4, 6, 8, 10…). On s'expose donc régulièrement à une surpopulation qui engendre misère, famine et une régulation cruelle par l'élimination physique des plus faibles et des plus pauvres à laquelle Malthus suggère de substituer un contrôle rigoureux de la fécondité par l'abstinence. « Faites du commerce, pas la guerre »… « et pas l'amour », ajouterait volontiers notre austère pasteur.

Le capitalisme échappa pourtant à cette malédiction. On y fit toujours plus du commerce, l'amour et des enfants, et pourtant les rendements ne cessèrent de croître. Les classiques n'avaient pas anticipé l'extraordinaire progression de la productivité qui, au cours des deux siècles suivant l'essai d'Adam Smith, allait repousser le spectre des rendements décroissants. On imputa ce miracle au progrès technique. La théorie néoclassique de la croissance (Robert Solow, 1956) ajouta donc le progrès technique aux deux facteurs de production traditionnels, le travail et le capital. Mais c'était là davantage une façon de nommer notre ignorance qu'une explication de la croissance.

De nombreux travaux statistiques sur les sources de la croissance [90] ont montré que 40 % à 70 % du taux de croissance ne peuvent s'expliquer par l'augmentation du stock de capital et de la quantité de travail. Il subsiste donc un énorme résidu inexpliqué que l'on peut interpréter comme une amélioration générale de la qualité des facteurs et de leur mise en œuvre combinée. Si ce résidu provenait du progrès technique, on pouvait s'attendre à ce que la diffusion des connaissances et des techniques entraînât tous les pays dans un processus convergent de développement économique. Or, la seconde partie du XXe siècle vit plutôt se maintenir ou s'accentuer les écarts entre les vieux et les nouveaux pays industriels, d'une part, et nombre de pays en développement d'autre part.

La malédiction des rendements décroissants et le pessimisme de Malthus revinrent ainsi à l'ordre du jour dans les années 1950, avec les effets supposés de l'explosion démographique dans les PED. Contrairement à l'affirmation rassurante de Jean Bodin, il sembla qu'un nombre croissant de « sujets » risquait d'éroder la richesse des nations au lieu de

---

90. Notamment ceux des Français Jean-Jacques Carré, Paul Dubois et Edmond Malinvaud (*Abrégé de la croissance française : un essai d'analyse économique causale de l'après-guerre* [1973], 3e éd., Le Seuil, 1984) et de l'Américain Edward Denison (*Why Growth Rates Differ ? Postwar Experience in Nine Countries*, The Brookings Institution, 1967).

la stimuler. Un argument récurrent de l'économie du développement met en avant les coûts humains associés à une expansion démographique trop rapide : les frais d'éducation, de santé, de logement absorbent l'essentiel du revenu national et empêchent la constitution d'une épargne suffisante pour financer les investissements productifs. Les « coûts de l'homme » bloqueraient ainsi le développement. D'où une double orientation initiale des politiques de développement : contrôle quantitatif des naissances par la promotion des techniques de contraception et aide financière extérieure pour combler le déficit d'épargne.

Ce pessimisme malthusien n'est toutefois pas confirmé par les principales expériences réussies de rattrapage et de sortie de la pauvreté au XXe siècle, en Asie notamment. Le recul de la natalité (la fameuse « transition démographique ») y est une conséquence du développement et non un préalable. Qui plus est, on peut mettre en parallèle le succès de pays très mal dotés en ressources naturelles (Corée, Taiwan) et l'échec relatif de pays au sous-sol très riche (Algérie, Inde). Les facteurs dirimants semblent se situer davantage du côté du niveau d'éducation de la population, de la stabilité politique, de la cohésion sociale [Loi n° 16]. Bref, il y a manifestement dans l'analyse du développement un chaînon manquant : celui qui rend compte de la qualité de la mobilisation des hommes dans les processus productifs.

L'homme marchandise devient un capital

Cette lacune est en partie comblée par le concept de « capital humain » qu'introduisent Théodore Schultz et Jacob Mincer, en 1958. On entend par là les qualités, qualifications, connaissances et savoir-faire – innés ou accumulés par l'expérience et la formation – qui contribuent à la productivité d'un individu. L'erreur des économistes, jusqu'alors, avait été de considérer le travail humain comme une matière consommable, comme une *matière première* qui disparaît dans le processus de production. En réalité, pour l'entreprise comme pour la nation, un individu est un *capital*, c'est-à-dire un bien de production durable qui peut se bonifier et sur lequel on peut investir.

Cette idée change la conception des politiques du développement. En effet, les dépenses de santé et d'éducation ne sont plus considérées comme des coûts de fonctionnement qui limitent la capacité d'épargne et d'investissement. Elles constituent en réalité une épargne collective affectée à un investissement en capital humain qui conditionne le développement futur.

Investir dans la formation des hommes et leur qualité de vie enclenche un cercle vertueux : les progrès de la santé publique améliorent l'espérance de vie ; l'allongement de l'horizon temporel des choix individuels et collectifs élève la rentabilité des investissements en éducation ; l'éducation favorise à son tour le développement de l'hygiène et des soins médicaux ; la scolarisation des filles et le recul de la mortalité infantile favorisent la stabilisation de la fécondité, mieux que des politiques coercitives mal acceptées par les populations. L'amélioration du niveau d'éducation et de la santé a des effets positifs immédiats sur la productivité, mais surtout des effets cumulatifs sur les générations futures. L'investissement dans le savoir a des rendements fortement croissants, car le niveau d'éducation d'une génération dépend de celui de la génération précédente : plus une population est scolarisée, formée et qualifiée, plus l'éducation de la génération suivante sera aisée et rentable.

En dépit de son intérêt évident, il faudra une trentaine d'années avant que le concept ne soit réellement intégré dans l'analyse économique de la croissance, par Robert Lucas (1988), dans le nouveau cadre conceptuel offert par la *théorie de la croissance endogène*[91]. Il s'agit de ne plus traiter le progrès technique (le résidu inexpliqué) comme une donnée exogène (une manne tombée du ciel), mais comme un facteur endogène, c'est-à-dire expliqué par les modèles de croissance. Et les explications les plus convaincantes sur le plan théorique comme sur le plan empirique mettent en avant le rôle des dépenses d'éducation, de santé, de recherche et d'infra-structures. L'investissement en capital humain apparaît ainsi comme un facteur clef du développement.

---

91. Nous en proposons une présentation simplifiée dans *Introduction à la politique économique*, chap. 9, *op. cit.*

Du paternalisme au harcèlement moral

Qu'en est-il de cette nouvelle approche au niveau de l'entreprise ? Les employeurs doivent-ils choyer leurs employés, leur capital humain ? La nécessité d'obtenir la coopération des travailleurs et de développer la qualité de la main-d'œuvre s'est depuis longtemps imposée comme une évidence pour les patrons. Cela a produit diverses formes de paternalisme dès le XIXᵉ siècle, complétées au XXᵉ siècle par le pacte social fordiste [92]. Le développement des industries de consommation de masse nécessitait une abondante main-d'œuvre peu qualifiée, exécutant docilement les tâches définies par la direction, et un vaste marché de consommateurs. Ces deux exigences se trouvaient satisfaites par un pacte social échangeant la soumission des travailleurs au pouvoir des gestionnaires contre une forte élévation du pouvoir d'achat salarial. Cela n'effaçait pas pour autant toute contradiction d'intérêt entre employeurs et salariés, et la plupart des progrès des conditions de travail furent d'ailleurs le résultat de luttes syndicales et politiques. Mais ces conflits sociaux – provoqués par les méfaits d'un capitalisme initialement trop peu attentif à la dignité et à la qualité de vie des travailleurs – ont en réalité sauvé le capitalisme en le poussant aux compromis qui le rendaient

---

92. Du nom du constructeur automobile qui, au début du siècle, justifia sa politique de salaires élevés par le souci de transformer ses ouvriers en clients.

tolérable pour le facteur travail dont il ne pouvait se passer.

Au début des années 1970, l'épuisement progressif du modèle fordiste relança l'intérêt des entreprises pour le facteur humain. Les tâches élémentaires étaient de plus en plus confiées à des robots ou réalisées dans des PED. On avait besoin d'un travail plus qualifié, plus mobile, adaptable à des programmes de production plus complexes et plus réactifs aux fluctuations d'une demande plus exigeante et versatile. La coopération efficace des salariés ne se limitait plus à l'exécution d'une tâche simple et immédiatement contrôlable par un contremaître ou un chef de service : il fallait susciter chez le salarié une authentique volonté de coopération. D'où l'engouement grandissant pour la « gestion des ressources humaines », l'« implication » des salariés, la « participation », la « culture d'entreprise », etc. Dans le discours managérial, relayé par les gourous en vue, une « entreprise du troisième type [93] » (inspirée par la firme japonaise) semblait s'imposer : celle où la production devient une aventure humaine collective dont le succès est fondé sur l'engagement de chacun dans un projet commun.

Le choc social de la fin du XXᵉ siècle n'en fut que plus brutal. C'est en effet une entreprise d'un quatrième type qui défraya la chronique sociale des années 1980 et 1990 : celle où les exigences de rentabilité financière et la pression concurrentielle trans-

---

93. Titre du best-seller de Georges Archier et Hervé Serieyx [1984], 2ᵉ éd., Le Seuil, coll. « Points Économie », 2000.

forment l'aventure humaine collective en guerre permanente pour sauver sa peau, où la menace du chômage permet au chef de service de harceler les femmes, où des cadres dirigeants organisent des concours de licenciements, où l'on pousse des salariés à la démission, voire au suicide, pour éviter le versement d'indemnités de licenciement [94].

Que s'est-il donc passé ? Qu'est-ce qui a changé pour qu'on passe quasiment sans transition du paternalisme au harcèlement moral ? Fondamentalement, la logique des entreprises et des entrepreneurs n'a guère changé. C'est leur environnement qui s'est trouvé bouleversé dans le dernier quart du siècle, les plongeant dans un monde nouveau de concurrence accrue où l'exigence de profitabilité domine toutes les autres finalités de la production.

Capital humain ou machines humaines ?

Au cours de cette période, en effet, une série de facteurs technologiques et politiques ont brisé le pacte social des Trente Glorieuses, exacerbé la compétition mondiale et renversé le rapport de forces au profit du capital financier et au détriment du travail : la montée de « classes moyennes » épargnantes, propriétaires de

---

[94]. Ces généralités restent relativement douces au regard des cas réels exposés notamment par Christophe Dejours, *Souffrances en France*, Le Seuil, 1998, Marie-France Hirigoyen, *Le Harcèlement moral : la violence perverse au quotidien*, Syros, 1998, ou encore Heinz Leymann, *La Persécution au travail* [1993], Le Seuil, 1996.

logements, et donc plus soucieuses de faible inflation et de taux d'intérêts élevés que de lutte contre l'exclusion des moins qualifiés ; la libéralisation des mouvements de capitaux et les politiques monétaires rigoureuses qui, en favorisant le financement par les marchés financiers, redistribuent le pouvoir de gestion au profit des grands actionnaires ; la déréglementation et l'émergence de nouveaux pays industriels qui élargissent le champ et l'intensité de la concurrence ; les nouvelles technologies qui rendent la production moins dépendante d'une main-d'œuvre peu qualifiée ; le chômage et la pauvreté de masse contraignant ceux qui conservent leur emploi à se soumettre aux exigences des employeurs ; la disparition de la menace politique interne et externe que constituait le communisme ; le déclin du syndicalisme, etc.

Tout cela crée un environnement dans lequel les salariés n'ont plus que deux options sur trois [95] dans leur relation à l'employeur : se démettre (*exit*) ou se soumettre (*loyalty*) ; la troisième option, la discussion et la négociation (*voice*), se réduit comme une peau de chagrin. Dans ce contexte, l'engouement managérial pour l'investissement en capital humain et la gestion des ressources humaines, loin de refléter une humanisation de l'entreprise, masque plutôt un *statu quo* ou une régression sociale. On ne négocie pas avec une « ressource », on la gère. Le glissement conceptuel du travail « mar-

---

[95]. Nous reprenons ici la typologie classique proposée par Albert Otto Hirshman dans *Exit, Voice and Loyalty : Responses to Decline in Firms, Organizations and States*, Harvard University Press, 1970.

chandise ordinaire » vers le travail « capital humain » n'altère en rien la considération de l'homme comme un facteur (et non comme la finalité) de la production ; tout au plus incite-t-il à traiter les travailleurs comme des machines humaines. *Les travailleurs qualifiés n'échappent à leur remplacement par des machines qu'à la condition de consentir à devenir eux-mêmes des machines dociles*, flexibles et toujours susceptibles d'être mises au rebut si leur rendement ne satisfait pas les exigences des actionnaires. Une machine n'est pas moins « jetable » qu'une matière première [96]. Les travailleurs les moins qualifiés – qui ne sont même pas dignes d'être considérés comme un capital humain – ne peuvent pour leur part qu'être soumis à une exploitation encore plus sauvage qu'à l'époque où le capital était contraint à de multiples compromis par l'État et les syndicats. Aucun directeur des ressources humaines ne s'offusque qu'une caissière de la grande distribution laisse ses enfants où elle peut à sept heures du matin, supporte une à deux heures de transports en commun, prenne ensuite son service pour quelques heures seulement, doive le reprendre en milieu ou en fin d'après-midi, avant de rentrer chez elle pour, dans le meilleur des cas, coucher ses enfants.

La préoccupation des entreprises pour le bien-être de leurs employés est donc sélective car il ne constitue pas à leurs yeux un bien en soi ; c'est seulement un investissement parfois nécessaire pour être mieux armé dans la concurrence. Les conseils d'administration jugent la pertinence d'une politique du personnel

---

[96]. Voir Gérard Filoche, *Le Travail jetable*, Ramsay, 1997.

non pas avec des indicateurs de bonheur des salariés, mais en regardant la dernière ligne du compte d'exploitation. Les firmes mobilisent leurs travailleurs comme on mobilise des troupes pour une guerre. L'attention portée à l'homme comme instrument est ainsi complètement tributaire de la fin poursuivie : la guerre économique ; elle ne se préoccupe pas de savoir si les hommes sont heureux d'être en guerre.

Mais dans quelle mesure peut-on incriminer un directeur du personnel dont la marge de manœuvre se limite à faire ce qu'on lui demande ou à être remplacé par un autre qui le fera tout aussi bien ? Ce n'est peut-être pas tant l'entreprise que la société qui est inhumaine. L'entreprise n'est qu'un lieu de combinaison de facteurs de production dans un environnement de contraintes déterminées par son marché. La concurrence la contraint à optimiser l'usage de ces « facteurs » dans le cadre de règles du jeu qu'elle ne choisit pas. C'est la communauté nationale qui définit les finalités, les modalités du « bien-vivre ». Citons à ce propos un extrait de notre « Manifeste pour l'économie humaine [97] » soutenu par plusieurs centaines d'économistes d'une trentaine de pays :

« Il convient en effet de ne pas déduire ce que sont les aspirations profondes des entrepreneurs de la seule observation de comportements largement contraints par la logique de guerre économique qui tend à gouverner leurs marchés. Rappelons tout d'abord que l'immense majorité des entreprises sont des micro-

---

97. Jacques Généreux, « Manifeste pour l'économie humaine », art. cit.

entreprises (individuelles ou avec quelques salariés) et des PME (petites et moyennes entreprises) dont les patrons ont des préoccupations et des contraintes qui n'ont rien à voir avec celles des dirigeants de firmes multinationales. Les salariés eux-mêmes, quand ils restent au contact de leur employeur, pourraient témoigner qu'un chef d'entreprise ne peut être assimilé à la caricature du capitaliste avide de profits personnels, indifférent à la misère du monde et viscéralement hostile aux interventions de l'État.

« L'entreprise, pour son créateur ou ses dirigeants, est aussi souvent l'entreprise d'une vie, une action où la quête de sens et de reconnaissance coexiste avec celle du profit, ce dernier constituant plus un outil qu'une fin en soi. Et l'entrepreneur n'est pas qu'un entrepreneur : il est aussi un père ou une mère de famille, un(e) citoyen(ne), une personne animée par bien d'autres choses que la quête de profits monétaires. Mais la concurrence exacerbée par la libéralisation générale des échanges, quand elle n'est pas accompagnée par des règles communes définissant les limites de la concurrence acceptable, peut contraindre l'entrepreneur à se comporter *comme si* le profit était la fin ultime de son action. Quand il y va de la survie de son entreprise, de la défense de l'œuvre commune accomplie avec les salariés, de la sauvegarde des emplois qui peuvent être sauvés, le chef d'entreprise peut se trouver en proie à des conflits d'objectifs insolubles. Car l'acteur individuel ne change pas les règles du jeu en refusant de les appliquer.

« C'est pourquoi nombre d'entrepreneurs, loin d'attendre des économistes la diffusion de dogmes libéraux et, des responsables politiques, l'abolition des contraintes publiques, espèrent en réalité le contraire. Des économistes, ils attendent une réflexion sur l'organisation d'un système économique qui rendrait les vertus d'une saine concurrence compatibles avec les exigences du développement humain. Des politiques, ils attendent la capacité de faire respecter de nouvelles règles du jeu par tous les acteurs intervenant sur leurs marchés. »

Entreprise citoyenne ou cité humaine ?

Nous voilà revenu à notre dilemme du prisonnier : aucun joueur ne peut seul faire triompher des valeurs qui sont bafouées par les autres joueurs. Certes, on peut se réjouir de voir de plus en plus de cadres dirigeants et de patrons se préoccuper à nouveau d'éthique des affaires et d'humanisation des relations de travail. Sans être tout à fait cynique, soulignons tout de même qu'il a fallu pour cela qu'apparaissent clairement les effets pervers d'une trop longue inhumanité : absentéisme, stress, conflits internes, rétention d'informations, perte de savoir-faire et de mémoire (avec l'éviction massive des travailleurs âgés), etc. Ajoutons que la prise de conscience, par les consommateurs, de l'incidence psychologique, sociale et environnementale des méthodes de gestion et de production engendre une pression nouvelle du marché en faveur d'entreprises socialement responsables.

Ainsi, vingt ans après, on mesure de mieux en mieux le coût gigantesque d'une économie inhumaine, et l'on en vient à se dire notamment que l'investissement dans un meilleur traitement des travailleurs serait sans doute rentable. C'est dans ce contexte d'intérêt bien compris qu'il faut donc restituer l'affichage de nouvelles aspirations, éthique et citoyenne, de l'entreprise. Mais il serait illusoire de compter sur la seule bonne volonté des patrons et la pression des marchés pour remettre l'économie à l'endroit, c'est-à-dire au service des hommes et des femmes. L'intérêt bien compris des firmes ne les conduit à se préoccuper de la qualité de vie de leurs salariés que dans la mesure et au moment où cela est susceptible d'améliorer leur rentabilité. Seules des normes communes à toutes les entreprises, contrôlées et sanctionnées par des institutions, garantiront qu'il en soit ainsi toujours et partout. Ainsi, *dans une cité bien ordonnée, on n'a nul besoin d'entreprises « citoyennes »* : des entreprises efficaces qui se contentent de respecter les lois voulues par les citoyens font largement l'affaire.

C'est aussi à la communauté des citoyens et à leurs élus de chercher à promouvoir les autres dimensions de la richesse (familiale, culturelle, politique) que Dominique Méda[98] a si brillamment défendues. Car s'il n'est de richesse que d'hommes, cela implique un regard critique sur la croyance encore bien ancrée qu'une forte croissance économique suffit à nous ouvrir la voie du développement humain.

---

98. Dominique Méda, *Qu'est-ce que la richesse ?*, Aubier, 1999.

Loi n° 14

La croissance n'est pas le développement

À première vue, cette « vraie loi » est quasi triviale. La *croissance* économique, c'est l'augmentation, au cours d'une période donnée, d'un indicateur synthétique de production (habituellement le pourcentage annuel d'augmentation du produit intérieur brut). Le *développement* est un processus de transformation des techniques et des structures économiques, politiques et sociales qui engendre le recul de la pauvreté, l'augmentation du niveau de vie (revenu par habitant) et d'éducation, l'allongement de l'espérance de vie. En bref, le développement améliore la qualité de vie des individus et leur capacité à exercer leurs libertés.

La sagesse des fondateurs de l'économie politique

Au vu de ces définitions sommaires, trois évidences s'imposent.

1) Nous avons affaire à deux concepts de nature radicalement différente. La croissance désigne un

phénomène *quantitatif*, circonscrit dans le temps (une période donnée) et dans l'espace (uniquement les productions mesurables). Le développement est un processus à long terme essentiellement *qualitatif* dans ses modalités (mutations structurelles) et dans ses résultats (qualité de vie). La croissance est un indicateur statistique de performance dans la production de biens et services ; le développement est la transcription économique et sociale de l'idée de progrès humain.

2) Le développement est une *fin* en soi, la croissance est un *instrument* subordonné au développement. Il va de soi que le progrès de la qualité de vie des hommes, leur capacité à satisfaire leurs aspirations et à exercer pleinement leur liberté sont des fins légitimes. En revanche, aucun impératif éthique ou logique ne permet d'affirmer que l'augmentation de la quantité de biens et services constitue un bien en soi. La croissance n'est pas une fin, elle est un moyen dont la performance se mesure par sa contribution au développement.

3) La croissance est limitée, le développement est potentiellement illimité. La croissance est physiquement bornée par la disponibilité des ressources naturelles non renouvelables qui sont nécessaires à la production. Elle devrait aussi l'être politiquement, à chaque fois qu'elle devient contradictoire avec la seule finalité légitime que constitue le développement. Ce dernier ne connaît pas la même limite naturelle que la croissance parce que son progrès dépend pour une large part d'une ingénierie sociale, culturelle et politique qui ne consomme que des ressour-

ces indéfiniment reproductibles : la parole, le temps, la réflexion, la qualité des relations humaines, etc.

Dans une assez large mesure, jusqu'au XIXe siècle, ces évidences s'imposaient à l'esprit des pères fondateurs de l'économie politique, et notamment des « classiques ». Rien ne leur était plus étranger que notre préoccupation contemporaine à propos du taux de croissance du dernier ou du prochain semestre. Ils s'intéressaient à la nature, aux causes, aux conséquences et à la répartition de la richesse des nations, au devenir de ces dernières à long terme, à la capacité d'un système économique fondé sur l'intérêt individuel à servir l'intérêt général. Comme nous l'avons montré [Loi n° 13], certains d'entre eux – tel le pasteur Malthus – étaient très pessimistes quant aux limites du progrès imposées par la rareté absolue des ressources naturelles non reproductibles. Le courant dominant, celui d'Adam Smith et de David Ricardo, était convaincu qu'à partir d'un certain niveau de population la croissance s'arrêterait et laisserait place à un état stationnaire. Mais ce n'était pas là en soi une perspective alarmante, dans la mesure où l'essentiel n'était pas que la croissance perdure mais qu'elle s'arrête à un niveau suffisant de satisfaction des besoins humains. Autrement dit, dans un bon système économique et social, l'état stationnaire pourrait n'être qu'un équilibre harmonieux et équitable entre les aspirations humaines, le niveau de la population et les ressources naturelles.

Au fond, avant l'essor des paradigmes néoclassique et marxiste qui ne s'affronteront vraiment qu'au

XXᵉ siècle, l'utopie commune aux penseurs de l'économie n'était assurément pas un monde où l'homme serait condamné à produire toujours plus, mais plutôt une société apaisée, équilibrée, une humanité épanouie et donc libérée de la nécessité de croître. Les divergences restaient vives quant au chemin idéal conduisant vers cette harmonie finale. Les libéraux fondaient l'essentiel de leurs espoirs sur l'essor de la libre entreprise, des échanges et des contrats dans un cadre juridique et politique fort garantissant une concurrence loyale. Les socialistes comptaient davantage sur le développement de la libre association et de la solidarité collective. À la fin du XIXᵉ siècle, coexistaient ainsi une utopie libérale anglo-saxonne et une utopie socialiste française. Elles ne devaient pas tarder à se trouver supplantées par l'idéologie du productivisme et de la croissance.

L'irrésistible essor d'une religion de la croissance

Au XXᵉ siècle, en effet, changement de décor intellectuel ! Le formidable essor de la production matérielle et de la productivité relègue pour longtemps au cimetière des erreurs de prévision les inquiétudes et les réserves des classiques à l'égard de la soutenabilité d'une croissance infinie. De plus, dans les pays occidentaux et au Japon, la coïncidence flagrante entre l'industrialisation rapide et le progrès général et considérable du niveau de vie, de l'éducation, de l'espérance de vie, de la démocratie, estompe la différence entre croissance et développement. De toute évidence l'un ne va pas sans l'autre. Le mot « développement » est d'ailleurs quasiment absent du vocabulaire courant et des modèles économiques avant les années 1950. Dans les pays riches du Nord, la macroéconomie dynamique (initiée par R. F. Harrod en 1939, pour la branche keynésienne, puis par Robert Solow, en 1956, pour la branche néoclassique) et les politiques économiques ne se préoccupent guère que de la croissance, implicitement considérée comme dispensatrice de tous les bienfaits du développement.

Le fait que la majeure partie du monde reste encore à l'écart des progrès fabuleux constatés dans les pays du Nord suscite toutefois un doute sérieux sur la pertinence d'une simple théorie anglo-saxonne de la croissance pour rendre compte de la situation des pays pauvres. L'interprétation libérale de cet écart, incarnée notamment par Walt Rostow (*Les Étapes de la croissance économique*, 1960), considère qu'il s'agit d'un simple retard, chaque pays étant appelé à suivre une suite d'étapes de la croissance relativement similaires.

À l'opposé de cette démarche, une « économie du développement » se constitue alors comme une branche autonome de l'analyse économique [99], en soulignant que les pays pauvres ne peuvent pas simplement reproduire la trajectoire des vieux pays industriels depuis le XVIIIe siècle. Leur environne-

---

99. Voir Elsa Assidon, *Les Théories du développement*, La Découverte, 2000.

ment technologique, démographique, culturel, institutionnel est en effet radicalement différent de celui qui a engendré les révolutions industrielles au nord. À défaut de stratégies spécifiques pilotées par les États, les pays du Sud peuvent rester piégés dans la pauvreté et le non-développement. Mais cette opposition entre la thèse d'un simple *retard* et celle d'un *blocage* du développement masque à peine un même culte de la croissance industrielle comme priorité politique.

Les premiers débats de l'économie du développement portent sur le poids relatif de l'État et du marché, sur les vertus comparées d'une attaque frontale dans un vaste ensemble de secteurs (R. Rosenstein-Rodan, 1943 ; R. Nurkse, 1961) et d'une politique ciblée sur quelques industries clefs susceptibles d'effets d'entraînement (A. O. Hirschman, 1958 et G. Destanne de Bernis, 1966), sur la priorité à l'essor et à la diversification des exportations ou à la substitution de produits nationaux aux importations, sur l'éventuelle domination du Sud par le Nord, etc. Mais le but opérationnel universel est bien celui d'une croissance industrielle qui en vient à se confondre avec l'objectif du développement.

Cette religion de la croissance industrielle inspire aussi la planification dans les pays communistes. L'utopie marxiste est d'ailleurs fondée sur l'idée que le progrès technique et la mobilisation du prolétariat – rendue plus efficace par l'abolition de l'aliénation du travail et de la lutte des classes – engendreront l'abondance des productions matérielles autorisant une société égalitaire où chacun agit selon ses capacités et reçoit selon ses besoins[100]. Les pays communistes poussent le culte du productivisme jusqu'à ne prendre en compte que les biens matériels dans l'évaluation comptable du produit national.

La rupture avortée des années 1970 et le regain du productivisme

Dès les années 1970, toutefois, tout indique les dangers d'une confiance aveugle dans les vertus de la croissance et de l'industrialisation à marche forcée. L'échec de bien des stratégies de développement, trop exclusivement fondées sur l'expansion des productions industrielles, est patent dans les pays communistes comme dans les pays en développement. Ces derniers ont parfois battu des records de croissance, mais sans enclencher de véritable processus de développement et d'éradication de la pauvreté (Brésil, Algérie, Inde, par exemple).

Avec les chocs pétroliers et les premières inquiétudes sur la détérioration de l'environnement, les pays riches redécouvrent la vulnérabilité de leur mode de croissance. C'est aussi l'époque d'une réflexion théorique intense sur les limites biophysiques de la

---

[100]. Sur l'adhésion commune des économies de marché et planifiées au culte de la croissance, voir Takis Fotopoulos, *Towards Inclusive Democracy*, 1998 ; adaptation française : *Vers une démocratie générale*, Le Seuil, coll. « Économie humaine », 2002.

croissance : premier rapport commandé par le Club de Rome (D. H. Meadows *et al.*, *Limits to Growth*, 1972), travaux de Nicholas Georgescu-Roegen (*The Entropy Law and the Economic Process*, 1971) ou de René Passet (*L'Économique et le Vivant*, 1979), notamment. Sous la direction de Robert McNamara, la Banque mondiale remet la lutte contre la pauvreté au centre de ses préoccupations et suggère une nouvelle approche du développement fondée sur la satisfaction prioritaire des besoins essentiels. En 1972, devant l'assemblée générale de la Banque mondiale, McNamara déclare ainsi : « Lorsque les privilégiés sont peu nombreux et les désespérément pauvres la majorité […] ce n'est qu'une question de temps avant qu'un choix décisif ne s'impose entre le coût politique d'une réforme et le risque politique d'une révolution. C'est la raison pour laquelle les politiques d'éradication de la pauvreté dans les pays sous-développés s'imposent non seulement par principe mais par prudence. La justice sociale n'est pas principalement un impératif moral, elle est un impératif politique. » C'est aussi en 1972 que se tient à Stockholm la première conférence des Nations unies pour l'environnement.

Mais la remise en question de la priorité à la croissance tombe mal, en plein ralentissement de la croissance justement. Les années 1970 sont en effet marquées par un recul brutal du rythme de progression du PIB et la montée concomitante du chômage. Aussi, quelles que soient les nouvelles inquiétudes et les mises en garde des théoriciens, la croissance du PIB reste plus que jamais une nécessité politique pour préserver les emplois et atténuer les conflits pour la répartition du revenu. Elle demeure aussi une nécessité économique pour les entreprises confrontées à une concurrence internationale de plus en plus vive et à la relative saturation des marchés de consommation qui ont fait leur prospérité durant les Trente Glorieuses. Il leur faut ouvrir de nouveaux marchés dans le monde, créer indéfiniment de nouveaux produits par l'innovation technologique, programmer l'obsolescence accélérée des produits pour inciter les ménages à renouveler plus vite leurs équipements.

Tout le monde sait bien que cette course à la croissance maximise aussi les nuisances collectives (pollution, accumulation de déchets non recyclables, etc.). Mais ce ne sont pas des entreprises condamnées à croître ou à disparaître qui peuvent intégrer cette préoccupation. Seule une régulation politique pourrait freiner la course et réaffirmer la priorité d'un développement équilibré et écologiquement soutenable. Mais, après trente ans d'interventionnisme politique croissant, la crise sociale des pays riches et l'échec de la planification socialiste ont décrédibilisé l'État et renversé le rapport de forces politique en faveur du libéralisme qui, à l'orée des années 1980, domine les gouvernements de la plupart des grands pays industriels. C'est donc la dérégulation et la libéralisation de l'économie qui l'emportent alors et soumettent les entrepreneurs à une compétition mondiale exacerbée. Dès lors, face aux exigences renforcées de rentabilité financière, la montée des préoccupations et des mouvements écologistes est impuissante à entamer la dévotion au culte de la croissance [101].

Du consensus de Washington au développement humain et durable

Dans les années 1980, forts de leur victoire politique et de la dépendance financière des PED (en pleine crise de surendettement), les libéraux qui gouvernent à la Maison-Blanche comme à la tête des grandes institutions financières internationales (IFS) vont imposer aux PED un modèle de croissance sans développement. Ce qu'on appellera le « consensus de Washington [102] », et qui se traduit par les fameux « plans d'ajustement structurel », n'est au fond qu'un retour à la vision simpliste que les économistes libéraux avaient du développement dans les années 1960. À savoir : tous les pays du monde ont potentiellement vocation à suivre le même chemin de croissance que les vieux pays industriels à condition de se débarrasser de leur surplus d'intervention étatique et de combler leur déficit de marché et de libre-échange. *Exit* donc « l'économie du développement » dont on a pu constater les maigres perfor-

---

101. Sur l'idéologie de la croissance et ses méfaits, voir Christian Coméliau, *Les Impasses de la modernité*, Le Seuil, coll. « Économie humaine », 2000.
102. Terme proposé en 1990 par un haut fonctionnaire de la Banque mondiale, John Williamson. Il désigne ainsi la liste des prescriptions du FMI et de la Banque mondiale pour engager la réforme économique dans les PED.

mances, et retour à la bonne vieille croissance par l'ouverture aux échanges internationaux et la libération interne de l'initiative privée. Il suffit de rendre les PED attractifs pour les capitaux privés en leur imposant les règles ordinaires du jeu économique mondial pour déclencher la croissance, et la croissance fera le reste ! Chemin faisant, cette nouvelle stratégie a le grand mérite d'être conforme aux aspirations des économies dominantes : élargir le marché mondial et les opportunités d'investissement du capital, substituer des financements privés à l'aide publique au développement.

On connaît le piètre résultat des plans d'ajustement structurel. De l'aveu même de la Banque mondiale (dans ses études d'évaluation des années 1990), ils n'ont pas tenu leurs promesses en termes de développement et de recul de la pauvreté. Mais comment auraient-ils pu tenir des promesses qu'ils ne comportaient pas dès l'origine, puisque essentiellement tournés vers la croissance de productions échangeables sur le marché mondial ? Promettant la croissance, ils l'ont parfois obtenue (parfois seulement) mais trop souvent sans le développement. La libéralisation financière et l'ouverture aux capitaux étrangers ont montré leurs limites dans les crises financières à répétition des années 1990 dans les pays dits « émergents ». La destruction brutale de l'État et du droit au profit de la loi du marché a plongé la Russie dans le chaos.

Il faudra malheureusement attendre que cette idéologie de la croissance marchande soit décrédibilisée par des catastrophes financières et sociales, pour que les politiques et les IFS prêtent à nouveau une oreille attentive aux progrès de l'économie du développement et de l'économie tout court qui prenaient dans les années 1980 un chemin opposé aux politiques dominantes [103]. Ainsi les recherches d'Amartya Sen sur les famines, la pauvreté et la justice, vont inspirer les travaux du PNUD [104] sur le *développement humain*, à partir de 1990. Le développement humain, c'est l'essor des capacités et des droits réels des personnes qui leur permet non seulement d'accéder aux biens essentiels mais aussi d'exercer une liberté effective de choisir leur vie. Le rapport Bruntland (1987), entre autres travaux, va initier la réflexion sur le *développement durable*, entendu comme celui qui laisse aux générations futures un patrimoine naturel préservé et les capacités d'atteindre au moins un niveau de développement équivalent. L'idée fait son chemin dans la communauté politique internationale qui commence à prendre des engagements en ce sens (Sommet de la Terre de Rio, en 1992, protocole de Kyoto, en 1997, Sommet mondial sur le développement durable de Johannesburg, en 2002).

Parallèlement à ces travaux spécifiques à l'économie du développement, la théorie économique générale a achevé de laminer le paradigme néoclassique du marché efficient qui constitue la colonne verté-

---

103. Voir le remarquable panorama de Robert Boyer, « L'après-consensus de Washington : institutionnalisme et systémique ? », in *L'Année de la régulation*, n° 5, 2001-2002, Presses de Sciences-Po.
104. PNUD : Programme des Nations unies pour le développement.

brale intellectuelle des artisans du consensus de Washington [Lois n° 3 et n° 4][105]. Les théories de la croissance endogène et celles des néokeynésiens sur les asymétries d'information (G. Akerlov, J. Stiglitz, M. Spence) ont réhabilité le rôle de l'État. L'école de la régulation (R. Boyer, M. Aglietta) et l'économie des institutions (D. North, M. Aoki) ont démontré le rôle incontournable des conventions sociales, du droit, des institutions politiques.

Faut-il en finir avec la croissance ?

Ainsi, après un long détour productiviste, on sait bien aujourd'hui que le développement ne se résume pas à la maximisation de la production marchande, qu'il ne passe pas par la marchéisation de la société (*i.e.* l'extension de la logique marchande à toutes les sphères d'activité) mais bien au contraire par la resocialisation du marché (*i.e.* son intégration dans un cadre institutionnel conçu pour réorienter la sphère marchande au service des finalités de la société).

Mais on ne se libérera pas aisément de l'idéologie de la croissance marchande. Il reste un long chemin à parcourir pour admettre que la croissance nécessaire des productions matérielles dans les pays pauvres exige, pour être soutenable à l'échelle planétaire, leur décroissance dans les pays riches. Un long chemin pour tirer toutes les conclusions de ce constat

---

105. Voir aussi R. Boyer, « L'après-consensus de Washington… », art. cit.

pourtant élémentaire : un individu disposant de conditions de vie matérielles confortables peut continuellement étendre son bien-être par la culture, l'émerveillement, le partage, l'amour, la convivialité, la quête du sens, toutes choses qui ne consomment qu'une énergie humaine reproductible à l'infini.

Si toutefois l'humanité s'engage sur ce long chemin, la croissance a un bel avenir dans de multiples domaines : le recyclage, les énergies renouvelables et non polluantes, les productions matérielles soutenables pour les générations futures, les services et, notamment, les services aux personnes, en un mot, toutes les activités dont la croissance sert le développement humain.

Loi n° 15

La loi des rendements croissants

Nos deux dernières lois, centrées sur la nature et les sources de la croissance et du développement, ont tourné autour d'une question centrale sans la traiter explicitement : les activités humaines peuvent-elles indéfiniment engendrer pour chaque individu toujours plus de richesses qu'elles n'en consomment ? Le « rendement », ou produit net par tête, peut-il croître continuellement ? Pour un observateur néophyte de l'économie, la réponse à cette question est triviale : depuis plus de deux siècles, dans les pays industrialisés, la production par habitant n'a cessé de croître, excepté au cours de brèves périodes de récession. Ce progrès continu est tellement banalisé dans la culture occidentale que les taux de croissance qui ont fait les premières révolutions industrielles (0,5 % à 1,5 % par an) nous semblent aujourd'hui catastrophiques. Il ne nous suffit pas d'avoir « toujours plus », il nous faut « encore plus ». Aussi la question de savoir si les rendements sont croissants ne se pose pas ; il nous arrive seulement de regretter qu'ils ne le soient pas davantage.

Pourtant, curieusement, la théorie économique dominante a construit son modèle sur une *loi des rendements décroissants*, puis une *loi des rendements constants*. Pendant deux siècles, la théorie orthodoxe a semblé incroyablement plus pessimiste que la réalité et la société. Mais dans un chassé-croisé remarquable, depuis les années 1980, c'est l'inverse qui se produit : au moment où la prise de conscience des risques écologiques majeurs conduit la société à s'interroger sur la soutenabilité de la croissance, les nouvelles théories de la croissance se mettent à croire soudain aux rendements croissants. Tentons de démêler ce qui ressemble à un sac de nœuds en reprenant l'histoire depuis son commencement.

Rendement des facteurs et rendement d'échelle

On doit à Anne-Robert-Jacques Turgot [106] le premier énoncé correct de la loi des rendements décroissants (en 1767), initialement appliqué à l'agriculture : si, pour cultiver un terrain donné, on emploie une quantité croissante d'un facteur de production (travail ou capital), le supplément de production engendré par chaque unité supplémentaire de facteur commence par augmenter, jusqu'au point où la com-

---

106. Soulignons à cette occasion l'apport essentiel et longtemps négligé de ce pionnier. Voici ce qu'en disait Joseph Schumpeter : « Ce n'est pas trop dire que l'analyse économique a mis un siècle pour en venir là où elle aurait pu en venir vingt ans après la publication du traité de Turgot, si des spécialistes suffisamment subtils en avaient convenablement compris et assimilé le contenu » (*Histoire de l'analyse économique, I. L'âge des fondateurs* [1954], Gallimard, 1983, p. 351).

binaison des facteurs est optimale ; au-delà, le supplément de production diminue et tend vers zéro. Il faut attendre la fin du XIXᵉ siècle et la théorie néoclassique pour généraliser cette loi à tous les secteurs d'activité et établir son énoncé moderne : *pour un état des techniques donné, si l'on emploie une quantité croissante d'un facteur, tous les autres facteurs étant fixes, la productivité marginale de ce facteur finit nécessairement par décroître.*

Pour comprendre cette nécessité, il suffit d'imaginer un atelier de production quelconque dans lequel on recrute un ouvrier supplémentaire chaque jour. Les premiers jours les ouvriers sont trop peu nombreux pour tirer le meilleur parti des équipements disponibles ; chaque ouvrier supplémentaire augmente alors la productivité davantage que ses prédécesseurs parce qu'il permet une utilisation plus complète du capital jusqu'au moment où on atteint le rapport techniquement idéal entre le nombre de travailleurs et le capital disponible ; au-delà, les nouveaux ouvriers augmentent encore la production, mais moins que leurs prédécesseurs parce que le capital par ouvrier diminue et s'écarte du rapport idéal ; la productivité marginale diminue jusqu'à être nulle (au moment où l'ouvrier supplémentaire ne peut rien produire de plus parce qu'il ne dispose plus des équipements nécessaires).

Mais le fait que la productivité du travail soit finalement décroissante *à une époque et dans une entreprise données* où l'on ne peut modifier ni les techniques, ni les équipements employés, n'implique en rien que la productivité générale d'une économie *soit toujours décroissante à long terme*, quand on peut tout changer, c'est-à-dire précisément faire tout ce qui est possible pour améliorer la productivité. Pour éviter toute confusion entre ces deux aspects du problème, on opère une distinction entre le « rendement factoriel » (celui dont parle Turgot) qui est la productivité *d'un seul facteur variable,* quand les autres facteurs sont fixes, et le « rendement d'échelle » (productivité d'un facteur quand tous les facteurs varient dans les mêmes proportions).

La loi des rendements factoriels décroissants, principe logique en un instant figé de l'histoire, est compatible avec une croissance des rendements d'échelle, au fil de l'histoire, quand on développe la taille des unités de production. Les classiques ont le plus souvent pensé que les rendements d'échelle étaient décroissants dans l'agriculture, parce que l'expansion nécessitait la mise en culture de terres de moins en moins fertiles (dans la loi n° 13, nous avons montré comment cette hypothèse conduisait à prédire la convergence inévitable vers un état stationnaire de croissance zéro). En revanche, nombre d'économistes ont pensé que les rendements d'échelle pouvaient être croissants dans l'industrie. Dès 1613, Antonio Serra montre qu'en présence de coûts fixes le développement de l'échelle de production entraîne une baisse du coût moyen (équivalant à une hausse du produit net moyen). En 1776, Adam Smith explique que la grande manufacture améliore le rendement en permettant une meilleure division du travail que dans les unités de production artisanales. Le néoclassique Alfred Marshall (1890) met en évidence les externalités positives liées à la taille d'une industrie : chaque entreprise particulière bénéficie d'un environnement (technologie, main-d'œuvre, savoir-faire, infrastructures) d'autant plus favorable que l'ensemble de l'industrie se développe ; la firme profite ainsi d'un gain de productivité externe.

Malgré toutes ces bonnes raisons de croire aux rendements croissants, la théorie néoclassique va privilégier une loi des rendements non croissants à long terme : les rendements d'échelle peuvent être *temporairement* croissants, mais pas *définitivement*. En effet, dans le cadre d'une technique donnée, les entreprises rationnelles vont toutes développer leur taille jusqu'à *l'échelle minimale efficiente* qui permet d'organiser la division du travail optimale. Au-delà de cette taille optimale, il n'y a plus d'économies d'échelle à réaliser. Pis, les coûts fixes d'installation, de gestion et d'organisation, que l'on peut amortir sur une production croissante, ne sont pas éternellement fixes : une fois passée la taille optimale, ils recommencent à progresser ; on entre alors dans une phase de *déséconomies d'échelle* et de rendements décroissants.

La magie du progrès technique

Voilà pour une tentative de justification concrète de l'hypothèse néoclassique initiale. Mais elle ne tient pas la route. Des entreprises rationnelles motivées par la maximisation des profits ne resteront pas passives face à l'épuisement des rendements croissants. Si les économies d'échelle ne sont plus possibles dans le cadre d'une technique donnée, elles chercheront à modifier la technique, à substituer du capital au travail, pour abaisser le coût moyen. Elles (et surtout de nouveaux entrepreneurs) inventeront de nouveaux produits, c'est-à-dire de nouvelles industries où les premiers arrivés jouiront de rentes de monopoles temporaires et où tous les suivants pourront encore jouir des économies d'échelle engendrées par la taille croissante du marché et des unités de production. Ainsi s'amorce un processus sans fin d'innovation (clairement identifié par Joseph Schumpeter dès 1912) dont l'objet est précisément de toujours repousser les rendements décroissants quand ils finissent par se présenter.

Ce n'est donc pas la réalité qui inspire l'hypothèse des rendements non croissants, mais les seuls besoins de la théorie néoclassique de l'équilibre général. Cette dernière suppose en effet des entreprises atomistiques en concurrence pure et parfaite : elle ne tolère donc pas des rendements croissants susceptibles de porter la taille minimale efficiente des entreprises à un niveau où la taille du marché ne peut supporter la présence de plus de quelques entreprises (oligopole), voire d'une seule (monopole). Elle ne tolère pas davantage un processus d'innovation technique fondé sur la quête des rentes de monopoles. Et puisque l'équilibre général et l'allocation efficace des ressources sont censés garantis par un système de prix qui transmet aux acteurs toutes les informations utiles, il est incompatible avec des externalités procurant aux firmes des gains qui ne seraient pas reflétés dans les prix, et donc pas intégrés dans leur calcul. En 1951, Arrow et Debreu apporteront la démonstration formelle que l'équilibre général n'est possible que s'il y a concurrence pure et parfaite, pas de coûts fixes, pas d'externalités, pas de rendements croissants. Par conséquent, intégrer réellement le phénomène de croissance des rendements et les raisons qui l'engendrent supposait de rejeter la théorie de l'équilibre général.

Mais comment sauver une théorie qui suppose des rendements non croissants, quand deux siècles d'histoire affichent la croissance continuelle de la productivité ? Il suffisait pour cela d'imaginer une théorie de la croissance compatible avec la non-croissance de la productivité du travail et du capital ! Ce fut l'œuvre de Robert Solow en 1956. Dans une fonction de production à deux facteurs (travail et capital), l'hypothèse des rendements constants est compatible avec la croissance continuelle de la production si l'on introduit un troisième facteur : le progrès technique, facteur magique qui a la propriété d'améliorer l'efficacité globale des deux autres. D'où vient ce miracle permanent de l'économie ? On n'en sait rien. Il vient d'ailleurs, il est *exogène*. Que cette astuce ne constitue qu'une façon de baptiser notre ignorance des sources effectives de la croissance ne dérangea pas le courant néoclassique, dont le but n'était pas tant d'expliquer l'évolution réelle des économies de marché que de sauvegarder la cohérence logique de l'économie de marché fictive de la théorie de l'équilibre général.

De la croissance endogène à la croissance soutenable

C'est précisément la nature magique du progrès qui est remise en question par les théories de la croissance endogène[107] développées par Paul Romer (1986), Robert Lucas (1988), Robert Barro (1990). Elles réhabilitent en fait une série d'intuitions et de pistes ouvertes par Adam Smith, Joseph Schumpeter, Alfred Marshall, ou encore John Maynard Keynes. Leur point commun est d'insister sur le fait que certaines activités (l'éducation, la recherche, le développement des infrastructures) engendrent de fortes externalités positives à la fois dans leur domaine propre mais aussi pour l'ensemble de l'économie. Ainsi, l'utilité d'une route est d'autant plus forte qu'elle est associée à d'autres routes, et un système routier adapté aux besoins de communication des entreprises accroît leur productivité. De même, un bon enseignement primaire favorise l'essor d'un enseignement universitaire et d'une recherche fondamentale de qualité qui à leur tour stimulent les innovations technologiques et la productivité du travail. Chaque génération s'appuie sur le stock de connaissances, de savoir-faire, d'équipements accumulés par les générations précédentes pour aller plus loin, plus vite, et léguer à sa descendance un potentiel encore plus prometteur.

---

107. Voir Jean Arrous, *Les Théories de la croissance*, Le Seuil, coll. « Points Économie », 1998.

Les nouvelles théories de la croissance mettent ainsi à jour des activités à rendements fortement (et peut-être indéfiniment) croissants. Leur autre point commun est de réhabiliter le rôle central des dépenses publiques et de la volonté politique dans la construction du développement économique. En effet, on ne peut compter sur la seule initiative privée pour investir dans les externalités dont les bénéfices essentiels sont collectifs, à long terme et parfois très incertains (cas de la recherche fondamentale). Cette difficulté parfaitement analysée depuis les années 1920 (par Arthur Cecil Pigou notamment) rend nécessaire l'intervention d'un État indifférent aux profits monétaires, mais à la recherche de profits politiques, en quête de puissance ou d'électeurs.

Faut-il en déduire que l'humanité est définitivement à l'abri de la fatalité des rendements décroissants et qu'un État assurant une éducation, une recherche et des infrastructures de qualité nous garantit une croissance infinie indépendante de la disponibilité des facteurs naturels ? Ce serait là une dangereuse illusion. Nous restons en effet dominés par la rareté objective de certains facteurs et la rareté subjective fabriquée par la logique marchande.

La rareté objective est une donnée naturelle et contraignante. La croissance des biens matériels et les activités polluantes consomment des ressources non reproductibles et détruisent irrémédiablement le patrimoine légué aux générations futures ; à défaut d'une révolution majeure dans les modes de production, elles compromettent donc la qualité de vie, voire la survie de nos descendants. Ajoutons qu'une croissance trop inégale compromet la cohésion sociale et la paix civile, dans un monde où des minorités en rébellion contre la société ont de plus en plus accès à des instruments de destruction massive et de terreur. Or, la logique de croissance infinie et la concurrence exacerbée (par le libre-échange et la dérégulation) favorisent précisément des modalités de croissance inégale, destructrice et, par conséquent, non soutenable.

Ce n'est pas nouveau. Ce qui est nouveau, et redoutable, c'est qu'au moment même où la théorie réhabilite le politique – comme garant d'une vision à long terme guidant les marchés myopes en matière de bien commun –, le politique semble parfois ne plus croire en lui-même, muer lui aussi en marché myope qui suit les idées à la mode dans les journaux du jour (baisse des impôts, responsabilité individuelle, déréglementation, privatisation), *fashion victim* plutôt que *fashion maker*. Plus que jamais, si la demande politique des citoyens parvient à inverser cette funeste tendance, c'est notamment dans le politique que résident aujourd'hui les rendements croissants.

Le chemin de l'abondance

Mais la meilleure des politiques ne suffira pas à nous protéger contre l'autre rareté qui nous domine, la rareté subjective à laquelle nous condamne la logique de maximisation des profits marchands. Cette dernière est en effet une machine à entretenir la rareté perpétuelle. Le développement des profits suppose de réveiller sans cesse notre appétit de consommation. Car on gagne moins d'argent en satisfaisant un besoin qu'en l'entretenant par l'obsolescence accélérée des biens.

Ainsi, quel que soit le nombre de téléviseurs, de téléphones portables et de voitures dont nous disposons, il nous « manquera » toujours le modèle dernier cri. On fait souvent semblant de croire que la dernière nouveauté satisfera mieux nos besoins, car personne n'aime souffrir sans raison, et parce que l'utilité est le meilleur alibi pour justifier notre anxiété d'être privé du futile et de l'accessoire. Mais au fond, nous savons parfaitement que bien des « nouveautés » ne sont que de futures ex-nouveautés, qui rejoindront bientôt dans nos placards le cimetière déjà encombré de nos envies fugaces.

Notre seule excuse est la pression à laquelle nous soumettent les marchands de nouveautés. À peine avez-vous consommé le plaisir de déballer votre nouvel ordinateur qu'il vous faut souffrir les publicités vantant des processeurs encore plus rapides, des cartes vidéo deux fois plus puissantes, des écrans plus plats, des souris plus craquantes. Que faire ? Souffrir en silence ? Commencer à économiser aussitôt pour racheter un ordinateur l'an prochain ? Ne rien acheter et ne pas profiter du progrès technique pour être sûr de n'en pas souffrir ? Il serait plus sage de simplement vous demander de quoi vous avez *vraiment* besoin, au lieu de chercher l'inaccessible moyen d'obtenir tout ce que vous n'avez pas.

Comment sortir de cette folie du besoin d'avoir besoin ? Si l'on peut espérer des découvertes techniques qui nous dispensent de consommer les ressources non reproductibles, il est en revanche évident qu'aucune révolution technologique ne nous protégera contre la rareté que nourrit notre angoisse de ne pas avoir encore plus. Le politique peut sans doute nous être de quelque secours pour tempérer la course au profit, à condition que nous le lui demandions. Mais n'est-ce pas surtout à nous tous de transformer nos attentes, nos demandes, d'exiger des matériels évolutifs, d'obtenir des producteurs la reprise et le recyclage systématique de nos équipements usagés ?

De même, ce n'est pas le politique qui nous affranchira du besoin impérieux d'avoir davantage. Il ne dépend que de nous de redécouvrir l'abondance que promettent la sagesse et le partage. Je dis bien re-découvrir car, dans notre vie quotidienne, nous sommes bien capables de jouir des biens gratuits que nous procurent nos sens, notre simple présence au monde, les liens avec nos proches. Nous savons aussi que ce que l'on donne de bon cœur vaut pour nous cent fois plus que ce que nous stockons dans nos armoires.

Seulement voilà : la fatigue, l'empressement et les soucis nous font souvent oublier ces évidences. Alors, pour ne pas oublier, si vous m'autorisez un conseil, je suggère deux exercices quotidiens de mise en forme morale. Chaque matin, levez-vous en pensant qu'aujourd'hui la première préoccupation d'un milliard d'hommes et de femmes sera de trouver de l'eau. Chaque soir, projetez-vous vers le dernier instant de votre vie et imaginez ce qui vous semblera alors le plus précieux : les richesses que vous aurez accumulées ou celles que vous aurez données ?

Loi n° 16

La loi de l'avantage politique comparé

Un pays doit-il produire tout ce qu'il peut ou bien se spécialiser dans les activités où il dispose d'un avantage, maximiser ainsi ses recettes à l'exportation et importer les biens et services pour lesquels il est moins performant ? Adam Smith (1776) a énoncé à ce sujet une première loi dite de l'*avantage absolu* selon laquelle une nation devrait produire tout ce pour quoi elle est plus efficace que les autres. Point de vue étrange au fond, puisqu'il pourrait justifier que certaines nations moins avancées ne produisent rien et importent tout ! David Ricardo (1817) corrige vite l'intuition de Smith en proposant la *loi de l'avantage comparé* ou *relatif* : un pays doit se spécialiser dans les secteurs où il est *vraiment* meilleur, c'est-à-dire là où son avantage comparé est le plus fort. Par exemple, admettons que l'Angleterre soit plus efficace que le Portugal à la fois dans la viticulture et le textile ; elle doit néanmoins se concentrer sur le textile et importer du vin, si elle est relativement plus productive dans le textile que dans la viticulture. En effet, si elle produit du vin, elle subit un coût d'opportunité en employant des ressources qui seraient plus rentables dans le textile. En se spécialisant dans le textile, l'Angleterre maximise donc la productivité de ses facteurs et dégage, dans les meilleures conditions, les ressources nécessaires pour importer du vin portugais.

Prenons un autre exemple classique, cher aux économistes. Ce n'est pas parce qu'un professeur d'économie saisit un texte sur le clavier de son ordinateur plus vite que sa secrétaire qu'il doit se passer d'elle ; en effet, le temps qu'il passerait devant son clavier serait perdu pour la recherche en économie, où il est sûrement encore plus doué que sa secrétaire [108]. C'est là une idée de bon sens, vieille comme le monde. Socrate disait déjà : « Que le nocher s'occupe des vents et le berger des brebis. »

L'étrange domination d'une théorie irréaliste

Soit, mais d'où vient l'avantage relatif d'un pays dans tel ou tel secteur ? Pour Ricardo, il tient aux différences dans les techniques utilisées. Mais pourquoi les pays à moindre productivité n'imiteraient-ils pas les meilleures techniques de leurs concurrents, abolissant ainsi toute différence ? Il faut attendre plus d'un siècle pour que la théorie ricardienne trouve une justification plus solide. Les Suédois Eli Heckscher (1919) et Bertil Ohlin (1933) intègrent la question de l'avantage relatif dans le cadre du modèle néoclas-

---

108. André Fourçans exploite cet exemple avec jubilation dans *L'Économie expliquée à ma fille*, Le Seuil, 1998.

sique d'équilibre général. Dans ce modèle, à l'origine, il n'y a pas de place pour le commerce international puisqu'il n'y a pas de nations mais des marchés de concurrence parfaite, où tout circule librement et sans coûts. Heckscher et Ohlin définissent alors une nation comme l'espace à l'intérieur duquel le travail et le capital sont parfaitement mobiles, tandis qu'ils ne peuvent circuler hors de cet espace. Autrement dit, une « frontière » au sens économique, c'est l'ensemble des obstacles limitant la mobilité des facteurs : coûts de déplacement, réglementations, taxes, langue, culture, etc.

Dès lors que les différents pays constituent des blocs de facteurs de production séparés et hermétiques, il peut exister entre eux des différences durables de dotation en travail et en capital. Cette divergence des dotations factorielles fonderait l'avantage comparatif. Les nations auraient tendance à exporter les biens qui incorporent davantage le facteur dont elles sont relativement bien dotées et à importer les biens incorporant le facteur relativement rare. Ainsi, des pays relativement pauvres à forte population devraient exporter des biens issus d'industries employant une main-d'œuvre abondante, peu qualifiée et bon marché, et importer les biens nécessitant plus de capital ou de main-d'œuvre hautement qualifiée. La libre circulation des biens et des services apparaît ainsi comme un substitut à la circulation des facteurs de production.

Cette nouvelle version de la loi de l'avantage comparatif va dominer la théorie du commerce international jusqu'au début des années 1980. Domination étrange en vérité, puisque l'évolution des échanges internationaux n'a cessé de l'infirmer. En 1953, Wassily Leontief montre que les États-Unis, réputés être mieux dotés en capital qu'en travail, exportent néanmoins des biens incorporant plus de travail que de capital. Par ailleurs, l'essor du commerce international vient surtout des échanges entre des pays riches, dont les dotations factorielles sont comparables, plutôt qu'entre des nations aux dotations très divergentes.

De plus, un grand pays industriel a tendance à exporter et importer les mêmes biens. Ainsi, plutôt qu'un *commerce inter-branches*, suggéré par la loi de l'avantage comparatif, se développe un commerce *intra-branche :* on n'échange pas des voitures françaises contre des machines-outils allemandes, mais des machines allemandes contre des machines françaises, des Peugeot contre des Volkswagen. Enfin, l'approche traditionnelle ne peut rendre compte du commerce intra-firme : un tiers des flux internationaux de biens consiste en échanges internes entre les filiales des firmes multinationales qui assemblent des produits finis à partir de biens intermédiaires et de produits semi-finis élaborés dans divers pays.

Pourquoi une approche disqualifiée par tant d'évidences contraires a-t-elle constitué le socle de la théorie dominante jusqu'aux années 1970 ? Pour une double raison politique et théorique. Au plan politique, cette approche a le « mérite » de promouvoir la vision libérale et naturaliste de l'économie chère aux tenants du modèle néoclassique. Elle fait de l'avantage comparatif une *donnée naturelle* à laquelle le politique doit s'adapter en garantissant le libre-échange des biens. Et n'est-ce pas là le meilleur moyen de pérenniser, bien au-delà des « indépendances », le pacte colonial qui réservait aux pays du Sud les produits de base et les produits industriels peu élaborés, et aux pays riches les hautes technologies et les activités à plus forte valeur ajoutée ? À terme, le seul moyen de desserrer la contrainte des dotations naturelles en facteurs est de promouvoir la libre circulation internationale de ces derniers, argument clé pour exiger une dérégulation toujours plus complète des marchés.

Au plan théorique, comme le montreront les développements ultérieurs, l'adaptation de la théorie à la réalité supposait d'abandonner la plupart des hypothèses vitales pour la théorie walrasienne de l'équilibre général (homogénéité des biens et des facteurs, atomicité, rendements constants à l'échelle, absence d'externalités, etc. [Cf. Lois n° 3 et n° 7]). Comme ce fut, hélas, trop souvent le cas dans le programme de travail néoclassique, il semble que l'on ait davantage recherché une théorie de l'échange international conciliable avec le modèle irréaliste de l'équilibre général plutôt qu'une théorie compatible avec la réalité. Rien d'étonnant dès lors à ce qu'une nouvelle théorie ne parvienne à s'imposer qu'après l'implosion du modèle walrasien, à la fin des années 1970 [109].

---

109. Avec notamment le théorème de Sonnenschein, Mantel, Debreu, et l'extension des travaux sur les effets de l'imperfection de l'information. Cf. Loi n° 3.

La nouvelle théorie du commerce international

Dans les années 1980, l'approche jusqu'alors dominante est supplantée par une *nouvelle théorie du commerce international* dont l'initiateur le plus connu est Paul Krugman. La nouveauté est au demeurant très relative, dans la mesure où la théorie en question prolonge en réalité l'ensemble des travaux plus anciens qui, renonçant aux hypothèses trop irréalistes du modèle de concurrence parfaite, en tiraient les conséquences pour l'échange international. Nous ne pouvons ici qu'évoquer sommairement certains des arguments essentiels de cette approche alternative [110]. La première piste rouverte par Krugman (1979) consiste à intégrer les effets de la *concurrence monopolistique* mise à jour par Edward Chamberlin en 1933, et déjà étudiés dès 1942 par Donald Marsh. Rappelons de quoi il s'agit. Chamberlin montre qu'à côté de la concurrence par les prix se développe une concurrence par les caractéristiques des produits. Les entreprises s'efforcent de différencier leurs biens soit par leurs qualités objectives, soit par des qualités subjec-

---

110. Pour une présentation d'ensemble, voir Christian Aubin et Philippe Norel, *Économie internationale. Faits, théories et politiques*, Le Seuil, coll. « Points Économie », 2000, et Michel Rainelli, *La Nouvelle Théorie du commerce international*, La Découverte, coll. « Repères », nouvelle éd., 2001. À propos des firmes multinationales, voir Jean-Louis Mucchielli, *Multinationales et Mondialisation*, Le Seuil, coll. « Points Économie », 1999.

tives (marque, mode) vantées par des campagnes de publicité.

En cas de succès de leur stratégie de différenciation, les entreprises, tout en restant sur un marché concurrentiel, acquièrent des monopoles sur des variétés spécifiques de biens que la théorie traditionnelle considérait comme parfaitement homogènes. Par exemple, Volkswagen a le monopole de la Golf tandis que Peugeot détient le monopole de la 307. Les deux entreprises sont en concurrence sur le marché de l'automobile, mais, au lieu de produire le même bien sur ce marché, elles développent des variantes originales de ce bien.

Dans la mesure où les consommateurs aiment la variété, un même bien sera habituellement produit par un ensemble de firmes qui se spécialisent dans une ou des variétés particulières de ce bien. Cette différenciation des produits pourrait expliquer à la fois le commerce intra-branche et l'essor des échanges entre pays aux dotations factorielles identiques : l'importation et l'exportation de biens identiques (des voitures) sont en fait des échanges de variétés différentes (Golf contre 307).

Une seconde piste, initiée par Michael Posner (1961) et Raymond Vernon (1966), explore les effets de la recherche et des innovations technologiques. Une nation peut disposer temporairement d'un avantage comparatif quand elle est la première à exploiter une innovation et les produits nouveaux qu'elle engendre. Dans l'intervalle de temps nécessaire pour que les autres pays puissent l'imiter, elle est en position de monopole.

Cette voie de recherche se combine avec une troisième piste qui intègre l'existence de rendements d'échelle croissants [Loi n° 15]. En effet, ces derniers confèrent un avantage aux premiers arrivants sur un marché : en développant leur échelle de production, ils ont abaissé leurs coûts moyens à un niveau dissuadant l'entrée tardive de nouveaux concurrents : ceux-ci ne pourront amorcer leur production qu'à une échelle plus réduite et donc à un niveau de coût sensiblement plus élevé. Un accident historique (guerre, colonisation, etc.) qui retarde l'entrée d'un pays dans une industrie, ou au contraire favorise son entrée avant tous les autres, peut ainsi engendrer des avantages et désavantages comparatifs durables.

De plus, avec des rendements croissants, la productivité d'une industrie nationale dépend de la taille du pays, c'est-à-dire de la taille du marché intérieur. Un grand pays peut disposer d'un avantage compétitif par rapport aux petits pays : d'une part, il peut amortir ses coûts fixes sur un volume de production plus important, d'autre part, il dispose à la fois de plus de moyens financiers et d'incitations pour rechercher des innovations technologiques qui lui procureront un nouvel avantage et/ou pour assurer la promotion de ses produits. Cet argument est souvent évoqué, par exemple, pour montrer l'avantage compétitif naturel dont bénéficie le cinéma américain par rapport au cinéma européen.

Il n'est d'avantage que politique

Les implications politiques de ces développements théoriques récents ne sont pas négligeables. Ils impliquent notamment que le libre-échange n'est pas toujours préférable au protectionnisme ; nous reviendrons sur cet aspect essentiel du débat dans la loi n° 17. Si l'on s'intéresse pour l'instant à l'explication du commerce international et de l'éventuel avantage comparatif des nations, la nouvelle approche réhabilite le rôle déterminant des facteurs politiques.

Une domination coloniale qui cantonne longtemps un pays dans des activités à faible valeur ajoutée peut donner aux pays développés une longueur d'avance difficilement rattrapable. Un gouvernement qui investit plus qu'un autre dans la recherche accroît sensiblement la probabilité qu'ont ses entrepreneurs d'être les premiers sur le marché d'un produit nouveau. On sait bien, par exemple, que l'avance des États-Unis dans la branche Internet n'est pas un effet du libéralisme économique, mais un sous-produit des investissements colossaux de l'armée américaine pour garantir la sécurité des communications en cas de guerre. Ce sont aussi des politiques publiques qui conditionnent largement l'attractivité d'un territoire (infrastructures, fiscalité, formation de la main-d'œuvre, qualité de la vie, sécurité, santé publique) qui, à son tour, détermine la localisation des activités.

La compétitivité internationale d'un pays est donc tout sauf le résultat d'une exploitation passive d'une dotation factorielle initiale et de la seule liberté d'entreprendre. D'ailleurs, les expériences réussies de sortie rapide de la pauvreté et d'insertion dans l'économie mondiale (NPI d'Asie par exemple) semblent indiquer que le refus politique de se cantonner à l'avantage comparatif initial joue un rôle décisif. Ainsi, au début des années 1950, les très maigres avantages initiaux de la Corée du Sud (hormis une main-d'œuvre bon marché) ne la prédisposaient en rien à devenir, dans les années 1980, une concurrente de l'Allemagne sur le marché des machines-outils à commande numérique. La loi de l'avantage comparatif la condamnait logiquement à demeurer un producteur de tee-shirts et un atelier d'assemblage de composants électroniques importés des pays riches. Au lieu de cela, une stratégie volontariste de développement a orchestré la remontée progressive des filières, du montage de pièces détachées importées à la production de biens d'équipement informatisés, de la couture de tissus importés à la chimie de synthèse. À l'opposé, nombre de pays bien dotés en ressources humaines et naturelles (par exemple, la Russie du début du siècle, l'Argentine des années 1930, l'Algérie des années 1960) ont dilapidé des rentes au profit d'oligarchies confisquant le pouvoir et restent aujourd'hui cruellement dépendants de l'exportation de quelques productions primaires aux cours aléatoires.

Le véritable avantage comparatif, s'il existe, n'est donc pas une donnée naturelle à laquelle les nations devraient se soumettre. Il s'agit d'un avantage politique : la capacité à mettre en œuvre des politiques industrielles pertinentes et des politiques économiques volontaristes efficaces, à soutenir la recherche, à garantir la stabilité politique, à protéger des industries naissantes. Inversement, un avantage naturel évident peut s'avérer un handicap pour un pays mal gouverné, où un État prédateur gaspille les rentes au lieu de servir une stratégie collective visant le bien commun.

Loi n° 17

Laisser faire ou laisser passer : il faut choisir

Après deux siècles de faveurs au protectionnisme et aux politiques commerciales actives (le mercantilisme ; milieu du XVIe siècle au milieu du XVIIIe), l'économie politique moderne a le plus souvent soutenu le libre-échange. Si tous les économistes n'adhèrent certes pas au slogan célèbre de Vincent de Gournay (1712-1759) – « laissez faire, laissez passer » –, la condamnation du protectionnisme reste néanmoins la prescription la mieux partagée de la profession, au nom de deux arguments : les gains du libre-échange et le coût social du protectionnisme.

Gains de l'échange et coûts du protectionnisme

Les théories classique (Smith, Ricardo) et néoclassique (Heckscher, Ohlin, Samuelson) du commerce international montrent comment l'ouverture aux échanges entraîne une spécialisation internationale qui permet à chaque pays de se concentrer sur les activités où il est le plus efficient et d'acquérir des biens importés à un coût plus faible : les ressources mondiales sont mieux employées et le bien-être des individus augmente (ils accèdent à davantage de biens à un prix moins élevé). Si les nouvelles approches du commerce international mettent à mal l'explication traditionnelle des échanges et de la division internationale du travail [Loi n° 16], elles semblent plutôt conforter la prescription du libre-échange. Rappelons en effet que ces nouvelles théories introduisent les principales dimensions longtemps ignorées par le modèle néoclassique : innovation technique, rendements croissants et différenciation des produits. Or la prise en compte de ces dimensions inciterait plutôt à libéraliser les échanges internationaux. La libre circulation des biens devrait à la fois favoriser la diffusion mondiale des innovations et renforcer l'incitation à la recherche, en élargissant les marchés sur lesquels les innovateurs peuvent amortir leurs investissements. Un marché élargi permet aussi aux firmes de mieux exploiter des rendements d'échelle croissants et d'atteindre leur taille minimale efficiente. Enfin, le libre-échange favorise la différenciation des produits en multipliant les offres diversifiées auxquelles peuvent accéder les consommateurs : si ces derniers aiment la variété, le bien-être collectif se trouve donc amélioré[111].

Les *gains de l'échange* ont pour corollaire le *coût social* du protectionnisme (droits de douane, obstacles non tarifaires, subventions à l'exportation). La protection vis-à-vis de la concurrence étrangère peut

---

111. Voir un exposé complet dans Bernard Guillochon, *Le Protectionnisme*, La Découverte, coll. « Repères », 2001.

améliorer les profits des producteurs protégés et les recettes fiscales de l'État, mais la théorie démontre que ces gains sont en général plus que compensés par les pertes de bien-être des ménages qui accèdent à des quantités de biens plus faibles, moins variées et plus chères qu'en situation de libre-échange. On peut certes objecter que le bilan social du protectionnisme doit tenir compte des emplois sauvés et des salaires protégés, en particulier dans les industries employant des travailleurs peu qualifiés et soumises à la concurrence de pays à bas coûts de main-d'œuvre.

Cette question reste controversée. Il n'y a pas d'évidence parfaitement convaincante sur le lien entre chômage et montée des inégalités salariales, d'une part, et ouverture commerciale extérieure, d'autre part [112]. Disons qu'une majorité d'économistes semble plutôt croire que les innovations technologiques ont jusqu'ici joué un rôle plus important dans le recul de la demande (et des salaires relatifs) de la main-d'œuvre peu qualifiée. Et les interventionnistes pensent aussi que, quitte à intervenir pour compenser la perte de compétitivité du travail non qualifié, des politiques actives de l'emploi et de la formation valent mieux que le protectionnisme. Ne perdons pas de vue en effet les conséquences d'un protectionnisme efficace des pays riches à l'encontre des pays pauvres : moins de débouchés et moins d'emplois pour ces derniers.

112. Voir Daniel Cohen, *Richesse du monde, pauvreté des nations*, Flammarion, 1997 ; Pierre-Noël Giraud, *L'Inégalité du monde : économie du monde contemporain*, Gallimard, 1996.

Un seul argument favorable au protectionnisme a su trouver grâce aux yeux de la théorie économique : la protection des industries naissantes. L'argument formalisé par Frédéric List (1851) soutient que l'existence même d'une activité industrielle dans un pays entrant dans la compétition après les autres, ou dans des conditions initiales plus difficiles, nécessite une protection temporaire, le temps de conduire cette activité vers la maturité avant de l'ouvrir progressivement à la concurrence. Et c'est d'ailleurs ainsi que se sont initialement développées les activités industrielles dans la plupart des pays. Toutefois, il ne s'agit pas là vraiment d'un argument en faveur du protectionnisme. Il s'agit plutôt de promouvoir une saine concurrence, à armes égales : en intervenant, l'État favorise en fait la libre entrée sur le marché mondial et stimule à terme la concurrence en évitant que des positions acquises fassent obstacle aux nouveaux venus.

La demande politique de protection

Si le protectionnisme présente vraiment aussi peu d'intérêt et se trouve, à de rares exceptions près, si universellement condamné par l'analyse économique, il est troublant de constater à quel point, dans la réalité et jusqu'aux années 1980, il a été la règle et le libre-échange, l'exception [113]. Au cours des deux

---

113. Voir Paul Bairoch, *Mythes et Paradoxes de l'histoire économique*, La Découverte, 1995.

derniers siècles, hormis en Angleterre sur une courte période, aucun pays n'a pratiqué le libre-échange intégral et, à l'exception d'un intermède libéral dans le dernier quart du XIXe siècle, les pratiques protectionnistes ont largement dominé.

Pourquoi une pratique censée réduire le bien-être collectif et tant décriée par la théorie a-t-elle connu un tel succès ? Tout simplement parce que ses méfaits supposés sont trop diffus et d'une ampleur trop modeste pour susciter une forte résistance des catégories lésées, tandis qu'elle peut susciter un soutien extrêmement actif de lobbies industriels et remplir les caisses de l'État. Il existe donc une *demande politique* pour la protection. Au fond, jusqu'à une époque très récente, les États sont restés mercantilistes parce qu'ils ne voulaient ni renoncer aux recettes fiscales des douanes ni affronter des groupes de pression puissants qui, le cas échéant, étaient aussi de généreux donateurs des partis politiques.

Notons au passage qu'en dépit d'une pensée politique officielle désormais très largement favorable à la libéralisation croissante des échanges, les gouvernements des grands pays industriels peuvent toujours opérer une volte-face protectionniste si un intérêt politique vital est en jeu. La façon dont l'administration américaine a, en 2001, unilatéralement relevé ses droits de douane sur les produits sidérurgiques et ses subventions agricoles, pour secourir des producteurs en difficulté, en dit long sur la nature réelle du libéralisme d'une grande puissance : ce n'est que la liberté de faire ce qui lui semble bon pour elle-même.

La protection des producteurs nationaux et la promotion des exportations sont en fait des politiques de redistribution du revenu national entre les producteurs, les consommateurs et l'État, essentiellement guidées par ce que les décideurs pensent aller dans le sens de leur intérêt politique. La théorie du commerce international condamne cette pratique parce que les bienfaits dispensés aux uns seraient plus que compensés par les pertes de bien-être des autres. Toutefois, cette conclusion repose sur une hypothèse implicite et discutable : la théorie standard suppose que deux euros perdus par les consommateurs « valent » deux fois plus qu'un euro gagné par des entrepreneurs ou le Trésor public. Ce faisant, elle néglige le fait que les consommateurs sont aussi des citoyens qui, à ce titre, sont sensibles au fait que les euros prélevés sur leur consommation privée assurent le développement d'activités nationales et la production de biens publics. Un simple bilan monétaire de ce qui est perdu ici et gagné là ne permet en rien une évaluation sociale d'une politique commerciale. Combien vaut en effet le fait de maintenir la seule entreprise susceptible d'employer les habitants d'une ville, à 100 km à la ronde ? Combien vaut le fait d'avoir deux gendarmes de plus dans sa commune et de leur payer un gilet pare-balles ? Et combien « valent » les atteintes multiples à l'environnement ou la pression psychologique croissante sur les salariés favorisées par une course effrénée à la compétitivité ? La théorie standard est prolixe sur le coût social du protectionnisme, mais elle est singulièrement muette sur celui du libre-échange.

Ainsi, le protectionnisme comme le libre-échange peuvent engendrer des coûts pour la collectivité, mais sont toujours promus par des catégories qui y trouvent leur avantage et tentent de faire croire que celui-ci coïncide avec le bien commun. À défaut de pouvoir opérer une évaluation vraiment objective des arbitrages en cause, on n'a à ce jour rien inventé de mieux que le vote des citoyens pour légitimer les choix publics. N'en déplaise à certains économistes, en démocratie la demande politique a toujours raison. On peut éventuellement déplorer que des électeurs mal informés et dotés d'un pouvoir plus formel que réel ne tolèrent des politiques qui en réalité ne servent pas au mieux leurs intérêts. Mais la réponse adaptée n'est pas la réaffirmation du dogme du libre-échange : c'est la promotion de l'information et du pouvoir effectif des citoyens.

L'échange inégal

Les politiques commerciales ne redistribuent pas seulement le revenu national entre les différents acteurs d'un pays. Elles peuvent aussi redistribuer le revenu mondial entre les nations. Même si l'on admet son cadre de raisonnement limité aux avantages et coûts monétaires, la théorie économique n'a démontré que l'existence d'un *gain global* du libre-échange. Rien ne garantit que ce gain soit équitablement réparti entre les nations. L'économie du développement a largement illustré à quel point des rapports de force déséquilibrés engendrent une distribution très inégale des bienfaits du commerce entre les nations [114]. Et dans tout processus d'adaptation à un contexte de compétition renforcée, il n'y a pas que des gagnants. S'il est à la fois des gagnants et des perdants, l'éventuelle efficacité globale du libre-échange ne règle en rien la question de la juste répartition des coûts et avantages. La réponse libérale contemporaine au problème de l'échange inégal consiste à soutenir que le développement du commerce engendré par la libéralisation des échanges profite globalement à tous les pays. Même les plus pauvres se trouveraient donc mieux d'être insérés dans ce processus mondial que d'en être exclus.

On retrouve ici l'influence d'une conception rawlsienne de la justice [Loi n° 7] qui admet l'extension des inégalités tant que cela améliore le sort des plus pauvres. Mais le fait que les plus pauvres seraient éventuellement plus pauvres sans libre-échange ne démontre en rien que l'amélioration de leur bien-être grâce au libre-échange soit en justice suffisante. Leur offre-t-elle vraiment des chances d'atteindre rapidement une égale capacité à choisir leur destin ? Telle nous semble être la question éthique pertinente [115]. Un champ immense reste donc ouvert aux politiques commerciales interventionnistes, puisque seuls le combat et la négociation politiques peuvent traiter la question de la justice. On a jusqu'alors créé

---

114. Voir Samir Amin, *L'Échange inégal et la Loi de la valeur*, Anthropos, nouvelle éd., 1988.
115. On comprend ici que nous adhérons plus volontiers à la conception de la justice d'Amartya Sen. Cf. Loi n° 7.

des organisations et des règles internationales pour promouvoir la libéralisation des échanges (GATT, puis OMC), mais aucune pour négocier une répartition équitable des dividendes du développement mondial. Cette dernière négociation, quoique très imparfaite, existe à l'intérieur des nations démocratiques où le débat public s'inquiète de la justice sociale et où la libre compétition n'est socialement tolérée qu'en raison des multiples conventions, règles et transferts qui contribuent au moins à contenir l'injustice. Au regard de cette dernière évidence, le défaut de gouvernement mondial de l'injustice est vertigineux.

Libre-échange ou libre entreprise ?

Qui plus est, le degré actuel, et plus encore à venir, de libéralisation mondiale sans régulation menace les régulations nationales qui avaient rendu jusqu'ici l'économie de marché socialement soutenable. Jusqu'aux années 1980, le développement de la compétition internationale, précisément parce qu'il était en fait encore très encadré et régulé, ne mettait en compétition que des produits et des entreprises. Un changement de degré et de nature de la compétition est intervenu avec le marché unique européen, la libéralisation complète des mouvements de capitaux et l'entrée dans le jeu de nouveaux pays industriels du Sud et de l'Est. La pression soudainement exacerbée de la concurrence met désormais en compétition les règles sociales et fiscales des nations. Les nouveaux impératifs de compétitivité des coûts et de flexibilité des méthodes mettent en position de faiblesse les pays qui imposent le plus de charges et de contraintes à leurs entreprises au nom de la justice, de la protection de l'environnement, de la sécurité alimentaire, de la dignité des travailleurs, etc. Autrement dit, en l'absence d'un jeu coopératif entre les gouvernements, la montée en puissance du libre-échange suppose celle de la libre entreprise, libre de charges sociales, libre de normes de production, libre de contraintes dans la gestion de la main-d'œuvre.

Dans un contexte de guerre économique, le *laisser-passer* des biens n'est supportable pour les entreprises que si on *les laisse faire*. Mais la conjonction de ces deux libertés est insoutenable pour la société. Le laisser-passer est concevable si chaque gouvernement interdit à ses producteurs de faire n'importe quoi, n'importe comment, s'il existe une communauté de vues entre les gouvernements sur les normes (sociales, sanitaires, environnementales) et sur le niveau des biens publics (et donc des impôts) qui paraissent souhaitables pour que l'économie de marché reste une économie humaine et équitable. En l'absence d'une telle communauté de vues et d'instances adaptées pour la mettre en œuvre, une nation qui se refuse à faire n'importe quoi n'a pas d'autre choix que de se protéger contre celles qui l'acceptent. Laisser faire ou laisser passer, il faut choisir.

Paradoxalement, le fait que les économies nationales se soient très longtemps développées dans un contexte de compétition internationale tempérée par des politiques commerciales et des réglementations a prédisposé les élites gouvernantes du Nord à promouvoir une libéralisation croissante des échanges sans s'inquiéter des régulations internationales qui devaient impérativement les accompagner. Deux siècles de régulation des marchés nous ont fait oublier les règles, comme ces éléments d'un décor éternellement familier auquel on ne prête plus attention. Comme les manifestations changeantes du dynamisme et de la richesse des économies de marché ont été de plus en plus spectaculaires, elles ont accaparé les regards, fasciné les nations restées à l'écart de cette réussite, et détourné l'attention du nœud complexe de règles et d'institutions qui les ont rendues possibles au moins autant que la libre entreprise.

Oubliant que ce sont des lois qui ont fait le marché, d'aucuns ont cru que l'avenir du marché était dans l'abolition des lois ! Folie comparable à celle d'un gardien de zoo qui ouvrirait la cage des lions, au prétexte qu'en trente ans de carrière il n'a jamais vu un lion agresser qui que ce soit !

Loi n° 18

La loi du gâteau : plus on le partage, plus il y en a

Si les bons sentiments appellent de toute évidence à la réduction des inégalités, le bon sens ne nous enseigne-t-il pas que celles-ci sont à la fois une conséquence inéluctable et une condition nécessaire du développement économique ? Telle est en tout cas l'une des plus anciennes lois du discours libéral : les politiques qui tentent de répartir le gâteau de la richesse nationale en parts moins inégales ne parviennent qu'à réduire la taille du gâteau et finissent par détériorer plus encore la situation des plus pauvres. En revanche, l'acceptation des inégalités de revenu et de richesse incite les riches à investir et les autres à s'enrichir par leurs efforts, leur éducation, leur travail, leur épargne. Il s'ensuit une accumulation intensive de capital technique et humain et un dynamisme entrepreneurial qui stimulent la croissance.

À l'opposé d'un égalitarisme socialiste qui, en fait de justice, n'engendre que la pénurie, mieux vaut accepter la loi apparemment plus dure qui réserve à chacun des bienfaits à la mesure de ses mérites, de ses efforts et de sa réussite. Cela a au moins le mérite de maximiser la richesse nationale, d'élever le niveau de vie du plus grand nombre et, finalement, d'ouvrir la voie à plus de justice sociale en développant les moyens financiers de la charité et de l'assistance publique pour les moins performants.

Une réalité controversée

Cette version élémentaire du bon sens libéral a quasiment tenu lieu de pensée économique officielle au XXe siècle, dans un contexte général de relative indifférence de la science économique dominante aux problèmes de répartition. Elle se trouvait confortée par les travaux empiriques de Simon Kuznets sur ce sujet dans les années 1950. En effet, la « courbe de Kuznets » (1955) décrit une évolution en U inversé de la relation entre degré d'inégalité des revenus et croissance économique. Il semblait ainsi établi que les inégalités commencent par augmenter avec la croissance économique, tandis qu'elles s'atténuent au-delà d'un certain seuil de développement.

Mais, dans les décennies qui suivent, cette « réalité » est sérieusement remise en question par l'expérience des nouveaux pays industriels d'Asie [116]. D'une part, ces derniers effectuent leur décollage sans creuser les inégalités, voire parfois en les réduisant. D'autre part, avant le décollage, dès la phase initiale de

---

116. Cf. Jean-Yves Caro, « Répartition et croissance dans les pays de l'ASEAN (1967-1995) », *Région et développement*, n° 8, 1998.

croissance, les inégalités sont sensiblement inférieures au niveau constaté dans le reste du monde en développement. Il semble ainsi que les inégalités ne soient pas forcément l'aiguillon nécessaire au démarrage d'un processus de croissance et qu'une croissance forte, voire exceptionnelle, puisse être durablement associée à un niveau d'inégalités relativement faible.

Au début des années 1990, le Japon, soucieux de faire valoir l'existence d'un modèle asiatique contrebalançant la domination du modèle anglo-saxon, finance des travaux de la Banque mondiale qui débouchent sur un célèbre rapport : *The East Asian Miracle* (1993). C'est un pavé iconoclaste dans la mare du « consensus de Washington » sur les vertus de la libéralisation : la volonté politique de limiter les inégalités y est présentée comme un facteur essentiel du développement économique. Pavé « maison » puisqu'il émerge au cœur même des institutions incarnant le fameux « consensus ». Pavé « alibi » aussi qui aide la Banque mondiale à faire passer le noyau dur de ses politiques, qui restent très libérales.

Quoi qu'il en soit, un nouveau regard est désormais porté sur cette question et un grand nombre d'études économétriques internationales ont depuis réexaminé les faits. Même si les problèmes de fiabilité des données et les difficultés techniques propres aux études transversales internationales justifient certaines réserves sur chaque étude prise isolément, il est frappant que la quasi-totalité de ces études établisse ce que nous appellerons « la loi du partage efficient » : il existe un effet positif et significatif de l'égalité de la distribution des revenus sur le taux de croissance à long terme[117].

Plusieurs auteurs contestent toutefois l'importance accordée au facteur égalité dans l'analyse du modèle de croissance asiatique. En effet, les travaux sur l'évaluation de la contribution des divers facteurs au taux de croissance des NPI d'Asie semblent valider le modèle néoclassique traditionnel qui ne prend en compte que les quantités de facteurs et un progrès technique exogène. En clair, contrairement au constat fait dans les pays occidentaux, le développement de la force de travail et l'investissement en capital expliquent la plus grande part de la croissance. Plus précisément encore, la vraie originalité asiatique tiendrait à un taux d'épargne anormalement élevé qui a autorisé des taux d'investissement records.

Mais ce constat ne contredit en rien l'hypothèse d'un lien entre égalité et croissance. En effet, les pays concernés sont les seuls au monde à combiner deux records : d'une part, celui des taux d'investissement et de croissance et, d'autre part, celui du degré d'égalité dans la distribution des revenus ; et rien n'indique qu'il n'existe aucun lien entre les deux. Par exemple, on peut penser que le développement d'une épargne populaire est encouragé par une

---

117. Tous les arguments qui suivent (avec leurs références) sont explicités dans J.-Y. Caro, *ibid.*, et dans François Bourguignon, « Équité et croissance économique : une nouvelle analyse ? », *Revue française d'économie*, vol. 13, n° 3, été 1998. Voir aussi Christian Morrisson, *La Répartition des revenus*, PUF, coll. « Thémis », 1998, et Thomas Piketty, *Économie des inégalités*, La Découverte, coll. « Repères », 1998.

distribution plus égalitaire du pouvoir d'achat, ou encore que les parents sont incités à investir dans l'éducation de leurs enfants parce qu'ils constatent que cela autorise une réelle ascension sociale. Il se pourrait donc que leur participation à une société relativement moins inégalitaire que celle des autres PED explique en partie la propension des Asiatiques à consentir un effort d'investissement hors norme. C'est d'ailleurs ce que donnent à penser les nouvelles théories de la croissance [Lois n° 14 et n° 15] qui exposent par ailleurs de multiples canaux par lesquels la distribution des revenus est susceptible d'influencer l'accumulation et la productivité du capital physique ou humain.

Le cercle vertueux égalité-croissance

Un cercle vertueux liant la réduction des inégalités à la croissance pourrait tout d'abord s'expliquer par les effets de la distribution des revenus sur la demande. Déjà Keynes (1936) suggérait qu'en transférant des ressources des classes aisées (ayant une forte propension à épargner) vers des classes populaires (ayant une forte propension à consommer), on contribue à l'essor du marché intérieur solvable nécessaire au développement industriel. Rosenstein-Rodan estime par ailleurs que cette redistribution transforme la composition de la demande au profit de biens primaires moins gourmands en capital. Avec un stock de capital donné, un pays qui privilégie les consommations populaires (de nourriture et de vêtements) produira plus que s'il favorisait la production automobile ou aéronautique.

Ces effets sur la demande suscitent toutefois un intérêt minoritaire dans la littérature qui se concentre plutôt sur les effets d'offre. Les nouvelles théories de la croissance attirent davantage l'attention sur les externalités positives améliorant la productivité globale, et tout particulièrement sur celles qui sont liées au développement des connaissances et à la qualité du capital humain [Lois n° 13 et n° 14].

Or une dimension essentielle des politiques visant une croissance partagée est de promouvoir et de rendre possible un large accès à l'éducation secondaire. L'élévation initiale du revenu des couches populaires rend mieux supportable la scolarisation des enfants. Le constat ultérieur que la formation joue son rôle d'ascenseur social conforte les générations suivantes dans cette voie. La scolarisation des filles et leur participation par conséquent plus importante au marché du travail accélère la baisse de la fécondité, ce qui rehausse directement le niveau de vie par tête. En outre, la réduction de la taille moyenne des familles rend les parents plus disponibles pour une éducation de qualité. Ainsi s'enclenche un cercle vertueux du type : amélioration du niveau de vie des classes populaires ⇒ investissement dans l'éducation ⇒ croissance du niveau de vie. Le développement d'une éducation de qualité à tous les degrés de l'échelle sociale permet aussi de tirer pleinement profit des complémentarités entre les différents niveaux de qualification : un bon ingénieur est toujours plus performant quand il est associé à des ouvriers mieux formés.

Ce cercle vertueux est confirmé par des études économétriques. Ainsi, François Bourguignon (1994) a clairement établi l'existence d'un lien positif et significatif, d'une part entre le degré d'égalité et le taux de scolarisation secondaire, d'autre part entre ce dernier et le taux de croissance.

Prêter aux pauvres, c'est rentable !

Après l'inégal accès au savoir et à la formation, l'autre source majeure d'ancrage des inégalités est l'impossibilité d'accès au crédit. Comme chacun sait : on ne prête qu'aux riches ! Cela tient à une imperfection du marché du crédit. L'asymétrie d'information entre le prêteur et le débiteur engendre un *risque moral* élevé : le créancier n'est pas en mesure de contrôler parfaitement la rentabilité des projets financés par l'emprunteur et de s'assurer qu'il met tout en œuvre pour garantir leur succès. Pour rémunérer le risque le prêteur peut exiger un taux d'intérêt croissant avec le montant de son engagement ; et pour limiter le risque moral, il exige aussi fréquemment que l'emprunteur finance une partie des projets sur ses fonds propres.

Dans ce contexte, une distribution très inégale du revenu exclut du marché du crédit une partie importante de la population. Les pauvres ne peuvent présenter aucune des garanties nécessaires au crédit, quels que soient par ailleurs leur talent ou la qualité de leurs projets. En conséquence, d'innombrables projets et entreprises qui seraient rentables ne voient jamais le jour. La croissance peut donc être stimulée par des politiques qui subventionnent et assistent la création de petites entreprises ou d'entreprises individuelles. Le développement du microcrédit agit dans le même sens favorable. Par ailleurs, la diffusion égalitaire d'un pouvoir d'achat croissant favorise le développement d'une épargne populaire ; celle-ci alimente une offre de fonds prêtables à moyen et long terme susceptibles de financer des investissements privés ou des équipements collectifs.

Économie politique des inégalités

Au-delà des facteurs strictement économiques, un partage plus équitable du développement a aussi des causes et des conséquences politiques qui semblent déterminantes. La conséquence la plus notable d'une moindre inégalité des revenus est l'atténuation des conflits sociaux pour le partage du revenu. Il s'ensuit une plus grande stabilité politique et des relations employeurs-employés plus coopératives. Les investisseurs sont attirés et stimulés dans cet environnement pacifié qui ne fait peser aucune menace à long terme sur la pérennité de leurs droits de propriété. Et pour encourager les travailleurs dans leur attitude coopérative les entrepreneurs et les élites politiques sont incités à maintenir une répartition équitable des fruits de la croissance.

Cette approche théorique en termes de conflit social semble confortée par diverses études internationales. Celle de R. Perotti (1994) montre que l'égalité des revenus exerce un effet important sur un indicateur composite de stabilité politique. Par ailleurs, une étude de A. Banerji, J. E. Campos et R. H. Sabot (1996), sur la période 1970-1990, classe quinze pays en développement en deux catégories :

1) Les pays ayant une élite *altruiste* (disposée à partager les fruits de la croissance) et une main-d'œuvre *non revendicative* (Chili, Corée du Sud, Hongkong, Indonésie, Malaisie, Singapour, Thaïlande).

2) Les pays ayant une élite *accapareuse* et une main-d'œuvre *revendicative* (Argentine, Colombie, Inde, Jamaïque, Kenya, Mexique, Philippines, Zambie).

La comparaison des performances respectives de ces deux groupes est édifiante. Si l'on excepte le Chili[118], dont la situation est sensiblement moins glorieuse que celle de son groupe, l'écart de progression du niveau de vie réel entre les deux groupes est impressionnant : la croissance annuelle du PNB réel par habitant s'échelonne de 4,41 % (Malaisie) à 8,81 % (Corée du Sud) dans le premier groupe, et de -5 % (Zambie) à 2,19 % (Inde), dans le second.

Il importe de souligner que l'attitude non revendicative des travailleurs dans le premier groupe a le plus souvent été imposée par la répression impitoyable de toute velléité de revendication. Le « pacte » social dans ces pays est une volonté politique impo-

---

118. On peut toutefois s'interroger sur la pertinence du classement du Chili dans le groupe des pays disposant d'une élite altruiste !

sée par la force. Mais ce pacte forcé est rendu soutenable à long terme, parce que la société accepte de troquer des libertés politiques formelles contre un mieux-être matériel évident. Et au bout du compte, après deux ou trois décennies d'un tel régime, la démocratisation apparaît comme un processus, graduel certes, mais inévitable. L'élévation considérable du niveau d'éducation et du niveau de vie matériel rend l'arbitrage social plus favorable aux libertés politiques. La Corée du Sud semble offrir un bon exemple d'une telle évolution.

Toutes proportions gardées, et la violence de la répression politique mise à part, un arbitrage du même type a sauvé le capitalisme occidental des révolutions communistes. Une dimension bien connue du fordisme et du pacte social des Trente Glorieuses a en effet consisté à troquer la forte hausse des salaires réels contre l'abandon du pouvoir de gestion aux managers.

Si donc la limitation des inégalités a des vertus économiques et politiques aussi manifestes, comment expliquer qu'elle ne constitue pas une stratégie universelle de développement ? Pourquoi certains pays asiatiques ont-ils fait ce choix quand d'autres, en Afrique et en Amérique latine, optaient pour un développement très inégal ?

Les facteurs géopolitiques semblent jouer ici un rôle déterminant. D'une part, les NPI d'Asie, à l'instar du Japon au début du siècle, ne disposaient pas de rentes minières ou agricoles susceptibles de favoriser un comportement prédateur des élites qui auraient pu trouver là un moyen facile de s'enrichir en se passant de la coopération volontaire des classes populaires. Dans une nation où la seule richesse est une main-d'œuvre abondante, pacifique et alphabétisée, mieux vaut inciter cette dernière à optimiser son éducation et ses efforts.

D'autre part, et surtout, dans l'Asie de l'après-guerre, la réalité d'une menace communiste immédiate et la forte pression des États-Unis pour la contenir ont conduit les élites à opter pour un mode de développement susceptible de convaincre très vite la classe ouvrière des vertus de l'économie de marché. Aucune pression de ce genre ne s'exerçait, en 1950, sur une Amérique latine qui avait de toute façon déjà engagé un processus de développement très inégalitaire. Même là, on doit constater que c'est le pays qui avait la structure sociale la moins inégalitaire au départ (le Chili) qui a le mieux réussi [119].

Quant à l'Afrique, elle ne constituait pas un enjeu stratégique majeur de la guerre froide, et les États-Unis s'en désintéressaient. L'influence des anciennes puissances coloniales n'a en rien poussé au développement d'une Afrique égalitaire et pacifiée ; elle semble avoir surtout visé à maintenir au pouvoir des leaders politiques « amis » acquis aux intérêts bien compris de leurs anciennes métropoles.

---

119. Si l'on fait abstraction de la catastrophe sociale et humaine qu'a constituée la dictature du général Pinochet de 1973 à 1990.

Entre l'efficacité injuste
et la justice efficace, que choisissez-vous ?

Si le choix d'un développement plus équitable reflète d'abord l'intérêt bien compris des élites dirigeantes, il reste parfaitement réversible quand de nouvelles conditions géopolitiques ou technologiques changent la donne. On le constate dans les pays occidentaux, et plus spécialement aux États-Unis, où la disparition de la menace soviétique, l'effondrement de la classe ouvrière et la substitution massive du capital au travail peu qualifié favorisent une nouvelle tolérance sociétale à la montée des inégalités et de la pauvreté. Les sociétés post-industrielles se comportent comme si elles étaient désormais en mesure de se passer d'une partie de leur population pour prospérer.

Certains pourraient interpréter l'exemple américain de ces vingt dernières années comme l'infirmation de notre loi du partage efficient : la montée des inégalités s'y est avérée parfaitement compatible avec un cycle long de croissance. Mais le fait qu'une croissance inéquitable soit soutenable n'implique en rien qu'elle soit préférable à une croissance équitable également soutenable. Car, faut-il le rappeler, la croissance n'est qu'un instrument tandis que la justice est une fin. Entre une société atroce, qui maximise la croissance, et un mode de croissance qui rend la société plus humaine, que choisissez-vous ?

Ce que nous enseigne la loi du partage efficient, c'est la faisabilité économique d'un mode de développement qui présente l'avantage imbattable de promouvoir l'égalité qui constitue une valeur en soi dans une société démocratique. Par ailleurs, l'évolution inégalitaire de la société américaine nous rappelle seulement que l'histoire n'est pas linéaire et qu'on ne pouvait induire du pacte social des Trente Glorieuses une propension naturelle et irréversible des démocraties capitalistes à l'endiguement des inégalités. Ne tirons donc pas des « vingt piteuses » qui ont suivi l'hypothèse hasardeuse qu'une croissance de plus en plus inégalement partagée serait soutenable indéfiniment.

Ce n'est pas parce que l'injustice « réussit » à l'économie américaine depuis vingt ans que cela ne détruit pas la démocratie américaine à plus long terme. Tant qu'on n'entre pas dans le mur, on peut s'imaginer qu'il est possible de rouler toujours plus vite dans la même direction. Jusqu'ici ça va...

Retour sur la vision néolibérale de la justice

Les résultats analysés dans ce chapitre confortent et complètent notre première discussion sur la question de la justice [Loi n° 7].

Rappelons qu'en cette matière le discours néolibéral ambiant repose sur deux fondements qu'il emploie alternativement ou de concert, bien qu'ils soient parfaitement contradictoires :

1) N'importe quelle distribution du bien-être entre les individus est compatible avec un système de marchés parfaitement concurrentiels (second théo-

rème de l'économie du bien-être [Loi n° 4]) ; par conséquent, on doit développer un système de marchés libres sans se préoccuper des *questions de justice qui sont réglées par des choix politiques indépendants des choix économiques.*

2) Les inégalités économiques et sociales sont non seulement en partie naturelles et donc inéluctables, mais aussi *nécessaires pour soutenir l'incitation individuelle à la productivité et maximiser ainsi la richesse collective.*

À partir de là, deux visions s'opposent. Les ultralibéraux adoptent le point de vue libertarien selon lequel la justice se résume à la liberté individuelle de maximiser son bien-être en respectant les seuls droits de propriété légitimes des autres individus. Rien ne justifie une quelconque tentative de limiter les inégalités. Les libéraux modérés estiment qu'une société juste doit se préoccuper du sort des pauvres. Au mieux, ils partagent la position de John Rawls : les inégalités sont justifiées, à condition que l'efficacité supérieure qu'elles engendrent permette d'améliorer le sort des plus défavorisés.

Il faut bien comprendre que les deux fondements rappelés ci-dessus sont mutuellement incompatibles. Le premier argument prétend que l'efficacité est en quelque sorte un préalable indépendant à la justice. On peut maximiser le bien-être en laissant jouer la concurrence parfaite sur tous les marchés. Si la distribution de bien-être qui en résulte n'est pas conforme à l'idée que la société se fait de la justice, on peut toujours redistribuer les revenus après coup pour atteindre la répartition idéale. Tout cela suppose donc clairement que *la répartition est totalement neutre en termes d'efficacité, elle n'affecte en rien la productivité*. Or, le second argument repose *au contraire* sur l'idée que *la répartition détermine la productivité* : les inégalités sont un stimulant nécessaire à la maximisation de la richesse.

On peut donc fonder un discours sur l'un de ces deux arguments, mais pas sur les deux simultanément : ils sont logiquement contradictoires. Parfois, néanmoins, le discours politique néolibéral n'hésite pas à les mêler dans une belle bouillie sophistique. On nous dit que le marché peut être le plus juste des systèmes, parce qu'il est plus efficace que tous les autres pour produire des richesses. C'est bien connu : on partage mieux l'abondance que la pénurie. Mais si vous soulignez alors qu'à votre goût on ne partage pas assez la belle abondance de la société de marché, on vous met en garde contre les méfaits d'une réduction des inégalités qui découragerait les entrepreneurs à qui l'on doit l'abondance. On voit le sophisme cruel : les inégalités sont l'ingrédient nécessaire à la production des richesses qui permettraient de réduire les inégalités ! C'est vraiment pas de chance !

Mais, fort heureusement, tout ce que nous avons appris sur la relation à long terme entre l'efficacité économique et la répartition contredit clairement les deux fondements du discours néolibéral. Nous avons montré en effet que l'efficacité économique n'est pas indépendante de la répartition mais en partie déterminée par elle (négation du premier argument libéral) et que les inégalités, loin d'être systématiquement nécessaires à l'efficacité, peuvent la contrarier (négation du second argument).

On ne peut donc produire en toute indifférence aux problèmes de répartition et redistribuer ensuite. Pourquoi en effet une société qui, au nom de l'efficacité, valorise systématiquement la compétition et l'inégalité dans la phase de production des richesses trouverait-elle ensuite, comme par enchantement, légitime de redistribuer largement des richesses vers des personnes qui ne les ont pas engendrées ? Cette redistribution-là, *a posteriori*, a toutes les chances d'exercer un effet dissuasif sur l'effort et l'investissement, parce que la plupart ne lui trouveront aucune légitimité. Ainsi, là où l'on constate qu'en effet la réduction des inégalités pénalise la croissance, cela nous montre seulement qu'il est insensé de vouloir rétablir un peu de justice en redistribuant *après coup* des richesses créées dans une société foncièrement injuste en ce qu'elle n'offre pas *au départ et à chacun* une égale capacité de contribuer à la création de richesses.

On doit en conclure qu'il vaut mieux changer la répartition primaire des revenus, au moment de leur formation dans le processus de production, et redistribuer des actifs (la terre et le capital humain, en particulier). Ce ne sont pas les résultats d'un système économique immuable qu'il convient de modifier, mais le système lui-même qu'il faut rendre plus équitable.

L'autre enseignement majeur des études du développement est que le creusement des inégalités peut être économiquement moins efficace que la réduction des inégalités. Cela détruit le second fondement du discours libéral. Les critères de justice de Rawls sont censés être adoptés par des individus rationnels, notamment parce qu'ils admettent que l'inégalité améliore l'efficacité globale. Rawls imagine que la société se déplace le long d'une frontière des possibilités de satisfaction des plus pauvres, frontière dont la forme et le niveau sont déterminés par l'état des techniques mais indépendants du degré de justice du système. Il suffit alors de choisir sur cette frontière le point où le niveau de bien-être des plus pauvres est le plus élevé. Mais cette démarche est disqualifiée si, comme semble le montrer la réalité, une plus grande justice peut déplacer vers le haut la frontière des possibilités, c'est-à-dire l'efficacité globale d'une société. Dès lors, en effet, le problème n'est plus de choisir le degré d'inégalité qui maximise le bien-être des plus pauvres, mais de trouver le chemin qui conduit à toujours plus de justice dans les conditions initiales, en vue d'éradiquer la pauvreté et de rendre la société plus efficace. La justice devient alors à la fois l'instrument et le signe de l'efficacité.

Tout cela conforte la conception de la justice d'Amartya Sen que nous avions soutenue dans notre loi n° 7. La justice ne consiste pas à redistribuer des revenus durablement inégaux engendrés par une distribution inégale des actifs matériels et intellectuels. Elle consiste à promouvoir l'égalité initiale des capacités de développement personnel, ce qui passe notamment par un effort particulier pour développer un égal accès à l'éducation, aux soins, au logement, au travail. Cela implique aussi de limiter la possibilité de capitaliser *indéfiniment* les résultats acquis par ceux qui ont les capacités les plus grandes.

Loi n° 19

Le salaire
n'est pas l'ennemi de l'emploi

L'hypothèse majeure qui fonde le discours et les politiques libérales en matière d'emploi et de chômage est bien connue : les rigidités institutionnelles (syndicats, SMIC, cotisations sociales) qui entravent la libre négociation des salaires et grèvent le coût du travail pénalisent l'emploi et constituent la principale cause du chômage. Cette hypothèse serait notamment confirmée par la comparaison entre les pays d'Europe continentale à chômage élevé et les États-Unis. Outre-Atlantique, en effet, depuis les années 1980, une plus grande flexibilité des salaires (à la baisse) va de pair avec un dynamisme plus marqué de l'emploi et un taux de chômage environ deux fois plus faible. Cette performance étant associée à une forte baisse des salaires réels en bas de l'échelle sociale, elle va aussi de pair avec une accentuation des inégalités et le développement d'une population de travailleurs pauvres. À l'opposé de cette situation, l'Europe continentale se distinguerait par des salaires mieux protégés et un chômage plus élevé. D'où l'idée étrange qu'il nous faudrait choisir entre la lutte contre le chômage et la lutte contre la pauvreté. Le salaire et l'emploi seraient des frères ennemis.

Vive la baisse des salaires ?

Cette vision a des fondements théoriques solides dans l'approche néoclassique du marché du travail. Des entreprises en situation de concurrence parfaite produisent en employant deux facteurs substituables (travail et capital) dans des proportions qui maximisent leurs profits. À court terme, on considère habituellement que l'un des deux facteurs est fixe (le capital par exemple) ; l'entreprise n'ajuste son volume de production qu'en modulant l'emploi du facteur variable (le travail par exemple).

Le calcul rationnel de l'entrepreneur prend en compte la productivité et le coût du facteur. Si, à un instant donné, la productivité réelle d'une unité supplémentaire de travail (sa « productivité marginale ») est supérieure à son coût réel (le salaire réel), l'entreprise développe l'emploi, puisque cela améliore son profit. Si en revanche la productivité marginale du travail est inférieure au salaire réel, l'entreprise perd de l'argent et tend à réduire l'emploi. Le profit est donc maximal quand la productivité marginale du travail est égale au salaire réel.

À long terme, l'entreprise peut ajuster les deux facteurs de production. On montre alors que la maximisation du profit suppose un rapport capital/travail qui égalise les productivités marginales des deux facteurs pondérées par leur prix, c'est-à-dire le rapport entre la productivité réelle et le coût réel du facteur. Rassurez-vous, ce jargon a un sens très concret. Le rapport entre la productivité du travail et le coût du travail indique ce que l'entreprise gagne en production supplémentaire pour un euro dépensé en salaires et charges sociales. On peut de même calculer le gain de production engendré par chaque euro investi dans du capital. Il est évident que, si un euro dépensé en travail rapporte plus qu'un euro investi en capital, l'entrepreneur a intérêt à substituer du travail au capital, et inversement. Le profit est donc maximal quand un euro rapporte la même chose, qu'il serve à employer plus de main-d'œuvre ou plus de capital (voilà ce que signifie concrètement l'égalisation « des productivités marginales pondérées… »).

Dans une économie parfaitement concurrentielle, l'entreprise ne décide que des quantités de facteurs à employer ; elle n'a aucun pouvoir sur le prix des facteurs qui est déterminé par l'équilibre concurrentiel entre l'offre et la demande sur les marchés de facteurs. Dans ce modèle, la libre concurrence devrait garantir le plein emploi des facteurs. Imaginons qu'à la suite d'un choc quelconque sur le marché du travail l'offre de travail (des travailleurs) devienne supérieure à la demande (des employeurs). Le chômage qui apparaît alors devrait disparaître aussitôt, car la concurrence entre les travailleurs pour occuper les emplois entraîne une renégociation des salaires à la baisse. Le salaire passe en dessous de la productivité du travail, ce qui incite les employeurs à développer l'embauche.

Donc, si on laisse faire, la flexibilité des salaires rétablira spontanément l'équilibre. Mais si des rigidités institutionnelles empêchent la libre négociation et la baisse des salaires, le chômage persiste. En sus de ce blocage du processus d'ajustement, la régulation institutionnelle du travail et des salaires conduirait à un coût du travail structurellement supérieur à son niveau d'équilibre. À long terme, la hausse du prix relatif du travail (par rapport au capital) incite les entreprises à substituer du capital au travail ; les techniques de production deviennent de plus en plus économes en main-d'œuvre ; le contenu en emploi de la croissance recule ; les entreprises compensent aussi le surcoût du travail par la surqualification des travailleurs, ce qui pénalise plus spécialement les jeunes sans expérience et les travailleurs non qualifiés.

Dans ce cadre, la solution au chômage persistant en Europe et aux difficultés spécifiques des jeunes et des non-qualifiés serait la baisse du coût du travail (notamment par la réduction des charges sociales). La baisse du coût relatif du travail (par rapport au coût du capital) stimulerait directement l'emploi en incitant les entreprises à substituer du travail au capital ; elle devrait aussi le faire indirectement en soutenant l'activité par divers canaux :

1) effet de compétitivité (amélioration de la compétitivité-prix favorable aux exportations) ;

2) effet de profitabilité (hausse de la part des profits dans la valeur ajoutée favorable à l'investissement) ;

3) désinflation qui libère un pouvoir d'achat disponible pour la consommation.

L'emploi ne dépend pas principalement du salaire

Ces conclusions ordinaires de l'approche libérale ne sont, pour l'essentiel, pas confirmées par les dizaines d'études empiriques sur la relation entre coût du travail et emploi dans les grands pays industriels [120]. Au niveau macroéconomique, *il n'existe pas de liaison significative entre l'emploi et le coût relatif du travail*. Il n'y a donc pas d'effet de substitution du travail au capital quand le prix relatif du travail diminue (*i.e.* quand le rapport coût du travail/coût du capital diminue). L'estimation de la relation emploi-coût absolu du travail donne parfois de meilleurs résultats avec une élasticité-prix de la demande de travail allant de -0,15 à -0,75 [121]. Mais, outre le fait que cela indique en moyenne un impact modéré, ces résultats sont très peu robustes : la relation change de signe ou devient non significative selon le contenu de l'équation de demande de travail, sans qu'il y ait de bonnes raisons de préférer

---

120. On trouvera une synthèse et les références des études que nous citons dans Jérôme Gautié, *Coût du travail et emploi*, La Découverte, coll. « Repères », 1998, et dans Liêm Hoang-Ngoc, « Salaires et emploi », note n° 1 du club Démocratie-Égalité, juin 2001.

121. On rappelle que l'élasticité-prix de la demande indique de quel pourcentage varie la quantité demandée quand le prix varie de 1 %. Ici, l'élasticité de -0,15 % signifie qu'une hausse de 1 % du coût du travail entraîne une baisse de 0,15 % de l'emploi.

une spécification plutôt qu'une autre. Par ailleurs, la plupart de ces résultats portent sur le secteur manufacturier alors que 60 % à 70 % de l'emploi des grands pays industriels se situe dans les services.

Ceux qui admettent néanmoins l'existence d'un faible effet négatif du coût absolu du travail sur l'emploi doivent invoquer d'autres canaux de transmission que l'effet de substitution, dont on a vu qu'il était insignifiant ; ils invoquent le plus souvent l'*effet de compétitivité* et l'*effet de profitabilité*. Mais ces pistes ne sont pas le moins du monde convaincantes. Il n'y a aucune corrélation stable et univoque entre ces deux variables et l'emploi ou le chômage. Force est de constater que les pays les plus compétitifs et structurellement excédentaires dans les échanges extérieurs sont souvent des pays à travail cher (Allemagne et Japon, notamment). Et, de toute façon, la quête d'une meilleure compétitivité-prix par la baisse du coût du travail est à double tranchant : si tout le monde cherche à être plus compétitif en comprimant ses coûts, personne n'est plus compétitif ; éventuellement, cela permet seulement d'améliorer la part des profits au détriment de celle des salaires. Et n'était-ce d'ailleurs pas là le véritable objectif de la course généralisée à la baisse des coûts depuis les années 1980 ?

C'est donc surtout de l'effet profitabilité que l'on devrait espérer un impact favorable sur l'emploi. Mais, là encore, la réalité de ces dernières années ne démontre en rien qu'une meilleure profitabilité stimule l'emploi. On dispose plutôt de contre-exemples (en France, notamment) où les phases de développement de la part des profits dans la valeur ajoutée accompagnent la montée du chômage, la stagnation des investissements productifs et la floraison des bulles spéculatives. Les entreprises en effet n'investissent pas (et donc ne créent pas d'emplois) *parce qu'elles* font des profits mais *pour* faire des profits. Si les actionnaires consentent à la non-distribution d'une part des profits, c'est naturellement pour qu'ils soient réinvestis dans des opérations aussi rentables que possible. S'ils exigent un taux de rendement de 15 %, ils disqualifient une bonne partie des investissements dans des activités productives employant de la main-d'œuvre : un tel taux de rendement est en effet exceptionnel et non soutenable dans une économie où la production croît en moyenne de 2 % à 4 % par an. Les dirigeants peuvent dès lors préférer des investissements plus ou moins spéculatifs sur les marchés financiers et/ou rechercher la baisse des coûts par tous les moyens, à commencer par la réduction des effectifs employés.

Pour finir, soulignons qu'en Europe, au cours des dix dernières années, l'emploi a souvent été plus dynamique et le chômage plus faible dans les pays à coût du travail élevé et à forte hausse annuelle des salaires[122]. Et rappelons que les taux de sous-emploi les plus élevés sont habituellement constatés dans des pays en développement à très bas salaires.

Bref, comme le reconnaissent la plupart des spécialistes, on a bien du mal à trouver un fondement

---

122. Voir le bilan d'*Alternatives économiques*, n° 201, mars 2002, « La France est-elle encore dans la course ? ».

empirique solide à l'idée que l'emploi serait *globalement* pénalisé par le niveau du coût du travail. Mais, sans affecter l'emploi global, le coût du travail pourrait avoir des effets sur la répartition du travail entre les diverses catégories. Aussi de nombreuses études recherchent par exemple si la probabilité de chômage relativement plus élevée des jeunes et des travailleurs non qualifiés s'explique par l'évolution relative du salaire minimum. Là encore, les divers résultats disponibles font apparaître une relation variable et ambiguë. Quand l'effet négatif du salaire minimum existe, il est de faible ampleur. Aux États-Unis, selon A. Wellington (1991), une hausse de 10 % du salaire minimum réduirait l'emploi des jeunes de 0,5 % à 0,7 %. Mais bien des études de cas ou des études menées sur des données individuelles donnent des résultats inverses. Ainsi, la forte hausse du salaire minimum californien à la fin des années 1980 s'est accompagnée d'un essor de l'emploi des jeunes. À la même époque au Texas, Katz et Krueger ont étudié la réaction d'un échantillon de fast-foods à la hausse du salaire minimum. Ils observent que les fast-foods n'ont le plus souvent pas usé de la possibilité de payer un sous-salaire pour les jeunes (85 % du salaire minimum). Ils ont même relevé les salaires d'embauche pour conserver un écart positif avec le salaire minimum, là où cet écart existait avant la hausse. Et tout cela n'a pas déprimé l'emploi des jeunes.

Inversement, la forte baisse relative du salaire minimum fédéral dans les années 1970-1980 (de 55 % du salaire moyen, en 1968, à 35 % en 1989) n'a pas évité le sous-emploi relatif des jeunes. Plus généralement, malgré la forte baisse absolue et relative des bas salaires américains, le taux de chômage relatif des travailleurs non qualifiés a augmenté dans les années 1980. Et l'on sait par ailleurs que le sous-emploi relatif est d'un niveau comparable au niveau européen. La différence statistique entre les taux de chômage des jeunes hommes s'explique quasi intégralement par le fait que leur taux d'emprisonnement est aux États-Unis cinq fois supérieur aux taux européens[123].

Des baisses de salaire qui ne diminuent pas le chômage et des hausses du SMIC qui améliorent l'emploi des jeunes ? Est-ce le monde qui marche sur la tête, ou la théorie néoclassique ? N'en déplaise à George Stigler qui croit la théorie plus vraie que la réalité[124], c'est forcément la théorie qui est à côté de la plaque.

Mieux vaut surpayer que sous-payer les salariés dont on a vraiment besoin

Une fois de plus, la théorie économique n'est pas décevante, car bien avant que la prolifération des études économétriques n'ait semé le plus grand doute sur la pertinence de l'approche néoclassique,

---

123. Voir *De l'État providence à l'État pénitence*, *Actes de la recherche en sciences sociales*, n° 124, septembre 1998.
124. Allusion à l'une de ses déclarations que nous avons commentée dans la conclusion du premier volume de cet ouvrage.

d'autres analyses de la relation salaire-emploi ont raconté une histoire qui ressemble bien plus à la vraie. Dès les années 1930, Keynes contestait la capacité d'une baisse des salaires à restaurer l'emploi dans une économie subissant une crise des débouchés. Même si l'effet de substitution travail-capital existait, expliquait-il, il serait plus que compensé par un effet revenu négatif : la chute du pouvoir d'achat des salariés accentuerait l'insuffisance de la demande et donc aussi le recul de la demande de travail. Keynes fut aussi l'un des premiers à montrer que l'exigence d'un taux de rendement du capital anormalement élevé contribuait au déclin de l'activité et de l'emploi en opérant une redistribution du revenu défavorable à la consommation populaire et favorable aux placements spéculatifs.

Dans les années 1960 et 1970, un faisceau d'hypothèses (théories du marché du travail interne, du capital humain, des contrats, etc.) forgent l'idée d'une relation de long terme entre employeurs et employés d'autant plus forte que le niveau de qualification est élevé[125]. Pour limiter les coûts associés à la mobilité du travail, préserver leurs investissements en capital humain (formation et expérience des salariés), réduire les prétentions salariales en contrepartie d'un salaire moins risqué, ou encore inciter les travailleurs à la coopération, les entreprises ont intérêt à conclure avec une bonne part de leur main-d'œuvre un contrat implicite garantissant un

---

125. Voir Gérard Leclerc, *Les Théories du marché du travail*, Le Seuil, coll. « Points Économie », 1999.

salaire relativement indépendant de la conjoncture et croissant avec l'ancienneté. Dès lors, l'évolution typique du salaire est découplée de la conjoncture. Il est habituellement supérieur à la productivité en début de carrière (phase d'apprentissage et d'investissement en capital humain), puis inférieur à la productivité (phase de récupération de l'investissement), et éventuellement à nouveau supérieur à la productivité en fin de carrière (paiement différé récompensant la fidélité et la coopération du salarié).

Les entreprises ne s'engagent pas dans ces relations de long terme par bonté d'âme, mais parce que cela maximise leur profit. Même s'il peut être tentant de remettre en cause ces contrats informels en période de basse conjoncture ou en fin de carrière, les entreprises en sont dissuadées par le souci de préserver la *réputation* qui leur permet d'embaucher de nouveaux salariés. Bien évidemment, les entreprises n'ont pas forcément intérêt à entretenir ce type de relation avec tous les travailleurs, notamment avec les moins qualifiés. Il s'ensuit un dualisme qui oppose une classe de travailleurs relativement protégés et un réservoir de main-d'œuvre secondaire qui sert de tampon d'ajustement aux fluctuations conjoncturelles.

Dans ce contexte, une baisse du coût du travail secondaire ne stimule pas davantage son emploi qu'elle n'exerce une menace concurrentielle sur les conditions d'emploi du travail primaire. Seul un recul définitif ou relativement long du régime d'activité conduit l'employeur à remettre en cause les contrats des travailleurs primaires, en commençant par les derniers arrivés et les moins qualifiés. L'entrée comme la sortie des travailleurs passent par une file d'attente où chacun occupe une place déterminée par le degré d'investissement de la firme dans la relation d'emploi et peu sensible au coût du travail.

Au milieu des années 1980 enfin, les *théories du salaire d'efficience* (initiées par G. Akerlov et J. L. Yellen en 1984) suggèrent une autre excellente raison de ne pas ajuster systématiquement les salaires aux chutes de productivité : *la productivité dépend des salaires*. Keynes (1936) suggérait déjà que les salariés apprécient leur salaire en fonction du sentiment qu'ils ont d'être traités équitablement par leur employeur (hypothèse du salaire relatif), et Libenstein (1957) montrait que, dans les pays pauvres, la hausse des salaires avait des effets bénéfiques sur la productivité globale, probablement *via* son impact positif sur l'alimentation, la santé et l'éducation. La conjonction de cette intuition et de cette observation conduit à l'hypothèse d'une liaison positive entre productivité et salaire. L'effort et la qualité du travail offert par l'individu sont d'autant plus forts que la rémunération est élevée, et inversement.

Autrement dit, pour l'employeur, mieux vaut surpayer un peu des salariés impliqués, fiables et reconnaissants que sous-payer des salariés qui ne manqueront pas d'ajuster leur effort à la baisse et de garder pour eux les précieuses informations que leur employeur n'estime pas utile de rémunérer. Certes, ce comportement peut engendrer du chômage pour les moins qualifiés. On interprète habituellement le modèle du salaire d'efficience comme la démonstration qu'un salaire supérieur au salaire d'équilibre concurrentiel crée du chômage. Mais on ne peut pas en déduire qu'une politique de réduction du coût du travail changerait vraiment une situation qui ne résulte pas des politiques publiques mais de la libre volonté des employeurs. En revanche, les politiques publiques peuvent relever le niveau d'éducation et de formation des non-qualifiés de façon à faciliter leur accès au marché primaire du travail.

Toutes ces approches nouvelles du marché du travail ont en commun de comprendre que le salaire n'est pas le coût d'une marchandise morte et insensible à son prix. Le salaire n'est pas qu'un coût, c'est aussi le revenu qui conditionne la survie, le niveau de vie et le sentiment d'être traité équitablement. Le travailleur n'est pas une marchandise morte, mais un être humain réactif qui adapte son degré d'effort, d'implication, de coopération au traitement (dans tous les sens du terme) qui lui est proposé par son employeur. C'est pourquoi le salaire n'est pas comparable au prix de n'importe quelle autre matière première dont la baisse serait toujours une bonne nouvelle.

Ces nouvelles théories fondent aussi une vision du marché du travail plus proche d'une réalité où de bons salaires sont plutôt l'attribut complémentaire des emplois stables et les bas salaires celui des emplois précaires et des chômeurs récurrents. Est-il de toute façon nécessaire d'être docteur en économie pour comprendre que l'on n'embauche pas quelqu'un parce qu'il est bon marché ou parce que l'on a de l'argent à dépenser, mais afin de lui confier une activité rentable pour laquelle il est qualifié ? Faut-il être docteur en économie pour savoir que peu d'entreprises ont intérêt à fonctionner avec des travailleurs qui n'ont pas les moyens de mener une vie décente ?

Cessons donc de dire que, pour remettre les pauvres au travail, il suffirait de leur couper les vivres quand ils sont au chômage – pour éviter qu'ils prennent trop goût à la chose – et de réduire ensuite leur salaire quand ils sont embauchés pour ôter à l'employeur l'envie de les licencier. Offrons plutôt un égal accès à la qualification qui donne à l'employeur l'envie de nouer une relation durable. Interrogeons-nous aussi sur des taux de rentabilité exigés qui disqualifient des hommes et des femmes qui trouveraient parfaitement leur place dans une société où les détenteurs du capital estimeraient normal de gagner 4 % ou 5 % par an sur leurs investissements.

Loi n° 20

Un bon déficit vaut mieux qu'un mauvais excédent

Aussi vrai qu'une hausse du chômage est déplorable et une reprise de la croissance une bonne nouvelle, n'est-il pas désormais évident qu'il faut se réjouir d'un excédent de la balance commerciale et redouter le creusement du déficit budgétaire ? L'excédent commercial est perçu comme un signe de compétitivité internationale, et les déficits publics comme l'effet d'une mauvaise gestion. Ces lieux communs – peu à peu transformés en dogmes implicites du discours supposé économiquement correct – n'ont pourtant pas le moindre fondement théorique ou empirique.

Pourquoi ces erreurs de jugement envahissent-elles néanmoins le débat public et l'information économique sans guère susciter de résistance ? Parce qu'elles ont les apparences du bon sens populaire. Ainsi, dans un échange, n'est-il pas évidemment préférable d'être gagnant, d'en retirer plus que moins ? Vive l'excédent donc ! De même, tout le monde sait bien qu'on « ne peut pas vivre au-dessus de ses moyens », au risque de tomber dans le piège du surendettement. Haro sur le déficit budgétaire qui nous prépare des lendemains qui déchantent !

Las, une maxime de comptoir ne fait pas un raisonnement et le vrai bon sens n'est pas toujours celui que l'on croit.

Le mythe de l'excédent commercial

À la décharge des piliers de comptoir, il faut reconnaître que les premiers économistes (les mercantilistes des XVIe et XVIIe siècles) ont chanté les louanges de l'excédent commercial, au point de conseiller aux princes des politiques commerciales actives favorisant les exportations et limitant les importations. Pour les premiers mercantilistes, en effet, l'excédent commercial enrichissait l'État et le pays en assurant des entrées d'or (la monnaie de l'époque) supérieures aux sorties. Ils finirent pourtant par reconnaître leur erreur. La monnaie n'est pas la richesse, mais l'instrument de sa circulation. Une augmentation du stock d'or sans croissance des biens et services disponibles dans le pays ne provoque que la flambée des prix.

La richesse progresse là où la population dispose d'une plus grande quantité de biens et de services vraiment utiles. De ce point de vue, l'excédent commercial a plutôt les apparences d'un appauvrissement, puisqu'il implique une sortie nette de biens vers l'étranger. Un pays trop pauvre pour exploiter pleinement pour lui-même des ressources convoitées par des nations plus riches peut très bien connaître un excédent structurel de ses échanges commerciaux.

Pour savoir si un excédent ou un déficit commercial est une bonne ou une mauvaise nouvelle, il convient de se poser quelques questions de bon sens, et pour commencer celle-ci : d'où vient-il ? Un excédent peut ainsi être provoqué par une récession (ou une croissance faible relativement à celles des autres nations) qui déprime fortement les importations. Inversement, un déficit peut résulter d'une croissance économique rapide qui stimule les importations. D'ailleurs, au sein des grands pays industriels, les États-Unis tant vantés pour le dynamisme de leur activité et de leur emploi au cours des deux dernières décennies ont aussi le plus durable et le plus inexorable déficit de la balance commerciale. Il convient ensuite de jeter un œil sur les autres flux internationaux qui peuvent compenser le solde de la balance commerciale. Par exemple, un déficit commercial peut être compensé par des investissements directs étrangers qui se traduisent par des entrées durables de capitaux dans le pays.

Le piège d'une vision statique et guerrière de l'économie

Derrière l'erreur initiale des mercantilistes se cachait néanmoins une juste intuition à laquelle Keynes rendra plus tard hommage : il y a bien un effet positif de la quantité de monnaie sur la production. En effet, comme le montre William Petty dès 1690, un afflux d'or (une offre de monnaie abondante) abaisse le coût du crédit (les taux d'intérêts), ce qui stimule l'investissement et donc la production et l'emploi.

Mais découvrir qu'une économie ne peut se développer sans une création monétaire et sans crédit ne conduit en rien à affirmer la nécessité d'un excédent commercial. Imaginons que l'Espagne et le Portugal aient parfaitement compris cela dès le XVe siècle et développé des monnaies scripturales émises par les banques. Le développement du crédit interne et la baisse des taux d'intérêts auraient alors été possibles, tout en évitant le pillage de l'or du Nouveau Monde et le génocide des peuples d'Amérique. Imaginons encore que ces peuples aient accepté d'ouvrir des comptes dans les banques européennes et d'être payés par virement sur ces comptes ; les Européens auraient alors, sans tirer un coup de fusil, disposé des épices, des pierres précieuses, du coton et autres ressources qu'ils convoitaient. De leur côté, les Amérindiens auraient, non seulement survécu, mais aussi acquis les moyens d'accéder à une gamme élargie de produits, d'équipements et de techniques. Dans ce monde de rêve – où l'on n'aurait fait que du commerce, pas la guerre –, les nations occidentales auraient sans doute accumulé pour longtemps de gigantesques déficits de leur balance commerciale, en attendant que les progrès de la population américaine et la mutation de son mode de vie ne stimulent fortement sa demande pour les produits européens.

Mais une telle fable n'était alors même pas concevable dans l'esprit des élites européennes. D'une part, elles ne reconnaissaient pas les effets d'entraînement bénéfiques du crédit – activité qu'elles avaient bien du mal à distinguer de l'escroquerie ou du vol. D'autre part, elles concevaient le monde et ses ressources comme un espace fini et sans croissance où, par conséquent, la richesse d'un pays, comme son territoire, ne peut progresser qu'au détriment d'un autre pays. Dans ce monde figé par la rareté absolue, les hommes et les nations sont en compétition pour la même chose et non en synergie pour plus de choses ; ils sont concurrents et non complémentaires. D'où une conception guerrière de l'économie : conquérir plus de marchés (territoires) que les autres pour dégager à leurs dépens un excédent de ressources.

L'essor du commerce et de l'industrie fit néanmoins reculer cette sombre vision, tout au long du XVIIIe siècle, et les classiques anglais nourrirent le rêve d'une société pacifiée par l'échange et où, grâce à une meilleure division du travail, la recherche du bien commun l'emporterait sur la guerre des uns contre les autres. En effet, quand on adopte une vision historique et dynamique de l'économie, et si de surcroît on a une vision optimiste du marché, l'enjeu du commerce international est moins de prendre des marchés aux autres que d'augmenter la taille du marché grâce aux synergies et aux complémentarités favorisées par l'échange.

Mais à la fin du XIXe siècle, l'avènement puis la domination du modèle néoclassique – qui exclut le temps, la monnaie et les interactions sociales – réactivèrent une vision statique, a-historique et finie du monde. À certains égards, cela constitua donc un bond en arrière méthodologique de trois siècles. La même incapacité à concevoir le rôle du crédit, les synergies collectives et les complémentarités, incapacité qui avait poussé les premiers mercantilistes à se fourvoyer dans le culte de l'excédent commercial, allait d'ailleurs engendrer la phobie des déficits publics.

L'étrange phobie du déficit budgétaire

Jusqu'aux années 1930, il n'y eut pas de vrai débat sur cette question. La pensée orthodoxe assimile la gestion des finances publiques à celle d'un père de famille prudent qui s'efforce de ne pas vivre au-dessus de ses moyens, voire d'épargner pour préparer l'avenir et se prémunir contre les mauvaises surprises. Cette vision a pourtant une conséquence fâcheuse quand survient une dépression. Celle-ci entraînant une chute des recettes fiscales et donc un déficit public, le gouvernement s'efforce de rétablir l'équilibre budgétaire en réduisant ses dépenses et/ou en relevant les impôts. Ce faisant, il déprime plus encore l'activité.

Il fallut la grande dépression des années 1930, la sagesse de quelques hommes d'État (comme Roosevelt aux États-Unis) et la révolution scientifique initiée par John Maynard Keynes pour qu'on renonce au dogme funeste de l'équilibre budgétaire. Systématisant les intuitions négligées de quelques prédécesseurs (notamment Le Pesant de Boisguillebert et Malthus), Keynes (1936) finit par convaincre que la pire des politiques consiste à assécher les liquidités et la dépense d'une économie en crise. À l'opposé de cette attitude suicidaire, le seul fait de laisser filer le déficit public conjoncturel provoqué par la récession exerce un *effet stabilisateur automatique* : le recul des revenus et de la demande est freiné par la baisse des impôts et la remontée des dépenses sociales. L'État peut bien évidemment compléter cette stabilisation automatique par un *déficit discrétionnaire* qui renforce l'action contracyclique des budgets publics. Depuis les années 1940, tout le monde sait cela et tous les gouvernements ont recours à la politique budgétaire (y compris, voire surtout, ceux qui à l'instar des gouvernements R. Reagan, J. Major, G. W. Bush récusent officiellement le keynésianisme).

Il y eut néanmoins une vive contre-attaque néoclassique. Dans les années 1960, les monétaristes développent l'hypothèse d'un « effet d'éviction » de la dépense privée par la dépense publique. Un déficit public doit en effet être financé. Quand l'État emprunte sur le marché financier, il réduit l'épargne disponible et fait monter les taux d'intérêts, ce qui déprime l'investissement. Il se peut qu'à court terme le déficit ait des effets stimulants sur l'activité ; mais, au terme du processus, le supplément de production sera compensé par la chute des investissements privés. L'économie se retrouve alors avec un produit intérieur inchangé, l'inflation engendrée par les pressions sur la demande et un État endetté qui finira par lever plus d'impôts pour rembourser ses dettes.

Dans les années 1970-1980, les « nouveaux classiques » prétendent même que le déficit public n'a aucun effet positif à court terme en raison des « anticipations rationnelles » des agents privés. Ces derniers savent bien que le déficit n'aura aucun effet net sur la richesse nationale et que les largesses présentes de l'État se traduiront à terme par des prélèvements supplémentaires. Aussi, dès l'annonce de la relance budgétaire, les agents privés réduisent leur dépense pour faire face aux impôts à venir. L'éviction de la dépense privée par le déficit public est donc instantanée.

Comme nous l'avons déjà montré [Lois n° 9, n° 10 et n° 11], la conclusion de la théorie des anticipations rationnelles est une pure tautologie. Ce modèle part d'une situation d'équilibre général et de plein emploi, dans laquelle il n'existe pas la moindre dépression de l'activité et donc aucun besoin de relance. Il parvient ensuite, à grand renfort d'équations, à démontrer que, dans ce cas, la relance budgétaire est inefficace. La belle découverte ! Autant dire qu'un estomac déjà plein risque l'indigestion si on lui injecte un kilo de saindoux.

Plus sérieusement, l'hypothèse d'une éviction de la dépense privée par la dépense publique n'est pas vérifiée empiriquement[126], et cela s'explique aisément. Une relance budgétaire intervient normalement dans une situation où les ménages et les entreprises réduisent leurs dépenses : il n'y a alors pas pénurie d'épargne mais pénurie d'investissements. En empruntant les fonds que les agents privés n'osent plus investir, l'État ne les prive de rien : il prend seulement leur relais. Les dépenses publiques

---

126. Voir Maurice Baslé, *Le Budget de l'État*, La Découverte, coll. « Repères », 2000.

ne sont pas des substituts aux dépenses privées, mais des compléments doublement indispensables : d'une part, elles assurent la production des biens publics (éducation, justice, etc.) et des infrastructures sans lesquelles aucune activité privée ne prospérerait ; d'autre part, elles réamorcent la pompe des échanges quand elle tombe en panne.

Peut-on vivre au-dessus de ses moyens ?

Soit, dira-t-on, mais l'État peut-il vivre au-dessus de ses moyens en dépensant plus que ses recettes courantes ? Oui, bien sûr, comme tout le monde et plus longtemps que tout le monde, mais pas éternellement.

Heureusement, grâce au crédit, tout le monde vit au-dessus de ses moyens, sauf les pauvres. Dans quel piteux état serait notre économie si personne ne dépensait plus que ses recettes courantes ? Un ménage occidental au revenu moyen devrait épargner cinq à six ans avant de s'acheter une voiture et durant quinze à vingt ans avant d'acheter son logement. Ceux qui ont accès au crédit peuvent faire un pari raisonnable sur l'avenir, disposer immédiatement de biens en anticipant sur leur capacité d'épargne future.

Il y a toujours un risque que tel individu perde son emploi ou tombe malade et soit empêché de gagner son pari sur l'avenir. C'est d'ailleurs pourquoi, quand l'avenir devient trop incertain, les ménages et les entreprises arrêtent de parier, épargnent au lieu de consommer et d'investir, aggravant ainsi collectivement la morosité ambiante qui motive leur frilosité. C'est précisément à ce moment qu'un acteur à l'abri du risque d'insolvabilité, l'État, doit prendre le relais des investisseurs privés et parier à leur place. Mais s'il est avisé, le pari de l'État n'est pas un jeu de dés, c'est un investissement. S'il y a toujours un risque que l'investissement d'un individu ou d'une entreprise ne soit pas couronné de succès, il n'y a aucun risque qu'une meilleure éducation ou de meilleures infrastructures n'aient pas à terme des retombées positives sur l'ensemble de la nation. On le voit, il serait non seulement incongru, mais aussi dangereux, d'interdire à l'État de recourir au déficit, c'est-à-dire tout simplement au crédit.

Malgré tout, nous sommes toujours plus inquiets des déficits publics que des déficits privés. Cela vient en partie de ce que nous n'avons pas directement conscience de ces derniers et de leur ampleur. Or, il faut savoir que, globalement, le secteur des entreprises vit au-dessus de ses moyens en permanence, pour la simple et bonne raison qu'il réalise une part essentielle des investissements tandis que l'épargne est très largement détenue par les ménages : il est donc globalement et structurellement déficitaire et emprunteur. Il ne viendrait pourtant à personne l'idée saugrenue d'imposer aux entreprises un retour vers l'équilibre budgétaire.

Pourquoi cette idée nous vient-elle en ce qui concerne les budgets publics ? Pour une mauvaise raison, mais aussi de moins mauvaises. Commençons par la mauvaise. Dans les comptes d'une entreprise, on n'enregistre pas les dépenses d'investissement comme des charges de l'exercice en cours, parce que les équipements contribuent à la production des cinq, dix ou trente années à venir. Chaque année, au poste « amortissements », on impute donc aux charges courantes une fraction seulement des dépenses d'investissement (par exemple, un dixième de la valeur d'une machine qui servira pendant dix ans).

Ce traitement logique n'est pas possible quand on établit le budget de l'État et des autres collectivités publiques. En effet, les règles de la comptabilité publique exigent que l'on enregistre au budget toutes les dépenses de l'année votées par les assemblées compétentes, dépenses courantes *et* dépenses d'investissement. Pour cette seule raison comptable, un budget peut afficher un déficit provoqué par des investissements, alors que les recettes courantes couvrent ou dépassent les dépenses courantes. Dans ce dernier cas, en toute logique économique, on devrait considérer que le budget est équilibré ou excédentaire.

L'équilibre à moyen terme du *solde courant* des budgets publics est un objectif pertinent. En période de basse conjoncture, on peut laisser les dépenses courantes dépasser les recettes courantes et s'endetter, à condition qu'en phase de reprise de l'activité un excédent de recettes courantes permette de rembourser les dettes contractées.

Mais au nom de quelle logique économique devrait-on interdire les emprunts nécessaires pour construire des routes, des universités, des crèches, des hôpitaux ? En matière d'investissement, il serait pertinent d'appliquer aux comptes publics le même raisonnement qu'aux comptes de l'entreprise. Le déficit et l'endettement publics sont parfaitement justifiés, quand ils financent des biens et des équipements publics indispensables et dont l'effet positif sur le développement suscitera à terme les rentrées fiscales permettant de rembourser les crédits contractés. Comme l'a d'ailleurs magistralement montré l'exemple américain depuis les années 1980, une très longue période de déficit public accompagnant et soutenant l'activité est l'un des ingrédients qui engendrent l'équilibre budgétaire à long terme.

Bien entendu, comme pour les entreprises privées, il existe aussi de bonnes raisons de s'inquiéter des déficits, quand ils ne génèrent pas à terme la capacité de remboursement nécessaire et contraignent à un endettement perpétuellement croissant (effet dit « boule de neige »). Dans ce dernier cas, le déficit excessif engendre une charge de la dette croissante qui obère les ressources disponibles pour les biens publics et redistribue l'argent des contribuables vers les détenteurs du capital financier.

À dire vrai, ce que nous venons de décrire comme une attitude économiquement sensée a été jusqu'ici assez largement adopté par les principaux gouvernements, en dépit de l'adhésion apparente de certains à une rhétorique libérale antidéficits. Mais ce bon sens économique s'est trouvé récemment perturbé au sein de l'Union européenne par la mise en place d'une monnaie unique.

La raison d'être du « pacte de stabilité [127] »

Avant la mise en place d'une monnaie unique, les pays membres de l'Union ne pouvaient pas pratiquer n'importe quelle politique budgétaire, parce que toute divergence avec la croyance dominante des marchés financiers en la matière (en clair, tout creusement du déficit jugé excessif) pouvait déclencher une spéculation contre le taux de change du pays concerné. Celui-ci avait alors deux options : renoncer à la stabilité du taux de change (soit en sortant du système monétaire européen, soit en procédant à des dévaluations successives), ou bien rentrer dans le rang et réaligner sa politique budgétaire sur la norme. Un pays soucieux de préserver la stabilité du taux de change ne pouvait donc plus pratiquer une politique économique indépendante. La rapidité et l'ampleur potentielle des mouvements de capitaux spéculatifs étaient telles que la seule annonce d'une politique budgétaire jugée inappropriée par les marchés pouvait déclencher des sorties de capitaux suffisantes pour dissuader un gouvernement de la mettre en œuvre. Si bien que ce ne sont pas seulement certaines politiques qui se trouvaient interdites, mais aussi le simple fait d'en débattre ! C'est d'ailleurs en

---

127. Nous avons développé les arguments qui suivent dans le chap. 9 de notre *Introduction à la politique économique*, *op. cit.*, et dans deux articles : « Faut-il brûler le pacte de stabilité ? », *Alternatives économiques*, novembre 2001, et « Schröder contre la Commission : comédie ou tragédie ? », *Alternatives économiques*, mars 2002.

partie pour échapper à ce diktat permanent des marchés que tant d'États ont si volontiers renoncé à une souveraineté monétaire devenue illusoire.

En supprimant les taux de change intra-européens et en adoptant une monnaie unique, les membres de l'Union monétaire annihilaient l'essentiel du pouvoir de sanction des marchés. Mais, une fois libérés de la contrainte du taux de change, les gouvernements pouvaient en théorie pratiquer n'importe quel niveau de déficit public, emprunter massivement sur le marché financier et contribuer à la hausse des taux d'intérêts à long terme, éventuellement alimenter une inflation qui conduirait la Banque centrale européenne (BCE) à relever les taux d'intérêts à court terme, bref, déclencher des effets externes négatifs pour les autres pays de l'Union, au nom de préoccupations strictement nationales.

En union monétaire, on le comprend, on ne peut pas laisser à chaque membre la liberté de faire ce que bon lui semble en matière de déficit public. On ne peut pas davantage s'attendre à ce que les politiques budgétaires restent inactives dans des pays affectés par un choc économique défavorable. Il faut donc s'entendre sur ce qui constitue une bonne réaction.

Pourquoi un mauvais pacte plutôt qu'un bon ?

Las ! la mise en œuvre d'une vraie coordination des politiques budgétaires n'est pas une mince affaire. Une réaction budgétaire efficace à un choc économique suppose en effet une réponse rapide et crédible, à l'instar des réactions américaines en pareil cas. Dans le cadre de l'Union européenne, cela nécessiterait soit un *budget fédéral européen* comparable au budget fédéral des États-Unis, soit une forme quelconque de *gouvernement économique européen* autorisé à donner des injonctions aux différents gouvernements nationaux.

Or, au moment où l'on parvenait à peine à faire accepter par l'opinion l'abandon de la souveraineté monétaire, personne n'était disposé à négocier un recul institutionnalisé de la souveraineté budgétaire. Aussi, comme toujours dans l'histoire de la construction européenne, on ne négocia que ce qui était susceptible de réaliser un consensus, à savoir : proscrire l'idée d'une totale autonomie nationale et fixer une discipline commune laissant néanmoins aux gouvernements des marges de manœuvre relativement importantes, à condition qu'ils mettent à profit les phases de croissance pour rétablir l'équilibre budgétaire. Sur la base de ces principes, énoncés dès le traité de Maastricht (1992), on a mis au point le « pacte de stabilité et de croissance » (élaboré au sommet de Dublin en 1996 et confirmé par le traité d'Amsterdam en 1997). Rappelons-en les principales modalités.

En principe, les déficits publics ne doivent pas excéder 3 % du PIB. Ce seuil peut néanmoins être dépassé si un pays connaît une récession de son PIB annuel de plus de 2 %. Si la baisse du PIB est comprise entre -2 % et -0,75 %, le Conseil des ministres évalue la situation du pays et décide de l'opportunité d'une sanction ou d'une tolérance exceptionnelle. En cas de dépassement non autorisé, le pays en tort s'expose à des amendes qui deviennent définitives si le gouvernement ne prend pas les mesures nécessaires pour se mettre en conformité avec le pacte de stabilité.

Par la suite, le Conseil a convenu d'un programme de convergence vers l'équilibre budgétaire à moyen terme, en partant de l'idée que, pour rester dans la limite des 3 % de déficit en période de basse conjoncture, il fallait être à l'équilibre en temps normal, voire en excédent quand l'activité est particulièrement soutenue.

Un « bon » pacte aurait certainement dû aller au-delà d'une norme rigide de 3 %. On aurait pu en particulier distinguer la part du déficit imputable à la seule conjoncture (*déficit conjoncturel*) et celle résultant de décisions discrétionnaires des gouvernements (*déficit structurel*), adopter un objectif d'équilibre à moyen terme du solde structurel et autoriser en contrepartie plus de souplesse en matière de déficit conjoncturel. De même, il fallait prévoir une plus grande souplesse dans la phase initiale de convergence vers l'équilibre, pour le cas où des pays connaîtraient un ralentissement important de leur activité, avant d'avoir reconstitué leurs marges de manœuvre. On pouvait également être plus strict pour le solde des opérations courantes et plus souple pour le solde des opérations de capital (investissements).

Mais, surtout, ce pacte aurait dû offrir l'occasion d'un débat puis d'une charte européenne sur la préservation ou la promotion des biens publics nécessaires au progrès d'une Europe sociale. Il est en effet deux visions radicalement différentes de la marche vers une saine gestion budgétaire. La vision néolibérale instrumentalise le dogme de l'équilibre budgétaire pour *contraindre les gouvernements à réduire les dépenses publiques et le rôle de l'État*. La vision socialiste ne voit dans l'équilibre budgétaire à moyen et long terme qu'un *principe de bonne gestion, parfaitement compatible avec un haut niveau de production publique* (et donc d'impôts et de cotisations sociales).

Si le choix entre ces deux visions n'est pas tranché explicitement, il le sera implicitement par la pression des marchés. En effet, dans un contexte de compétition accrue entre les économies européennes, si aucune charte commune n'impose un niveau minimal de biens publics (et donc d'impôts), la pression concurrentielle pousse inéluctablement au dumping fiscal et social, les membres de l'Union étant condamnés à s'aligner progressivement sur ceux qui offrent les conditions les plus attractives pour les entreprises et les capitaux. Dès lors, une norme rigide d'équilibre budgétaire ne sert plus qu'à maquiller en contrainte économique imposée de l'extérieur la renonciation des gouvernements à une Europe sociale.

Heureusement, rien n'est encore irréversible et la pression des opinions publiques a interdit aux gouvernements de suivre à la lettre le programme européen de convergence vers l'équilibre budgétaire. C'est d'ailleurs parce qu'ils savaient bien qu'ils continueraient à agir en priorité selon leur intérêt politique immédiat que les gouvernements européens n'ont guère hésité à graver dans le marbre une simple discipline budgétaire trop rigide. Mais s'ils ont su s'affranchir en partie de cette discipline, ils n'ont le plus souvent pas cessé d'afficher une rhétorique officielle d'adhésion aux normes budgétaires européennes. Les dénoncer les aurait en effet obligés à entrer dans une négociation à hauts risques afin d'établir un degré supérieur de coopération sur lequel n'existe encore aucun consensus. Plutôt que d'expliquer ouvertement leur embarras, et préférant traiter leurs concitoyens comme s'ils étaient trop bêtes pour en comprendre la nature, ils ont persisté à tenir le discours officiel de la rigueur budgétaire.

Cette attitude contribue à convaincre l'opinion que l'union monétaire est une contrainte et non une plus grande liberté, une faiblesse relative et non une puissance collective renforcée, un lieu de dévotion à des normes technocratiques plutôt qu'un espace politique au service du bien commun des Européens.

On ne pourra pas indéfiniment éviter les questions qui fâchent et reporter un vrai débat public sur le choix de société auquel sont confrontés les Européens. Souhaitons-nous un simple marché unique européen, débouchant sur une société de marché incompatible avec une régulation politique de l'économie ? Ou bien espérons-nous une puissance politique européenne au service de la justice et du développement humain ?

Il suffirait d'y croire

À quoi nous sert de connaître les lois de l'économie ? Il serait temps de se poser la question, n'est-ce pas ? Vous m'excuserez de vous avoir entraînés sur ce long parcours avant de l'avoir posée. Mais il faut toujours souffrir de gravir un sommet avant de savoir si le point de vue valait tant d'efforts. L'économie est comme une citadelle qui garde jalousement son éventuel trésor derrière de hautes murailles, murailles de concepts, de mécanismes, de théories, autant d'obstacles à surmonter avant de savoir quel trésor on est venu chercher.

Alors on comprend le dépit de certains étudiants qui, après des années de microéconomie, de macroéconomie, d'économétrie, en viennent à se dire que la montagne a accouché d'une souris, que le coffre est vide. En fait de trésor, ils se retrouvent parfois la tête farcie d'hypothèses surréalistes et de théorèmes fictifs qui ne leur permettent ni de comprendre le monde réel ni de converser utilement avec leurs camarades historiens ou sociologues. Nous espérons les avoir aidés à éviter cette désillusion en racontant l'histoire d'une autre économie – que nous tenons pour la « vraie » – qui nous parle bien de notre planète et non d'un univers imaginaire, et autant que faire se peut dans une langue accessible à tous.

Connaître les vraies lois de l'économie nous évite aussi de tomber dans le piège d'un anti-économisme à la mode qui oppose une raison humaniste, écologiste ou autre à la raison économique, et qui répand l'illusion que l'économie s'opposerait à la justice et à la démocratie. Nous avons montré que le vrai résultat de la pensée économique est exactement inverse : la justice et la démocratie y apparaissent comme les conditions d'une économie vraiment efficace et raisonnable. Qui plus est, la raison économique, en exigeant un contrôle efficace des décisions publiques, appelle à une démocratie bien plus forte et plus réelle que les régimes oligarchiques que nous avons l'habitude de qualifier abusivement de « démocraties ».

Mais certains n'hésitent pas à caricaturer des siècles de pensée économique, n'en retenant que les modèles les plus abscons et les plus contestés par une grande partie de la profession (à commencer par ceux qui vendent cette caricature), à seule fin de livrer à la foule un coupable fabriqué sur mesure pour maximiser leurs droits d'auteurs, à savoir : une économie mathématique, irréaliste, ultralibérale, antipolitique et antisociale. Le fait que cette économie-là domine en effet les départements de macroéconomie des facultés anglo-saxonnes, et de nombreux suiveurs à travers le monde, n'enlève rien à cette évidence qu'elle est le plus souvent contraire à ce qu'établit en réalité la science économique. La critiquer au nom d'une raison humaniste ou écologiste assez floue qui s'opposerait à la raison économique est une stratégie facile pour séduire un public rétif à l'effort intellectuel. Mais j'espère vous avoir convaincus qu'il est intellectuellement plus satisfaisant et politiquement plus efficace de combattre un simulacre de raison économique par une raison économique plus solide.

On ne combat pas un théorème en expliquant qu'il est injuste et méchant ; on démontre qu'il est faux. Si, contre une certaine science économique, nous n'invoquons qu'une exigence de justice ou de protection de l'environnement, nous remporterons au mieux le succès d'estime qu'on accorde parfois aux bons sentiments qui s'opposent aux dures réalités. Même si l'intellectuel a le droit de se placer du côté des bons sentiments, on espère de lui mieux que quelques larmes arrachées aux âmes sensibles et couvertes par les rires des autres. On attend de lui qu'il dénonce une réalité inacceptable au nom d'une autre réalité possible et qu'il oppose à un raisonnement prétendument scientifique une démonstration mieux établie.

C'était là le sens de notre démarche. Nous n'avons pas disqualifié les lois qui fondent le discours néolibéral en déplorant qu'elles soient trop laides ! Nous avons montré qu'il s'agissait d'une supercherie intellectuelle souvent démentie par les propres auteurs dont elle se réclame, et presque toujours infirmée à la fois par la réalité et par les développements de la théorie économique. Ainsi, par exemple, nous n'avons nul besoin d'invoquer la justice, l'écologie ou la charité pour contester l'idée que la flexibilité des prix garantit un fonctionnement optimal des marchés : ce sont tout simplement l'histoire et la théorie économique qui démontrent son inexactitude et sa nocivité.

Cela dit, peut-on se contenter du plaisir intellectuel de connaître les « vraies » lois ? Comprendre le monde réel : la belle affaire, si ce monde reste aussi injuste et inquiétant que si nous n'y entendions rien ! C'est un découragement de cette nature qui a personnellement décidé de l'orientation de mes travaux. Après une thèse de doctorat et des années de recherches sur le marché du travail et le chômage, j'ai réalisé que le sous-emploi et la misère s'installaient dans le monde, non pas faute de connaissances sur leurs causes et leurs remèdes, mais faute de la moindre volonté politique de les combattre vraiment. Alors, à quoi bon passer une vie de recherches à construire des modèles qui n'intéresseraient que mes collègues et ne changeraient rien à rien ? Pour briguer le prix en l'honneur d'Alfred Nobel, il eût sans doute fallu persévérer en oubliant cette question dérangeante. Mais mon ambition était plus haute. Comme des milliers d'autres collègues dans le monde, la seule raison pour laquelle j'ai décidé un jour de poursuivre l'étude de l'économie est que j'espérais ainsi apporter une pierre à la construction d'un monde plus humain.

J'ai donc réorienté mon travail vers la question qui me semblait désormais la plus pertinente : si la misère du monde ne vient pas de notre ignorance mais de nos choix politiques, comment se peut-il qu'elle soit tolérée dans des sociétés réputées démocratiques ? J'en suis arrivé à la conclusion apparemment paradoxale qui a fait le titre de mon précédent ouvrage. Nous avons *une raison d'espérer : l'horreur n'est pas économique, elle est poli-*

tique[128]. En effet, si, comme je pense l'avoir montré, l'horreur sociale ne s'installe qu'en raison de choix politiques délibérés et de dysfonctionnements majeurs des institutions, alors nous avons encore une raison d'espérer dans l'action collective et dans le politique. À l'opposé de cette démarche, le discours qui décrit une histoire prédéterminée par la technologie ou des lois naturelles de l'économie vise clairement à nous désespérer de la politique pour désarmer toute résistance citoyenne.

Nos vingt lois de l'économie ont toutes conforté ce rejet d'un déterminisme mécaniste qui reléguerait l'acteur humain au rang de spectateur passif de son histoire. Toutes, elles ont confirmé ce qu'affirmait la première d'entre elles : *les lois de l'économie sont les lois des hommes.* Quel que soit le problème abordé, en effet, il s'avère que l'analyse économique conclut toujours à la nécessité et au rôle déterminant des choix politiques. Attention toutefois au malentendu pernicieux que cette conclusion risque d'entretenir. On croit volontiers de nos jours que l'enjeu de la résistance à une économie inhumaine et au néolibéralisme est de restaurer le primat du politique sur l'économie. En réalité, *le primat du politique n'a nul besoin d'être une exigence puisque c'est un fait.*

Jamais l'économie n'a été indépendante des institutions et des choix politiques. *Le néolibéralisme* que dénoncent les mouvements « altermondialistes » *n'est pas la mort du politique face à l'économie triomphante, mais le triomphe d'une politique favo-*

---

128. Plon, 1997, nouvelle éd. en poche, Pocket, 2000.

rable aux détenteurs du capital. La dérégulation des marchés financiers n'est pas un décret des Martiens, c'est le choix de gouvernements situés et datés, ancrés dans des lieux et dans une histoire où le bouleversement des rapports de forces a façonné de nouvelles politiques dominantes.

Évitons donc un contresens redoutable. Les vraies lois de l'économie ne montrent pas qu'il faut « restaurer le politique » puisqu'elles donnent à penser qu'en réalité « le politique gouverne ». Il gouverne, y compris quand il prétend officiellement se soumettre aux lois de l'économie pour désarmer les résistants – résistants qui pourraient contester une politique dominante, mais certainement pas le rouleau compresseur d'une histoire dictée par la nature ou par les dieux. Si donc l'économie nous semble parfois inhumaine, il importe de comprendre que cela ne résulte en rien d'une soumission du politique aux lois de l'économie, mais bien au contraire de la soumission de l'économie à des lois politiques conformes à des intérêts particuliers. L'enjeu d'un combat pour un développement humain n'est donc pas d'instaurer le primat du politique sur l'économie, mais le primat des citoyens sur la politique, afin que cette dernière reflète les idéaux forgés par la délibération démocratique.

Soit ! Mais, pardon d'y revenir, à quoi nous sert de connaître les vraies lois de l'économie si, au fond, ce qui change l'économie réelle est moins la connaissance que nous en avons que les rapports de forces susceptibles d'infléchir l'orientation des politiques ? Notre savoir n'est-il pas vain s'il n'est pas relayé par un engagement quelconque dans le débat et l'action politiques ? Qu'il soit partisan, associatif ou syndical, il est vrai qu'un tel engagement peut sembler une exigence personnelle de cohérence pour quiconque est convaincu par l'ensemble des résultats que nous avons exposés.

Mais il est non moins vrai qu'une forme essentielle de cet engagement peut aussi consister à combattre les croyances erronées et à promouvoir la confiance dans la possibilité d'une autre économie... Courage, nous voici désormais très proches de répondre enfin à notre question initiale.

L'apport fondamental de ce que nous pensons être les vraies lois de l'économie est de nous montrer que la plupart des problèmes nous placent dans une sorte de dilemme du prisonnier. Il n'existe pas *une*, mais *des* solutions, ce que dans notre jargon nous appelons des *équilibres multiples*. Certaines solutions sont le résultat d'une *interaction non maîtrisée* entre les acteurs contraints de se comporter en rivaux, en compétiteurs solitaires, parce qu'ils n'ont pas la capacité de se parler, de s'entendre et de se faire mutuellement confiance. D'autres solutions résultent d'une *coopération solidaire* entre des individus (ou des groupes, ou des nations) qui se perçoivent comme membres d'une communauté humaine capable d'atteindre un mieux-être collectif. Relisez chacune de nos vraies lois avec ce schéma d'analyse en tête. Vous constaterez que l'analyse met presque toujours en évidence à quel point le chemin de la coopération solidaire est plus efficace que celui de la compétition solitaire.

Pourquoi dès lors choisit-on si souvent la guerre plutôt que la paix, la compétition plutôt que la coopération, la sortie par le bas qui nous appauvrit plutôt que la sortie par le haut qui nous enrichit ? Dans la plupart des cas, ce n'est même pas que nous ignorions l'existence d'un mieux-être accessible par une action collective ; c'est tout simplement que nous n'y croyons pas. L'immense majorité des Palestiniens et des Israéliens savent qu'une paix garantissant la coexistence de deux États indépendants serait mille fois préférable à la guerre, mais ils sont trop nombreux à ne plus y croire et, faute d'une intervention politique extérieure qui rende à nouveau l'idée de paix plausible, ils restent piégés dans la violence depuis plus d'un demi-siècle. L'immense majorité des Européens savent qu'une société pacifiée par la solidarité et la justice sociale est plus vivable et plus efficace qu'une société sécurisée par la répression. Mais quand ils ne croient plus dans la capacité du politique à entreprendre la marche vers une société juste, ils demandent plus de policiers et de punitions pour se protéger des violences engendrées par l'injustice.

Le mieux existe « en théorie », se dit-on, mais il ne serait atteignable que si tout le monde y croyait et était disposé à se comporter en conséquence. *C'est l'incapacité à forger une croyance commune, une confiance réciproque, qui barre les meilleures routes.* Ainsi, aucun changement important ne peut s'amorcer si nous n'y croyons pas. Croire à l'avènement d'un monde nouveau est une condition nécessaire à son avènement. Ça, j'imagine, nous le savions déjà.

Mais en outre, et surtout, l'économie nous enseigne qu'il s'agit là souvent d'une condition suffisante ! *Il suffirait d'y croire !* Cela aurait d'ailleurs pu être la vingt et unième vraie loi de l'économie, tant les exemples abondent où l'état de l'économie, les performances d'un marché, les résultats d'une politique économique dépendent avant tout des croyances et de la confiance des acteurs. Je ne sais plus qui a dit : « Nous ne savions pas que c'était impossible, c'est pour cela que nous l'avons fait. » C'est bien cet état d'esprit-là que favorise une science économique qui démontre le poids de la volonté politique et de la cohésion sociale dans le succès ou l'échec d'une stratégie de développement.

Voilà donc enfin une bonne raison de comprendre et de faire comprendre les vraies lois de l'économie. Leur connaissance installe la croyance dans la diversité des possibles et dans notre capacité à atteindre un monde meilleur en nous constituant en communautés humaines liées, dialoguant entre elles, solidaires ; elle fait reculer le fatalisme en démontrant les vertus du volontarisme ; en un mot, elle nous aide à y croire.

Mais, pour que ces lois enclenchent le cercle vertueux de la confiance, il faut les faire descendre des chaires universitaires, les diffuser dans les associations, les syndicats, les écoles, les partis, les cafés, les journaux, bref, en faire des évidences de notre culture commune. Et voilà bien un engagement à la portée de tous. Si nous avions seulement convaincu chaque lecteur de convaincre à son tour une personne que les lois de l'économie, les vraies, loin de nous aliéner, nous enseignent le pouvoir de nos volontés communes, nous serions sûr de ne pas y avoir en vain consacré deux ans de travail.

Prenons exemple sur Demba, l'imam de Kerpala, au Sénégal [129]. Voici quelques années, ce pays a adopté une loi interdisant l'excision des petites filles. Loi en vérité délicate à faire respecter, car la pratique séculaire de l'excision s'est trouvée intégrée dans la culture de certaines populations musulmanes, au point que les croyants en sont venus à la considérer comme une exigence de l'islam. Bien sûr, rien dans les « vraies lois » de l'islam ne fonde une telle croyance, mais elle n'en est pas moins ancrée. Alors, depuis des années, Demba va à pied de village en village, inlassablement, pour expliquer ce que sont les vraies lois de l'islam, et convaincre que l'on peut être un bon musulman tout en appliquant la loi contre l'excision. Et quand on lui demande pourquoi il fait cela, il répond simplement : « C'est bien de faire une bonne loi, mais une loi ne suffit pas, car elle ne vient pas dans ta maison pour discuter avec toi. »

Voilà : nous savons ce qu'il nous reste à faire. Ce n'est pas rien. Mais c'est tout !

---

[129]. Vu dans le magazine télévisé *Des racines et des ailes*, sur France 3, le mercredi 13 octobre 1999.

Table

Les lois de l'économie ne sont pas celles que l'on croit 9

Loi n° 1.
Les lois de l'économie sont les lois des hommes . . 35

Loi n° 2.
Ce qui a de la valeur n'a pas de prix 53

Loi n° 3.
La loi du déséquilibre général 73

Loi n° 4.
Le marché ne fait pas le bonheur 83

Loi n° 5.
L'État ne fait pas le bonheur 95

Loi n° 6.
La véritable efficacité c'est la justice, la véritable justice c'est l'égalité des libertés 107

Loi n° 7.
La mauvaise concurrence chasse la bonne 121

Loi n° 8.
L'impôt n'est pas un prélèvement obligatoire . . 137

Loi n° 9.
Rien ne vaut une bonne politique 153

Loi n° 10.
La monnaie n'est pas neutre 171

Loi n° 11.
Anticipation n'est pas raison 179

Conclusion d'étape.
De la théologie néolibérale à l'économie politique . 189

Articulation du volume 1 et du volume 2 199

Loi n° 12.
L'erreur est rationnelle 203

Loi n° 13.
Il n'est de richesse que d'hommes 229

Loi n° 14.
La croissance n'est pas le développement 247

Loi n° 15.
La loi des rendements croissants 261

Loi n° 16.
La loi de l'avantage politique comparé 273

Loi n° 17.
Laisser faire ou laisser passer : il faut choisir . . . 285

Loi n° 18.
La loi du gâteau : plus on le partage, plus il y en a ? 297

Loi n° 19.
Le salaire n'est pas l'ennemi de l'emploi 315

Loi n° 20.
Un bon déficit vaut mieux qu'un mauvais excédent 329

Il suffirait d'y croire 347

Présentation de l'ouvrage

• *Des prétendues « lois »...*

Le débat public est plus que jamais envahi par les fameuses « lois de l'économie ». C'est en leur nom que l'on nous répète si souvent que « seules les entreprises créent des richesses », « seuls des marchés libres sont efficaces », « l'impôt tue l'impôt », etc. En leur nom, on a proclamé la « fin des politiques keynésiennes » et la nécessité du libre-échange mondial. En leur nom encore, on fustige les dépenses publiques et les réglementations, on encense l'intensification de la concurrence et la libre circulation des capitaux. Bref, à en croire le discours dominant, il semblerait que la science économique exige toujours plus de compétition individuelle et toujours moins de solidarité collective, qu'elle conseille la soumission des nations à ses lois naturelles et dénie aux hommes la possibilité d'écrire leurs propres lois.

Pourtant, on a beau chercher, on ne trouve rien de tel dans les conclusions effectives de plusieurs siècles de recherches économiques. **Les résultats de la science économique sont même le plus souvent à l'opposé de ce que laissent entendre les lieux communs les plus répandus à propos des lois de l'économie.** Qui sait dans l'opinion que la théorie économique standard, loin d'opposer systématiquement des choix privés vertueux à des choix politiques pervers, démontre au contraire leur complémentarité et l'irremplaçable souveraineté des citoyens ? Qui sait que la théorie économique la plus orthodoxe a démontré que des marchés libres conduisaient au déséquilibre général, aux crises et au gaspillage des ressources ?

• *...aux vraies « lois » de l'économie*

Alors Jacques Généreux, auteur de manuels best-sellers (*Économie politique,* 3 vol., Hachette) qui ont déjà formé des centaines de milliers d'étudiants, et intellectuel engagé contre l'idéologie néolibérale, a entrepris ici une œuvre à la fois pédagogique et militante. Il entend rétablir « les vraies lois de l'économie ». **Il s'agit d'identifier le corpus de croyances économiques que le discours politique a peu à peu installées dans l'opinion et de les passer au crible de *ce que dit vraiment* l'analyse économique**, de ce qu'elle ne dit pas, sans omettre qu'elle n'a parfois rien à dire. Il s'agit d'éviter de mettre au compte de la « science économique » des vieux théorèmes dépassés, des inepties ou des lieux communs néolibéraux qui sont d'ailleurs souvent une insulte à l'authentique pensée libérale.

Cela donne vingt lois rassurantes (*Le marché ne fait pas le bonheur - Il n'est de richesse que d'hommes*), ou inquiétantes (*La mauvaise concurrence chasse la bonne - L'erreur est rationnelle*), ou encore étonnantes (*L'impôt n'est pas un prélèvement obligatoire - La loi du gâteau : plus on le partage, plus il y en a*), mais toujours à mille lieues des poncifs de la pensée néolibérale prétendue dominante. Les lois de l'économie ne sont pas celles que vous croyez ! Chacune de ces lois offre l'occasion de découvrir comment une question essentielle a été traitée dans l'histoire de la pensée économique jusqu'à l'état actuel de cette dernière. **Ce texte reste très accessible aux lecteurs profanes ou débutants, ce qui lui a valu d'être le premier récipiendaire du *Prix Lycéen du livre d'économie*,** décerné chaque année par un jury d'élèves de premières et terminales préparant le baccalauréat économique et social. S'il séduit les plus jeunes par l'agrément de la lecture et la pédagogie, l'ouvrage a aussi été salué pour sa rigueur et sa pertinence dans le débat contemporain (cf. extraits de presse ci-dessous) ; il a aussi obtenu le **Prix du meilleur livre 2002** de l'Association des professeurs et des maîtres de conférences de Sciences Po.

• *Deux volumes désormais réunis*

Le premier volume passe en revue les bases essentielles du discours économique néolibéral aujourd'hui dominant et montre comment elles sont systématiquement contredites par les résultats de la théorie économique moderne. Le second volume s'intéresse surtout aux conditions d'évolution et de régulation de l'économie à long terme (croissance, développement, échange international, inégalités) et précise la critique des principales politiques néolibérales (flexibilité du travail, baisse des coûts salariaux, libre-échange international, réduction des déficits publics, etc.). Ces deux volumes, d'abord publiés séparément, se trouvent désormais réunis pour un prix à peine supérieur à celui d'un seul volume initial.

• *Une série à succès adaptée pour un large public*

Tous les mois et pendant deux ans, à la radio (*France Culture*) et dans le mensuel *Alternatives économiques*, Jacques Généreux a traité l'une de ses *Vraies lois* avant de préparer ce livre. La présente version n'est pas la reprise des émissions radiophoniques ni la simple reproduction des articles publiés dans *Alternatives économiques*. Les lecteurs et les auditeurs des articles et émissions de Jacques Généreux retrouveront ici le ton des émissions et la pédagogie des articles. Mais l'espace imparti ici à chaque loi est environ le double de celui des chroniques mensuelles : cela autorise une présentation plus complète, plus explicite et dont la forme est rendue encore plus accessible à tous. Plus de 20 000 volumes de la première édition de cet ouvrage ont déjà été vendus.

Extraits du dossier de presse

La rébellion contre la « mondialisation néolibérale » s'exprime au nom de la justice, de la morale (...). Il est plus rare qu'elle le fasse en dénonçant, à partir de l'analyse économique la plus orthodoxe, la fausseté des hypothèses sur lesquelles repose la spécieuse « pensée unique ». C'est ce qui fait tout l'intérêt du livre de Jacques Généreux.
Le Vif- L'Express

Ce livre, en plus d'être brillant, est salubre et facile à lire.
Alternatives économiques

Jacques Généreux part en guerre contre le « néolibéralisme » et plus encore contre ses slogans simplificateurs. À la fois pédagogue et polémiste...
Le Figaro

Avec talent, l'auteur défend le retour du volontarisme politique. Pédagogique et anti-conformiste.
La Croix

Puissent nos dirigeants lire Généreux et mettre le débat au centre de la vie politique.
Le Nouvel Économiste

Une lecture qui apportera autant de distance à ceux qui se disent encore néolibéraux qu'aux partisans d'une approche critique de la mondialisation.

Les Échos

Jacques Généreux milite contre les lieux communs les plus répandus à propos des « lois de l'économie » qui envahissent le débat public.

Ouest-France

Salubre, salubre. Vas-y Jacquot, on les aura !

Charlie Hebdo

Contact

• ***Contact presse aux Éditions du Seuil :***
Séverine Roscot – Tél : 01 40 46 51 77 – email : sroscot@seuil.com

• ***Le site de l'auteur :***
genereux.fr
Le blog politique de Jacques Généreux
http://genereux.fr

Du même auteur

AUX MÊMES ÉDITIONS

Introduction à l'économie
« Points Économie » n° 31, 1992, 3ᵉ éd. mise à jour, 2001

Introduction à la politique économique
« Points Économie » n° 35, 1993, 3ᵉ éd. mise à jour, 1999

Chiffres clés de l'économie française
« Points Économie » n° 36, 1993

Chiffres clés de l'économie mondiale
« Points Économie » n° 37, 1993

Les Politiques économiques
« Mémo » n° 6, 1996

Chroniques d'un autre monde
2003

Manuel critique du parfait Européen
Les bonnes raisons de dire « non » à la Constitution
2005

Sens et conséquences du « non » français
2005

La Dissociété
2006
et « Points Essais » n° 592, 2008

Pourquoi la droite est dangereuse
2007

Le Socialisme néomoderne ou l'Avenir de la liberté
2009
et « Points Essais » n° 653, 2011,
sous le titre : L'Autre Société.
À la recherche du progrès humain-2

La Grande Régression
À la recherche du progrès humain-3
2010
et « Points Essais » n° 668, 2011

Nous, on peut !
Pourquoi et comment un pays peut
toujours faire ce qu'il veut face aux marchés,
face aux banques, face aux crises, face à la BCE,
face au FMI…
Préface de Jean-Luc Mélenchon
2011
et « Points Documents » n° 2871, éd. mise à jour, 2012

AUX ÉDITIONS HACHETTE

Économie politique
1. Introduction à l'analyse économique
« Les Fondamentaux », 1990, 5ᵉ éd., 2008

Économie politique
2. Microéconomie
« Les Fondamentaux », 1990, 5ᵉ éd., 2008

Économie politique
3. Macroéconomie
« Les Fondamentaux », 1990, 5ᵉ éd., 2008

CHEZ D'AUTRES ÉDITEURS

Droite, Gauche, Droite…
Plon, 1995

L'Économie politique
Analyse économique
des choix publics et de la vie politique
Larousse, « Textes essentiels », 1996

Une raison d'espérer
L'horreur n'est pas économique, elle est politique
Plon, 1997
2ᵉ éd., Pocket, « Agora », 2000

Quel renouveau socialiste ?
Entretien avec Philippe Petit
Textuel, 2003

IMPRESSION : NORMANDIE ROTO, S.A.S, À LONRAI
DÉPÔT LÉGAL : JANVIER 2014. N° 116097-2 (1402643)
Imprimé en France